ドS御曹司の花嫁候補

Hanako & Toma

槇原まき

Maki Makibara

EB

エタニティ文庫

目次

ドS御曹司の花嫁候補

1

「なんでっ⁉」

たった今届いたメールを見た山田華子（やまだはなこ）は、ぐわっと身を乗り出してノートパソコンに齧（かじ）り付いた。牛乳瓶の底を切り取って付けたかのような分厚いレンズが、画面にぶつかって擦（こす）れるが、そんなことは気にしていられない。

「山田さん、また駄目（だめ）だったのかい？」

回転椅子に座ったまま勢いよく振り返ると、白衣を羽織（はお）った中年男性が背後で眉を下げている。彼の名前は畠山（はたやま）。この研究室の所長だ。

尊敬する教授の下で、大学院に残ってポスドクとして研究ばかりしていたら、知らぬ間に二十七歳になっており、「頼むから就職してくれ」と親に泣かれて困っていた研究馬鹿の華子を採用してくれた、仏様のようなお人である。

ここは大手化粧品メーカー、赤坂堂（あかさかどう）の本社敷地内の一角にある〝美容科学研究所〟。

赤坂堂が国内外に販売しているあらゆる化粧品を、原料から研究、開発。その安全性を確認しているところである。

　この美容科学研究所には、畠山所長をはじめ十五人の研究員がいるのだが、華子を除いて全員が男性だ。華子の入社前には女性研究員もいたらしいが、寿退社したり、産休育休に入ったりした結果、現在のように猛烈な偏りが生じてしまっているのだそうだ。

　華子は、赤坂堂の心臓部ともいえるこの美容科学研究所で、美白の有効成分を含んだ化粧水の開発に二年携わってきた。臨床結果も揃い、効果効能もばっちり。保湿を超えた超保水性。今回、厚生労働省から認可が下りたばかりの医薬部外品の新規有効成分、〝次世代型ハイドロキノンα〟が肌の深層部まで染み渡り、シミそばかすといった、もう既にできてしまったお肌の敵を、分解排泄どころか徹底漂白。加齢による肌のくすみも除去してくれるという夢の化粧水の開発――これが華子の初仕事だ。

　美の追求者なら老若男女問わず、誰もが欲しがるであろう代物を作り上げたのだが、商品開発部から、それを認めないという連絡がメールできた。そもそも、作れと指示を出してきたのは商品開発部のほうなのに。

　保湿力があって、美白効果があって、浸透力が高くて、いい匂いで、付け心地もよくて、安全性も高くて、ぶっちゃけ他社に負けない化粧水。理想を詰め込みすぎで、無茶としか言いようのない代物だったが、それが上からの指示で成果を期待されていると思ったからこそ、華子はコツコツ地道に研究してきたのだ。なのにようやく出来上がったら、今度はやっぱりいらないときたものだから納得いかない。納得いかなすぎて、プレゼン資料を作り直して再提出したくらいだ。だがそれも、こうして突き返されてしまったわけだが。

「信じられません。この化粧水を商品化しないなんて。次世代型ハイドロキノンαちゃんは最高なんですよ⁉　そのよさがわからないなんて、商品開発部には馬と鹿しかいないのでしょうか？　至急、動物園に引き取っていただきたいものです」

華子が真顔で毒を――いや、真っ当な主張をしていると、首元が伸びきったTシャツに穴のあいたジーンズを身につけた男性が、インスタントコーヒーの入ったビーカーにお湯を注ぎながら、畠山所長の後ろから顔を出した。櫛を入れていないボサボサの頭で、とても勤務中には見えない格好をしているが、彼は華子の同僚の阿久津で、れっきとした美容科学研究所の研究員である。

「こうなると、あの噂は本当なのかもしれませんなぁ」

「噂、ですか？」

華子が続きを促すと、阿久津はその独特な話し方を更に早口にした。

「小生が聞いたところによりますと、経営サイドが委託に乗り気らしいのですよ。既に、いくつかのメーカーとコンタクトを取っているとかいないとか」

「え？　委託するのですか⁉」

華子は思わず椅子から腰を浮かせた。

百貨店に並ぶ有名メーカーの商品とやたらとそっくりな――そう、成分までもそっくりな後発化粧品が、ドラッグストアやコンビニに安価で並んでいることがある。なんのことはない。研究から開発製造まで請け負った委託先が、パッケージを変えただけのそっくり同じものを作っているのだ。もちろん、そういう契約をはじめから交わしているのだから違法ではない。発注側は、諸々を委託に丸投げすることによって、開発費も製造コストも抑えられるというメリットがあるから、最近はそういう商品が増えているのだ。

だが、そんなことをされたら、今ある研究所はどうなる？　縮小され、華子達研究員はリストラ対象になる可能性も出てくることに――

「そんな……。わたしは納得しかねます」

華子が露骨に肩を落とすと、阿久津はずずずっと音を立ててビーカーのコーヒーを啜った。そんな彼の横で、所長が顎をさすりながら難しい顔をしている。

「まぁ、僕のところに正式な話としては来ていないが、そういう噂はあるにはあるようだねぇ」

「これも時代の流れでありましょうな。ま、小生は研究ができればどこでもいいでありますし、また大学に戻る手もありますし、転職も。そうそう、海外の選択肢もありますな」

「それはそうですけれど……」

知は力だ。研究一本で実績を積み上げてきた研究員は、それこそ職人のようなもの。国内で転職が叶わなくても、海外へ行けば引く手あまただ。それに海外のほうが待遇（たいぐう）がよかったりするので、語学力にそれなりに自信があれば、阿久津のように海外勤務を視野に入れる人間もいるだろう。

「でもそれでは、次世代型ハイドロキノンαちゃんはなかったことになるじゃありませんか！」

「まぁ、それは仕方ないであります。新しいものを作っても世に出ないことなんて、商業ではザラにありますですよ。山田女史（じょし）も洗礼を受けたと思って。ねぇ、所長？」

阿久津は所長に同意を求めるように目配（めくば）せする。

「そうだねぇ……こればっかりはねぇ……。利益が上がるかどうかを判断するのは上であって僕らじゃないからねぇ。従（したが）うのみだねぇ」

「…………」

瓶底丸眼鏡が自分の表情をわかりにくくしていることを知りながら、華子はムムッと眉を寄せた。なにが洗礼だ。

所長も阿久津も、最初から諦（あきら）めている。彼らも過去に散々辛酸（しんさん）を嘗（な）めてきたということなのだろう。その経験が、彼らを牙（きば）の抜かれた獣（けもの）のように従順（じゅうじゅん）にさせているのか。

言わんとしていることはわかるのだが、散々苦労してやり遂（と）げた自分の初仕事が、日の目を見ぬまま葬り去られるのはやはり納得できない。だって自信作なのだ。効果も効能も間違いなくある。売り出せば、喜ぶ人がきっとたくさんいる。

しかし、赤坂堂が製品化してくれないなら、よそで――というわけにはいかない。華子が仮に転職したとしても、転職先でこの化粧水と同じものを勝手に作るなんてことはできないのだ。就業規則で「特許を受ける権利」は会社に帰属することになっている。つまり、華子が開発した有効成分は赤坂堂のものであって、華子のものではないのだ。

「山田さん、まぁ、そう気を落とさずに。委託の話だって噂だ。ただの噂。山田さんの作った有効成分も、今後別の形で使うこともあるかもしれないじゃないか。まったくの無駄じゃないよ」

　確かに所長が言うように、クリームだったり乳液だったり、フェイスマスクだったりと、形を変えて別の商品として出せるかもしれない。だがそれは、研究所が存続していればの話だ。製造だけでなく、開発さえも委託することになって研究所がなくなってしまったら？　もうそこで終わりなのだ。

（でも、委託の話がまだ本決まりでないのなら……説得の余地はあるかもしれません）

　華子は唇を引き結ぶと、先ほど不愉快なメールを受信してくれたノートパソコンに向き直った。

「もう一度、次世代型ハイドロキノンαちゃんのプレゼン資料を書き直してみます。わたしの書き方が悪かったのかもしれませんから」

そう言いながら、前のめりになって怒濤の勢いでキーボードを叩く。

「まぁ……あまり根を詰めないようにね」

「はい！」

一瞬だけ所長を振り返り、またパソコンに向かう。今めいっぱい足掻かなくては、後悔する気がするから。

結局華子は、その日のうちにプレゼン資料を商品開発部に再再提出した。前回より詳しく作ったプレゼン資料は気合いが入りすぎて、五十ページを超えてしまったくらいだ。商品開発部の担当者に分厚い資料を叩きつけながら、自らの知力の結晶である次世代型ハイドロキノンαの効果効能をおおいに語ってきた。相手は引き攣った顔をしていたようだが、まぁ大丈夫だろう。華子の熱意と、次世代型ハイドロキノンαの素晴らしさが、今度こそ伝わったと信じたい。

「お疲れ様です。お先に失礼します」

「お疲れ様」

十八時の定時になって席を立つ。すると、顕微鏡を覗いていた所長がわざわざ顔を上げた。

「山田さん、来週からはこっちの実験データを取るのを手伝ってくれないかな」

「……はい。かしこまりました。…………では」

所長の言葉に素直に頷く。「落ちた企画にいつまでもしがみつくな」と言われているようで――いや、実際遠回しにそう言われているのだろう――かなり切ない。それでも所長は、研究馬鹿の華子の気が紛れるように配慮してくれているのだと思う。

（はぁ……世の中厳しいですねぇ。ああ、可哀想な次世代型ハイドロキノンαちゃん……なんとかしたい。わたしが尊敬する教授なら、次世代型ハイドロキノンαちゃんの素晴らしさを一瞬で理解してくださるに違いないのに！）

華子は胸の内でため息をついて、自分ひとりしか使う者のいない女性更衣室に入った。ロッカーからＡ４サイズのトートバッグを出して、中のスマートフォンをチェックする。どうやらメッセージアプリの通知が来ているようだ。

（お母さんからだ。なんでしょう？）

あまり頻繁に連絡を寄越すタイプではない母親である。急用だろうかと、急いでメッセージアプリを開いた。

『お誕生日おめでとう』

短いメッセージを見て、一瞬きょとんとしてしまう。が、更衣室のカレンダーの日付けを見て、そうかと合点がいった。

四月三十日――今日は、華子の二十九歳の誕生日である。

（あら〜。すっかり忘れていました）

家族以外に祝ってくれる人もなし、前の誕生日からいつの間にか一年が経っていたという区切り以上の感慨もない日であるが、祝われればそれなりに嬉しい気持ちにはなる。

白衣とスプリングコートを取り替えてロッカーに鍵を掛けた華子は、更衣室から出ながらスマートフォンでメッセージを入力した。

「『ありがとうございます』っと——」

メッセージを送って、スマートフォンをジーンズのお尻ポケットに無造作に押し込む。と、そのとき、ポケットの中でスマートフォンが震えた。母親からの電話だ。華子は、研究所の玄関に向かって歩きながら電話に出た。

「もしもし、ハナ？　お仕事は終わったの？」

「はいです。ちょうど今から帰るところです」

おっとりとした声に頷きながら答える。母親は「お疲れ様」と付け加えてくれた。

「じゃあ、改めて。お誕生日おめでとうございます。もう二十九歳ね」

「ありがとうございますです。実はすっかり忘れてまして。えへへ……」

自分でも驚いてしまう。実感なんてまるでないのだから怖い。華子の精神年齢なんて、大学生の頃から変わっちゃいないのだ。すると、電話の向こうから小さなため息が聞こえた気がした。

「ねぇ、ハナ。いつまでお仕事するの？」

「そうですねぇ、今の社会保障制度を思うに、定年後もしばらくは働いたほうがいいかなと」

自分の考えをそのまま述べると、また電話の向こうから小さなため息が聞こえる。二回目なので、気のせいということはなさそうだ。

「お母さんの言い方が悪かったわ。今のは〝もう二十九歳になってしまったけれど、そろそろ結婚も考えないとあとがないわよ。ギリギリよ！　ピンチよ！　誰かいい人はいないの⁉〟という意味よ」

「ああ、結婚適齢期の女性がしばしば体験するという、親族からの結婚の催促というやつですね」

他社の化粧品研究のために購読している女性誌にときたま書いてあるので、あらゆる面に疎い華子も言い直されればすぐにわかった。

「残念ながら、そのような殿方はいないのが現状です、はい」

「ああもう……この子は……はぁ……」

「ご、ごめんなさい……」

三度目になる母親のため息に、ちょっと申し訳なくなる。華子は昔から、お勉強の成績はすこぶるいいのだが、大学で高分子化学を専攻してからというもの、研究にのめり込んで他のことにリソースを割くことを、豆粒米粒どころかミジンコ大ほどもしてこなかったのだ。高分子化学の知識は、現在手がけている化粧品原料開発に役立っているわけだけれど……

「お仕事もいいけど、そろそろ将来のことも本気で考えてちょうだい。お母さん、心配よ。お母さん達がいなくなっても、あなたがずっとひとりなんじゃないかって……。言いたくないけど、あなたってば抜けてるし、頼りないし、友達すらいないじゃない。多少強引かもしれないけど、結婚でもしなきゃずっとひとりよ？」

「うっ……」

痛いところを突かれて言葉に詰まる。研究馬鹿の華子には、同性の友達というのがまずいない。もちろん、異性もだ。学生時代の同級生や、先輩後輩といった知り合いはたくさんいるが、あくまで知り合いだ。まったく親しくない。学会で会ったときに、論文の検討や、研究の進み具合などの話はしても、プライベートとなると皆無である。

誕生日に――しかも花金の就業後になんの予定もない。帰って食べて寝るだけ。おまけに誕生日を祝ってくれるのも親しかいないとくれば、これまでの人付き合いがいかに間違っていたかを実感させられる。そんな娘は、親から見れば絶えずやきもきさせられて、頼りない存在なのだろう。

「お母さんはね、ハナをひとりにしておくのが心配なの。だってあなた、研究に夢中になると、ご飯を食べるのも忘れちゃうじゃない。それで倒れるんだから！　そんなんじゃ駄目よ。頼れる人が側にいたら、そういうこともなくなるでしょ」

　実は華子には、研究に夢中になると、食べることも飲むことも忘れてしまうという悪癖がある。酷いときには、自分で作った料理の存在を忘れて、論文や粧業界のメルマガ、ニュースサイトを読みふけり、そのまま食べずに放置して腐らせ、挙げ句の果てには倒れるのだ。集中を通り越して夢中になると、周りの声も耳に入らなくなる。食事の時間というのは非常に無駄が多く感じられて、華子は職場の机の引き出しにブドウ糖入りゼリー飲料を箱でストックしており、食べるのが面倒くさいときはそれを飲んでいるくらいである。そんな食生活が身体にいいわけないことも、華子自身、一応はわかっているわけで。

「た、確かに……。体調管理してもらえると非常に助かりますね」

　華子が同意したことに気をよくしたのか、母親の声のトーンが明るくなった。

「ね？　それにあなたは頭もいいし、なによりすごく可愛いんだから！　本気で探せば、お相手なんかあっという間に見つかるわ」

「ええ？　それはちょっというか、だいぶ言いすぎでは？」

「そんなことあるもんですか。ハナは自慢の娘よ。……ちょっと変わってるけど」

「最後のそれは、本当に言わなくちゃいけないことだったんでしょうか、マイ・マザー？」

と喉まで出掛かって、ぐっと呑み込む。自分が変わっているという自覚はあるのだ、一応。

「じゃあ、考えてみてね。おやすみなさい」

「はい、おやすみなさい」

電話を切った華子は、ちょうどとまっていたエレベーターに乗って一階のボタンを押した。

振り返れば、ずっと研究ばかりしてきた。大学で専攻した高分子化学は、化学や繊維、医療や電子産業、果ては航空宇宙分野まで、幅広い領域で活かされる技術だ。高分子が人類の発展に必要な資材となった今、研究に終わりなどない。

華子の母親はおっとりとした専業主婦で、父親は開業医。こちらも温和な人で、華子が高分子化学に傾倒することに理解もある。そんな両親を、研究に没頭するあまり『頼むからちゃんと就職してくれ』と泣かせたのは華子だ。ポスドクの給料は年々右肩下がり。いつまで経っても大学から離れず、ポスドクになったと思ったら、薄給の上に家のことはなにもしないパラサイト娘。いくら理解ある親でも泣きたくなるのは当然だ。

華子は大学院を出て、赤坂堂の美容科学研究所に就職するのと同時に独り暮らしをはじめたものの、結局、研究三昧の日々に戻っている。まぁ、ポスドク時代に比べると、給料はすこぶるいいのだが。今度は『いい加減にちゃんと結婚してくれ』と親を泣かせてしまうのも時間の問題だろう。さすがにそれは不本意だ。

（結婚……うーん……結婚、か……）

まったく考えたこともなかったので、正直唸ることしかできない。だが、母親の言う通り、結婚でもしなければ一生ひとりなのは間違いないだろう。自分の性格上、ずっとひとりでいることに抵抗はないし、親が泣くのを除いて別に困りもしない。じゃあ、結婚しない主義かというとそこまでのこだわりはない。結局華子は、研究ができればそれでいいのだ。

つまり、研究を続けても文句を言わない人が相手なら、結婚するのもやぶさかではないわけで。むしろ、研究以外の私生活の部分を支えてもらえたら――

（そう考えると、結婚はあり寄りのありですね。いいかもしれない。でも、男の人の知り合いはいるにはいますが全然親しくありませんし……。日常的に会う男の人って、職場にしかいないんですよねぇ）

つい先ほどまで一緒にいた所長をはじめとする、研究所の面々を思い浮かべてみる。所長は既婚者なので対象外。他にも何人か既婚者がいた気もするが、今まで一度もそういう対象として見たことがなかったので確かなことはわからない。彼女持ちかすらも不明な有様なのだ。

相手の容姿や仕事、年収は気にしないから、フリーで、年はそう華子と変わらなくて、華子の仕事に理解があり、理系の話がそれなりに通じて、家事もひと通りこなしてくれる男の人がいい。

（男の人、男の人、誰か男の人――）

男のことばかり考えていると、エレベーター内に設置された大きな姿見がふと視界に入った。そこに映る自分を見て、なんとも言えない気持ちになる。

（それにしてもお母さん……わたしを可愛いっていうのはちょっと……）

コートの下は、白のTシャツにジーンズ。黒髪ストレートのひっつめに、顔には大きな瓶底丸眼鏡。おまけにすっぴん。持ち物は生成りのしょぼいトートバッグだ。女らしさなんかまるでない。正直なところ、ビーカーでコーヒーを飲んでいた研究員の阿久津とそう変わりない格好をしている。これを可愛いというのは、親の贔屓目というものだ。

清潔であれば見栄えなどどうでもいいという人間が、美容研究をしている様はなんとも言えない滑稽さがあるのかもしれないが、それはそれ。これはこれである。

華子が男性同僚達をそういう対象として見たことがないのと同様に、実験一筋できた男性同僚達の理系脳味噌が、毎日毎日同じ格好で出勤してくる華子をそういう対象として認識するはずもなく。華子は研究所の紅一点でありながらも、チヤホヤどころか〝女〟扱いされることもなく日々を過ごしてきたわけだ。それが気楽でもあったわけだが――

（職場で結婚のお相手を探すのは効率が悪い気がしますね）

既に華子に対象外のラベリングをしているであろう相手の意識を変えるのは、非常に困難だ。それに、男性同僚ひとりひとりに、「わたしは結婚しても研究を続けたいのですが、あなたの結婚対象になりますか？」とか「わたしの私生活も含めて支えてくれますか？」なんて聞いて回ったら、確実にヤバイ奴認定されてしまう。今後の仕事にも悪影響を及ぼしかねない。

もっと効率的に相手を見つけることができたら――

（そう言えば駅前に、結婚相談所がありましたね。えーっと、なんとかコネット！）

毎日利用する最寄り駅のビルに、結婚相談所の大きな看板があったこと思い出す。

煽り文句は〝最先端ＡＩマッチングシステムが、あなたを想い、助け、寄り添ってくれるベストパートナーをご紹介します〟。

ＡＩシステムは最近、至るところに導入されて、成果を上げていると聞く。なにより最先端なのがいい。好奇心がそそられる。

第一に、恋人いない歴＝年齢の自分が、自力で結婚相手を探すなんてできるはずがない。そんなことができるなら、この二十九年の中でもう運命の出会いくらいとっくに果たしているはずだ。自力で出会える範囲などたかが知れているのだから、最新の科学の力に頼ったほうがいい出会いができるかもしれないではないか。

そもそも華子は、人を好きになったことがない。恋なんて、脳内麻薬のドーパミンがドバドバと馬鹿みたいに出て、セロトニンによる制御が効かなくなった一種の錯乱状態に過ぎない。人はその状態に、愛だの恋だのと詩的な名前をつけているのだ。つまり、「恋は盲目」や、「あばたもえくぼ」も全部脳内麻薬のせい。自分が錯乱状態になるなんて、ちょっと耐えられない！　華子がしたいのは、恋愛ではなく、結婚なのだ。

（うん！　手っ取り早く結婚相談所に相談することにしましょう！　我ながらナイスです！）

華子はスマートフォンを取り出すと、記憶に残っていた煽り文句を頼りに、その結婚相談所を検索した。見つけたぞ。〝フタリエコネット〟。

どうやら、平日の今日は二十時まで開いているらしい。

（早速登録しに行きましょう！）

一階に着いてエレベーターを降りた華子は、思い立ったが吉日とばかりに〝フタリエコネット〟の店舗に向かった。

◆　◇　◆

カチカチッ。快適な温度に設定された部屋に、マウスをダブルクリックする音が小さく響く。ノートパソコンの画面に表示されたグラフを見ながら、赤坂透真は口の端をニヤリと上げた。

（お。予想通り売り上げが上がってきたな。やっぱりサンプル配布プロモーションは、無料より有料に限る。対して、オフィス街で配ったサンプルのほうは、ほぼ購入に結びついてない。あー、もうこれ次からやめるように言おう。これならドラッグストアで配ったほうが、三倍はリターンがあるわ）

新規の顧客一人あたりを獲得するコストをプログラムに計算させながら、顧客の購入実態を探っていく。特に売り上げのいい商品とプロモーションをマークして、透真は顎を軽くさすった。

ここは大手化粧品メーカー、赤坂堂の本社ビルの一室だ。洗練されたデザインのワークデスクと応接セット、そして歴代社長の出版物が並ぶ本棚の横には、〝美はつくれる〟という社訓が額に入れて掲げられている。ひとりには広いこの部屋を、透真は使うことを許されていた。

透真は、赤坂堂の十五代目社長の息子だ。今はまだ執行役員だが、チーフ・ストラテジー・オフィサーいわゆるＣＳＯとして、市場への商品供給計画や物流、品質の改革から戦略立案に関わっている。将来的にはもちろん、社長の座に君臨することが約束されている——と言いたいが、そこは株式会社。総会で一定の支持がなければ、いかに直系とはいえ会社のトップに立つことはできない。そのために誰にも有無を言わせぬ結果を残すべく、戦略を練る日々だ。

　他の業界と比べて化粧品業界は、メーカーごとの好不調はあっても、バブル崩壊後も安定した伸び率を誇ってきた。要因は多々あるが、第一に、化粧品自体が経済の影響を受けにくいということが言えるだろう。多くの女性にとって、化粧品は必需品だ。不景気になれば女性が働きに出るから化粧品を使う機会が増え、その結果、低価格化粧品が売れる。いわゆる、プチプラコスメだ。収入が減った女性が商品ランクを落とすことはあっても、化粧品をまったく使わなくなることはない。反対に好景気になれば女性の収入が増え、今度は高級化粧品が売れるようになる。自分の髪や肌にかける金額が増えるのだ。

　女性が美を追求する以上、そのサイクルが崩れることはない。価格や販売方法、プロモーションといったユーザーに対するアプローチは、数字になって返ってくる。数字が上がらないということは、他社との客の取り合いに負けたということだ。

（この俺が絶対に業界トップを取ってやる）

　人体の運動理論に基づいて設計された高機能ワークチェアに身体を預けた透真は、伸びをするようにリクライニングした。くるっと椅子を半回転させ窓の外を見つめる。もう五月も終わりにさしかかり、会社の敷地内にある木々の新緑が清々しい。未来を感じさせる力強さがある。これから夏にかけて、化粧品の販売合戦は熾烈を極めることになる。

　透真は仕事が好きだ。

赤坂堂は現在、化粧品業界で国内シェアナンバー2の座に甘んじている。これを国内シェアナンバー1にすることが透真の夢だ。そしてゆくゆくは、海外へ販路を広げたい。

化粧品のメインは、メイクアップと基礎化粧品だ。メイクアップに関しては、ファンデーションはA社、口紅はB社というふうに、複数のブランドを使ったり、季節によって使用するものを変えたりする女性は多い。特に今は、あらゆる年齢層でプチプラコスメの利用率がアップしている。

その一方で、化粧水や乳液といった基礎化粧品は、長年同じブランドを使い続けるケースがほとんどだ。ブランドチェンジが起こりにくいということは、一度気に入ってもらえれば継続購入が見込めるが、逆に言えば、他メーカーからシェアを奪うのは簡単ではないということでもある。

しかし売り上げで美味しいのは、基礎化粧品のほうなのだ。基礎化粧品の購入合計金額は、メイクアップ用品の二倍になるという現実がある。

つまり基礎化粧品のシェアを拡大することが、赤坂堂が業界ナンバー1になる近道であることはまず間違いない。

「――足りないんだよなぁ……なにかこう、決め手になるやつが欲しい。ガツンと女心を掴むやつ」

他メーカーからシェアを奪う決め手。起爆剤となり得るもの……

あらゆる女性に「欲しい！」と思わせる商品が、今の赤坂堂には必要なのだ。

透真が頭を悩ませていると、突然ドアがコンコンとノックされた。

腕時計に視線を走らせれば、もう定時の十八時を過ぎたところだ。赤坂堂では残業を推奨（すいしょう）していないし、今日は誰かと会う予定もない。緊急案件なら内線が先にかかってくるはずなのに。

「どうぞ」

声をかけるのとほぼ同時に開いたドアに目をやると、入ってきたのは赤坂堂の現社長。透真の父親でもある敬之（たかゆき）だった。白髪のまじった髪をオールバックにした敬之は、化粧品メーカーの社長らしく清潔（せいけつ）感にあふれている。顔立ちも整っているが、六十五歳の割には肌艶（つや）もいい。腹も出ていなければ加齢（かれい）臭など微塵（みじん）もない。香るのは自社製品のフレグランスだ。フルオーダーのブランドスーツは似合いすぎて嫌味もない。さしずめ歩くダンディズムと言ったところか。

「社長。どうされたんですか？」

椅子から立ち上がりつつ敬語で尋ねる。いくら親子といえどもここは会社。甘えた態度は許されない。が、敬之は直立する透真を右手でまぁまぁと制した。

「就業時間は過ぎた。親として、ちょっとおまえに話があってな。なに、手間は取らせない」

父親の左手にある紙袋にチラリと目をやる。なにが入っているのかはわからないが、それにまつわる用件なのだろう。透真は既に実家を出て独り暮らしをしているし、敬之も忙しい身の上だ。プライベートで会おうとすると、お互いに都合をつけるという仰々しいものになってしまう。すぐに終わる用件なら、こうして就業時間後すぐに直接訪ねるほうが早いのだ。

促されるまま椅子に座りなおすと、敬之は持っていた紙袋を机の上にドサッと置いた。

「透真。今、お付き合いをしているお嬢さんはいるのか？」

いきなりだと思った。

「いや、そういう人はいないよ。今のところはね」

軽く答えながら、肩を竦める。「付き合っている人はいるのか」と聞かれた時点で、透真の勘が父親の用件を察知した。

「なに。結婚しろって？」

「話が早い」

そう言った父親は、紙袋の中からいかにもお見合い写真ですといった高級台紙を出して、透真に差し出してきた。

「おまえももう三十二だ。要領よくやっているようだが、そろそろ身を固める時期かと思ってな。私が母さんと結婚したのも三十二だった」

差し出されたお見合い写真を受け取り、父親に向けた視線を、今度はさっきの紙袋にやる。まだ中に何部もの写真台紙が入っているようだ。中に釣書も挟んである。みんなおまえ好みの美人だぞ」

「私が見繕ったおまえの花嫁候補の写真だ。中に釣書も挟んである。みんなおまえ好みの美人だぞ」

（どうせ画像を加工してんだろ？）

と、内心毒づきながら、お見合い写真をぺろっと開いてみる。

加工疑惑はさておいて、確かに美人だ。緑の木々が見える窓を背景に、袖がフリルになったワンピースを着た女性が、脚をクロスして写っている。モデル顔負けのポージングは「どう？　私、綺麗でしょ？」という自信のあらわれに見えた。

「ガキじゃないんだ。花嫁候補だなんて、こんなお膳立てしてもらわなくたっていいんだけどな」

たった今開いたばかりのお見合い写真を閉じて、透真は小さく息を吐いた。

自分で言うのもなんだが、透真はモテる。父親譲りのこの整った顔立ちが女性に好かれるという自覚はあるし、加えて自分が赤坂堂の社長の息子であることも別段隠さないから、特定の相手は作らなくても女性に困ったことがないのだ。

「もちろん。無理にこの中から選べとは言わんさ。おまえが、この赤坂堂に恥ずかしくない花嫁を連れてきていればな。そうすれば、私がこんなお膳立てをしてやる必要もなかったのだがね？」

そう言った父親が、鼻で笑っている。それは、一夜の恋ばかりを繰り返す透真の日常を見透かしているようだ。

「あー、はい。わかった。あとで見とくよ」

自分の分が悪いことを感じて、早々に白旗を上げる。すると敬之が、バシッと左右から力強く肩を叩いてきた。

「会社のことをおまえが真剣に考えてくれているのはわかっている。同じくらい真剣に自分のことも考えろ。私からはそれだけだ」

「………」

返す言葉が思いつかず、ダンディな後ろ姿が部屋を出ていくのを黙って見送る。

パタンとドアが閉まって、透真は小さく息を吐いた。椅子に身体を預け、天井を仰ぐ。

（結婚……結婚ねぇ……）

男としては、不自由で窮屈なイメージがある。自分の自由がなくなると言えばいいか。とは言っても、透真は結婚否定主義者ではないし、「俺は絶対結婚しない！」なんて言い張るつもりもない。いつかは結婚するときが来るんだろう。だが、その不自由で窮屈な檻の中に、自分が喜んで入っていく様がいまいち想像できないだけだ。その一方で、父親の言わんとすることもわかる。

役職が上がれば、公式のパーティーなどに同伴するパートナー――つまり伴侶は必要不可欠だ。特に海外ではその風潮が顕著と言える。赤坂堂がこれから、海外にシェアを拡大していこうとするなら、海外の裕福層、投資家主宰のパーティーに出る機会も増えてくるだろう。後継者のことも考えなければいけない。だがそんなことを脇に置いたとしても、我が子によい伴侶と幸せな家庭をと願う親心が自分の父親にあることも理解できる。

（俺ももう三十二だ。そろそろ腹を括れ、ってことか……）

父親から渡されたお見合い写真を、さっきとは違う気持ちで開く。

透真は写真ではなく、台紙に挟まれていた釣書に目をやった。

——西園寺優里亜。父親はコンビニ事業や総合スーパー事業を営む大手流通株会社スリーセブンの代表取締役。三姉妹の末っ子。

三年前、スリーセブンと赤坂堂は事業提携を行った仲だ。赤坂堂が二十代前半の女性をターゲットに立ち上げたメイクブランドを、スリーセブンだけで販売するという独占契約で、そこそこまとまった利益を出している。西園寺優里亜が候補に挙がったのも、彼女の父親がスリーセブンの代表取締役だからだろう。ビジネス的な政略結婚が狙いなのはわかる。

（ああ。そう言えば、スリーセブンと業務提携したときのパーティーにいたな。そのときは大学生だったっけ……。ふーん）

なんとなく思い出しながら、釣書の続きを読んだ。

——現在は二十四歳。Ｏ女子大学人間総合学部卒。趣味、スキー、テニス、ピアノ、バイオリン、旅行。特技、英会話。

「は？」

思わず声が出た。西園寺優里亜の釣書を頭からもう一度丁寧に読み直す。

（なんで職歴が書いてないんだ？　もしかして職歴がないのか？　働いたことがないのか？　そうなのか？　今まで一度も？）

そうとしか考えられない。透真はパタンと閉じた西園寺優里亜の写真と釣書を机に置いて、紙袋から別のお見合い写真を出した。そして、挟まれていた釣書に目を通す。

（ちょっと待て、こいつもか！　嘘だろ？）

開いて、閉じて、開いて、閉じて——そうして全てのお見合い写真と釣書をチェックした透真は、最後の写真を机に放り出して思わず叫んだ。

「こいつら全員ニートじゃねーか！」

ここにリストアップされた女性達は、生まれついてのお嬢様だ。父親が大手企業の代表取締役だったり、銀行の総裁だったり、テレビ局の重役だったり。あくせく働く必要がないのだろうことは想像に易い。だからといって全員が全員、親の臑齧りとは何事だ。美人なのは確かだが、言い換えると顔と親の肩書き以外になにもないじゃないか。

　このお見合い写真の中から相手を選んで結婚すれば、赤坂堂にはなにがしかのメリットがある。しかし、透真個人にはデメリットしかないことは明らかだ。働きもせず、親の金で旅行だスキーだと好き勝手に遊び回ってきた女が、結婚した途端に良妻賢母になれるわけがない。金の出所が親から透真に変わるだけ。透真はＡＴＭ兼アクセサリーだ。

「俺は働いている美人が好きなんだ！　美人でもニートはいやだっつーの！　俺をナニと結婚させようってんだよ、親父！」

　冗談じゃない！　今どき一度も働いたことのないニートが自分の伴侶だなんて！　本気で無理だ。仕事大好き人間の自分と、話どころか価値観さえも合うとは思えない。我が子に幸せな結婚をという親心はどこにいったのだ、親父よ。

　ドン引きした透真が顔を引き攣らせていると、ポロンとスマートフォンが鳴った。

（メール、か）

　スマートフォンに届くメールは全てプライベートのものだ。業務用はパソコンで受信するようにしている。しかし今、プライベートで急いで確認しなくてはならないようなメールが来る予定はなかった。だが、この漣立った心中を落ち着けるために少し別のことを考えようと、透真は広げたお見合い写真の山から、自分のスマートフォンを発掘した。

「ん？　なんだこれ？」

『あなたにピッタリなお相手が見つかりました』

そんなメールの件名を見て、スマートフォン片手に首を傾げる。

一瞬、新手のスパムかとも思ったのだが、透真は自分が受信許可したメールしか受信箱に入らない設定にしている。知らないアドレスから来たメールは、即迷惑メールフォルダ行きなのだ。だからこのメールは、透真が自分自身で受信を許可したアドレスから来たことになる。

送信元を確認しようと、透真は件名をタップしてメールを開いた。

『赤坂様。日頃より、結婚相談所のフタリエコネットをご愛顧いただき誠にありがとうございます』

「結婚相談所？　結婚相談って、ああ！　あれか！」

メールの冒頭を見た途端、すっかり忘れていた記憶が蘇る。

実は、透真の大学時代の同期が、数年前に事業を立ち上げたのだ。それがこの結婚相談所、〝フタリエコネット〟。大学時代に学んだ統計学を活かして、独自のマッチングシステムを構築。最新のＡＩが登録会員の中からベストパートナーを紹介してくれるというものらしい。名前は、ふたりと、結びつけるという意味のコネクトを掛け合わせた造語なんだとか。

当時、事業を立ち上げたばかりだった同期と飲みに行ったときに、「会員数を少しでも増やしたいから協力してくれないか」と頼まれて、透真も登録していたのだった。

（もう何年前になるか？　ノリで登録したからすっかり忘れてたぜ）

忘却(ぼうきゃく)の彼方(かなた)へと追いやっていたこの結婚相談所の名前を、透真はネットで軽く検索してみた。レビューをいくつか読んだが、なかなか評判がいいらしい。実店舗も少しずつ増えていて、今はスマートフォン用の専用アプリもあるとのこと。

（ふーん。やるねぇ）

会員登録は実店舗のみで行(おこな)い、独自の審査(しんさ)をクリアしなければ登録できない仕組みになっている。しかも、本人確認書類をはじめ、独身証明書やら卒業証明書、国家資格以上は資格証明書、おまけに収入や勤務先を証明するために、源泉徴収票(げんせんちょうしゅうひょう)や確定申告の控(ひか)えも提出させられる。

提出書類が多ければ多いほど、結婚相談所としての信頼が増すのかどうかは不明だが、それらの書類は、会員登録している限り毎年更新する必要があるんだとか。

ただ、透真自身は更新手続きをしていないのだが――

『俺の年収なんて、毎年そんなに変わらないしな。て言うか、本当の額を書いたら、俺にマッチングする女が増えないか？　嵩増(かさま)し登録なのにそれじゃあ本末転倒(ほんまつてんとう)だろ。逆サバしとこう。仕事も普通の会社員にしてと。履歴書？　俺が同じ大学出てるの、おまえが知ってるじゃないか。独身証明書もパスパス。え？　ＡＩが顔面偏差値採点するから写真は絶対必要？　しょうがないなぁ、んじゃ今スマホで撮れよ。写真館とかいいよ。

俺イケメンだからスナップで。なに？　他にも感覚テストとかあるのか？　それを受けたら、俺がどんなタイプの美人が好きとかもわかるわけ？　へぇ、心理テストみたいなやつか。それは面白そうだな。今スマホでできるのか？　んじゃ受けるよ。更新手続きをそっちでしてくれといたら、俺が結婚するまで会員登録してていいぞ』

なーんて、同期と飲みながらノリで言った気がする。マッチングしてもらう気なんかさらさらなかったから、写真なんか変顔で登録したっけ。同期は会員登録数が増えた今も、透真の言葉通りに毎年更新していたようだ。なんとも涙ぐましい営業努力である。

（ああ、だんだん思い出してきた。酒の勢いって怖えーな）

若気の至りに自分で失笑しながら、透真はマッチングメールをスクロールした。本文中に記載されていたＵＲＬから、会員専用ページにログインする。表示されたページには、ＡＩがマッチングしてくれた「赤坂透真様にピッタリなお相手」のプロフィールが表示されていた。

（Ｈ・Ｙさん？　この人が俺にピッタリな相手ねぇ？　ふーん、二十九歳か。身長一五八センチ。体重四二キロ。会社員。あ、職業のカテゴリーが研究者だ。女の研究者か！　リケジョだな、リケジョ。年収、五百万。へぇ～うちの研究者と同じくらいか。分野はなんだろう？　結構大手に勤めてそうだな。勤続二年……ああ、大学院を出てるのか。趣味、研究だって。はは！　仕事が趣味なタイプか？　顔は見れないのか？　顔）

イニシャルの横に、青背景にバストアップの証明写真風の画像が表示されるが、顔の中央がうっすらとぼかしてある。髪型や髪色、体型などの雰囲気はなんとなくわかるものの、それ以上に鮮明な写真を見ることはできない。なるほど、名前や勤め先、顔写真などの個人が特定できる要素には、フィルターがかかる安全仕様らしい。ここで相手のだいたいのプロフィールを確認して、お互いに興味を持ったら次のステップに進むわけか。

父親が持ってきた見合い写真と釣書よりも、明らかに熟読している自分に気が付いて、透真は取り繕うように軽く咳払いした。この部屋には自分しかいないのに。

ページの最下部にある、「Ｈ・Ｙさんに会ってみたいですか？」という問いを視界の端に入れつつ、このＡＩマッチングシステムの解説ページに飛んだ。

（まぁ一応、どんなシステムか把握しときたいしな……俺とこの人がどういう基準でマッチングしたのか、とかさ）

自分で自分に言い訳しながら、ページを熟読する。

店舗で新規会員登録が完了すると、翌日からＡＩがマッチングを開始。希望の条件を合致させるだけでなく、ふたりの共通点などもマッチングポイントになるらしい。それは趣味だったり、思考だったり、食の好みだったりといろいろだ。他にも、お互いをうまく補完し合えるような組み合わせになることもあるんだとか。

マッチングすると、まず既会員にマッチングメールが届く。透真が受け取ったあの『あなたにピッタリなお相手が見つかりました』というメールだ。

既会員が先に大まかなプロフィールを閲覧。会ってみるかどうかの問いに、【はい】を選択すると、新会員にマッチングメールが届く。ちなみに、どちらかが会わない——【いいえ】を選択すると、ＡＩが瞬時に好みを再学習して、同様の異性を紹介しないようにする仕組みだ。

ＡＩは常に学習を続けているので、既会員同士のマッチングも行われ、最近では成婚カップル誕生率が二十％を超えているのだとか。ちょっと検索してみたところによると、大手の結婚相談所の成婚率がだいたい十％らしいので、ちょうど倍になる計算だ。

（へぇ……そんなにいいのか、これ……）

〝最先端ＡＩマッチングシステムが、あなたを想い、助け、寄り添ってくれるベストパートナーをご紹介します〟

ページに書かれたキャッチコピーがただの宣伝文句だとわかっているくせに、どこか心惹かれている自分がいる。

登録するとき、どうして年収を逆サバしたり、役職を変えたり、適当な写真を送ったりした？　どんな男よりも赤坂透真がいいと言ってくれる女性に出会いたかったからではないのか？　あのときから自分は、運命の出会いを待っていたのかもしれない。

透真はページを戻って、紹介された女性の写真をもう一度眺めてみた。ぼかされた写真だが、痩せ型なのはわかる。髪色は黒。短いのか、結っているか……たぶん結っているのだろう。シンプルな白い服を着ている。飾り気のない女性だ。これが——いや、この女性が、AIが導き出した自分のベストパートナー。

——H・Yさんに会ってみたいですか？

（そりゃあ、まぁ……）

こんなマッチングシステムでも利用しなければ、出会うこともない人だろう。

〝フタリエコネット〟は同期が立ち上げた会社だ。怪しい出会い系のそれとは違うと頭ではわかっている。だが言葉にできない躊躇いがあるのも確かで——なのに、迂闊な指先がスマートフォンの画面にポンと触れて、【はい】のボタンを押してしまったのだ。

「あ」

しまった！　と思ったときには既に画面が切り替わって、「H・Yさんにアポイントメールを送りました。返事があるまでしばらくお待ちください」と表示される。確認画面すら出ない。なんというスピードだ。

「んん〜。ま、いっか……」

詰めた息を吐いて、椅子に身体を預けた。

【はい】のボタンを押してしまったからと言って、必ず会えるとは限らない。相手の意思もある。透真がノリで登録したあのプロフィールを見て「会いたい」と思う女性は相当のレアだ。実際、登録したのは数年前のはずだが、今日までマッチングメールが来なかったのがいい証拠。少なくとも、父親が持ってきたお見合い写真のご令嬢達とは真逆のタイプの女性だろう。

（ベストパートナーねぇ……。そんな女が本当にいるなら……）

会ってみたい――それは透真の純粋な興味だった。

◆　◇　◆

『あなたにピッタリなお相手が見つかりました』

仕事が終わって電車に揺られているとき、華子はこんなタイトルのメールを受信した。送信元は、昨日、本会員登録が完了した結婚相談所〝フタリエコネット〟だ。

「うほ！」

電車の中なのに、興奮したオランウータンのような声が出てしまい、隣に座っていた人にギョッとされる。華子は「スミマセン」と小さく頭を下げ、またスマートフォンの画面を見つめて鼻息を荒くした。

（ほ、本当に来ました。すっごーい！　思ったより早かったですねぇ〜）

華子は誕生日に〝フタリエコネット〟の店舗に向かったが、あの日はシステム説明と仮登録だけで終わってしまった。本登録に進むためには、様々な証明書が必要になる。それらの書類を揃えるのに二週間。それから審査に一週間。そして審査が通ったら、今度は自分のプロフィール作成と、感覚テストだ。

感覚テストは一般常識から道徳的思考、それからあらゆる人間の顔パターンを見せられて、その中から自分が「好ましい」と思ったものを選ぶ形式だった。受けた印象では、パーソナリティ理論に基づいた一種の性格分析だと思う。潜在意識を探る感じだ。これを元にＡＩがマッチングを行うのだろう。

写真の提出も必須で、この提出された写真をＡＩが画像解析して、骨格から顔面偏差値採点を行うのだとか。科学はここまで進歩したのか。

華子が駅前にある証明写真機で撮った正味九百円の写真を提出すると、「本当にこちらでよろしいんですか⁉」と、担当者に何度も確認されてしまった。

聞くところによると、写真館でお見合い用の写真を撮影してもらい、それを登録する人が圧倒的に多いのだそうだ。九百円の証明写真——しかも、ひっつめに白無地のＴシャツ、おまけにすっぴんの写真を提出してきた人間は今までひとりもいなかったと見える。だが華子にしてみれば、個人情報保護の観点からぼかしが入るとわかっている写真に、わざわざ気合いを入れる意味がわからない。どうせ見るのはＡＩだけだ。ＡＩの画像判定に影響するのは解像度のみで、どんな髪型だろうがメイクだろうが背景だろうが関係ない。あれやこれや言うのは人間の感性だ。

（どれどれ？　どんな方をご紹介いただいたんでしょう？）

最先端のＡＩがもたらす情報に、華子は興味津々だ。

華子は早速、本登録時にインストールした〝フタリエコネット〟専用アプリを立ち上げた。

（なになに？　イニシャルＴ・Ａ氏。三十二歳。身長一八二センチ。体重七二キロ。会社員。職業カテゴリーはサービス業。年収三百万円。勤続十年。最終学歴、Ｋ大経済学部。趣味は仕事。――うん、超普通ですね！）

お相手のプロフィールを読み上げて、心の中で頷く。

華子が相手に求めるものはそう多くない。容姿や年収、学歴なんかは気にしないし、結婚しても、華子が研究を続けることに賛成してくれればそれでいい。あとは、ついつい食べることを疎かにしてしまう華子の面倒を見てくれたら大変有り難い。

プロフィールを全部読むと、ページの最下部に、「Ｔ・Ａさんに会ってみたいですか？」という問いが出てくる。せっかく結婚相談所に登録したのだ、【はい】以外の選択肢なんて存在しない。むしろ、【いいえ】を選択する意味がわからない。

華子が迷わず【はい】のボタンを押すと、ページが変わってカレンダーが表示される。

このページで、会うのに都合のよい日時を登録するらしい。

　初めて会うときは、あまり気合いの入った店だと緊張するので、カジュアルな店がいいらしいが、恋愛慣れしていない登録者がそんな都合のいい店を知っているわけがないことも、我らが親愛なるフタリエコネットは織り込み済みだ。ふたりの勤務地や自宅から無理なく行くことができるレストランや喫茶店といった食事処を、AIが待ち合わせ場所としてリストアップし、予約代行までしてくれる。まさに至れり尽くせり、フタリエコネット様様である。

（登録以外は全部アプリ上で完結するなんてすごいですねぇ〜。じゃあ、会う日を決めないと……）

　とりあえず今は自分が主体で進めている研究はないし、再再提出した次世代型ハイドロキノンα〞のプレゼン資料の結果も戻って来ていない。残業することもないと踏んだ華子は、平日日中以外は全てあいていると回答した。店も、リストアップされた全ての店舗にOKを出した。

（これだけ対面可能日に設定すれば、どこか一日くらい合うでしょう）

　あとは相手の返事を待てばいい。相手に本当に会う意思があるのなら、日程もサクッと決まるだろう。そう予想した途端、アプリから通知が来て、お相手と対面する日が今週金曜の夜に決まった。場所は、職場の最寄り駅付近にあるレストランだ。徒歩十五分ほどで着く距離である。

当日、待ち合わせ場所に着いたら、アプリにある到着ボタンを押すことで相手に連絡することができる仕様らしい。すれ違いを防ぐために当日になるとチャット機能も解禁される。ただし、連絡なしのドタキャンはフタリエコネットの本部に連絡が行き、一発退会処分となる。厳しいが、この厳しさがフタリエコネットの人気の秘密だ。

（仕事が速いですね、Ｔ・Ａ氏。好感度高いです〜。うちの商品開発部も見習えこの野郎です）

もう三週間も待たされている次世代型ハイドロキノンαの件と比較せずにはおれない。

画面の向こう側で、Ｔ・Ａ氏なる人物が自分に会おうと予定を入れてくれたのだと思うと、妙な高揚感を覚える。しかもこれはデートだ。確認のためにネットでデートの意味を調べてみると、日時や場所を定めて男女が会うこと、とある。ほら！　やっぱりデートだ！

人生初のデートの約束に、華子はホクホク顔で電車を降りた。

◆　◇　◆

「山田女史、どうされました！　今日は珍しい格好ではありませぬか！」

出社した華子を出迎えたのは、同僚、阿久津の驚いた声だ。阿久津が突然大声を出すものだから、皆の視線が一気に華子に集中する。

珍しいと言っても、華子が着ているのは、就職活動に使っていた一般的な黒のリクルートスーツである。しかしこのリクルートスーツこそが、華子が持っている服の中で、最も値の張る文字通りの一張羅（いっちょうら）だ。

今日は金曜日。待ちに待ったT・A氏との対面日である。

初デートでTシャツにジーンズはさすがにラフすぎて失礼であろうと考えた華子は、熟考の末にリクルートスーツを引っ張り出してきたのだ。鞄も革製に変えたし、髪もゴムではなくバレッタでとめた。足元もパンプス。顔にはルースパウダーも叩（たた）いた。華子最大級のお洒落（しゃれ）である。

自分のお洒落に気付いてもらえたのが、ちょっと照れくさい。仕事帰りに男と会うなんて、めちゃくちゃOLっぽいではないか。華子は上に羽織（はお）った白衣のポケットに両手を突っ込むと、「えへへ……」はにかんだ笑みを浮かべた。

「もしや、転職――」

「違います」

予想だにしていなかった阿久津からの質問に、サッと笑みを消して真顔（まがお）で答える。華子がデートに行くなんて、他の研究員は考えもしないのだ。そもそも華子に転職の意思はない。なにせ華子には次世代型ハイドロキノンαがある。

（わたしの次世代型ハイドロキノンαちゃんを活かさないなど、会社的な、いえ社会的な損失です。商品開発部もそれぐらいわかるでしょう。果報は寝て待てと言いますからね。わたしはじっくり待ちますよ〜）

華子はパソコンに接続された蛍光実体顕微鏡の前に座った。

華子が今手伝っているのは、畠山所長が中心となって進めている、グラスファイバーを配合したマスカラの再開発だ。既に製品化されているのだが、商品開発部から「洗顔時に落ちにくいのをどうにか改良してほしい」とリニューアルを依頼された物である。

（だったらコーティング剤の成分を改良したほうが早いような気がしますけど……）

そんなことを考えながら、新開発のマスカラの上に、赤坂堂が発売しているメイク落としを各種垂らして、どの商品でどうなるかを顕微鏡で観察する。地味だが、現状の把握のためには大切な作業だ。

黙々と……ひたすら黙々と顕微鏡を覗く。そうしているとあっという間にランチタイムだ。

「山田さん。お昼だよ。もう皆行ってるし、僕らも行こうか」

「あ、はい！」

所長の声に顔を上げる。いけない、いけない。ちゃんとご飯を食べなくては。

（では、メールチェックしてからご飯にしましょう）

こういうことをするから、ついつい食いっぱぐれる。それはわかっているけれども、華子はいつもの習慣でメールボックスを開いた。

『次世代型ハイドロキノンαについて』

そんな件名のメールが受信箱に入っている。受信時刻はついさっきだ。きっと商品開発部からの返事に違いない。

待ちに待った連絡を、華子ははやる気持ちを抑えきれずに開いた。

『提出いただきました次世代型ハイドロキノンαの詳細を拝見しました。その有効成分の効果効能は認めますが、開発方針から今回は採用見送りと致します』

「……採用見送りって……はぃぃ⁉」

淡泊すぎるメールを前に、目を見開いて驚愕する。ランチに行こうとしていた所長も足をとめてこちらを見ていた。吉報と信じて疑わなかった知らせなのに、見送りだなんて信じられない。商品開発部はしっかり検討し直してくれたのだろうか？　検討し直してこの結果なのか。本当に？

華子はパッと電話を取ると、商品開発部の担当者に内線をかけた。

「もしもし！　研究所の山田です。次世代型ハイドロキノンαちゃんの件で確認したいことがあるのですが、担当者さんは——あ、はい……はい……ではお戻りになったら——え、そうなんですか？　はい……わかりました……では後日改めて……」

電話を切ってドサッと椅子に崩れ落ちる。近付いてきた所長が、おずおずと聞いてきた。

「開発部はなんて？」

「採用見送りだそうです。担当者に電話したのですが、今は昼休憩だと。折り返しの連絡を頼もうとしたんですが、今日は午後から会議があるから来週にしてほしいと言われて……」

「あー……それはぁ……」

逃げられた――それぐらい、華子にもわかる。おそらく来週電話しても担当者は出ない。直接出向いても離席しているか、他の用事があるからと邪険にされてしまうだろう。採用できない理由を教えてもらえれば改良の余地もあるのに、商品開発部は華子を相手にする気なんてまるでないのだ。

「よくあること。よくあること！　僕らの仕事は会社の手数を増やすこと。増やした手数をいつ、なにで、どう使うかを決めるのは商品開発部。それぞれの領分があるんだから」

察した所長が宥めるように、優しく諭してくれる。

「…………はい」

そう返事をするものの、悔しさとやり切れなさが胸に込み上げてきた。行き場をなくした感情が、身体の中に澱のように蓄積するのだ。

「所長、お昼に行ってください。わたしはちょっと食欲がなくなってしまったので……」

華子がそう言うと、所長は少し眉を下げた。

「そうかい？　じゃあ、そうさせてもらうけど、あまり思い詰めないことだよ」

ぎこちなく微笑んで頷いてみせる。

所長が食事に出て、研究所にひとりになった華子は、握りしめた拳を小さく机に叩きつけた。

（有効打がありながら使わないだなんて、怠慢以外のなにものでもないですっ！　仕事しやがれってんですよ！　おたんこなす！　だからいつまで経っても赤坂堂は二位なんですよ！）

腐るつもりはないが腹は立つ。真剣に取り組んでいたから尚更だ。

華子は胸中でひとしきり毒づいて、椅子の背凭れに身体を預けた。そして、天井を仰ぎながらそっと目を閉じる。いつか所長と阿久津に言われた言葉を思い出していた。

これは洗礼なのだと。仕方のないことなのだと。諦めるしかないのだと……

だが諦めるなんてことは、華子のポリシーに反する！

（ふんだ！　誰が諦めるもんですか。見てるがいいです。なにがなんでも商品化してみせます。商品開発部め、次世代型ハイドロキノンαちゃんの前にひれ伏すがいいです!!）

逆境こそチャンスなり。具体的なアイディアはまだないが、せっかく生み出した最高傑作をお蔵入（くらい）りなどしてたまるものか。華子は鼻息を荒くすると、机の引き出しにストックしていたブドウ糖（とう）入りゼリー飲料を取り出して、チューッと一気飲みした。

（や、やばいです！　ピンチです！　初デートなのに遅刻です！）

　華子はスマートフォン片手に全力疾走（しっそう）しながら、待ち合わせのレストランへと向かった。

　現在時刻は十八時五十九分二十秒。T・A氏との待ち合わせ時間の十九時まであと四十秒しかない。次世代型ハイドロキノンαをどうやって救うかを考えることに夢中になって、会社を出たのが定時を四十五分も過ぎてからだったのだ。十五分で着く距離だと思って油断しすぎた。本当はもっと早く会社を出るつもりだったのに。

　アプリの通知によると、T・A氏はもう待ち合わせの場所に着いている。しかも約束時刻の十分前にだ。氏には、本日解禁されたチャット機能で、「やや遅れるかもしれません」と念のために断りを入れてはいるものの、だからといってのんびりはしていられない。

（パ、パンプス……走りにくい……）

普段穿き慣れたジーンズとスニーカーが恋しい。

約束の時刻を一分過ぎて、汗を垂らしながら待ち合わせのレストラン前に到着した。辺りを見回すと、入り口から少し離れた道路脇に、スーツ姿の男の人がひとり立っているのが目に入る。道行く人はたくさんいるが、立ち止まっている人は他にいないし、おそらくあの人が件のT・A氏だろう。そう当たりを付けた華子は思い切って近付いた。

「あ、あの……はぁはぁ……フタ、フタリエコネ、ットの……はぁはぁ……えっと……」

呼吸はめちゃくちゃ、汗はダラダラ、単語はカミカミだ。この人がT・A氏じゃなかったらどうしようという不安と、待たせてしまった申し訳なさがごちゃまぜだ。かなりいっぱいいっぱいで、華子は今自分がどんな状態で、この人にどんなふうに見られているかなんてまったく考えもしなかった。

「…………………君が、H・Y、さん？」

たっぷりと間を置いた彼の視線が、華子の頭の天辺からつま先までを移動する。どうやら人違いではなかったようだ。身長一八二センチのプロフィールの通り、背が高い。スーツ姿のせいかもしれないが、がっちりしたその体格は、研究所で見慣れた男性同僚らとはまるで違う。

華子は手にしていたスマートフォンからフタリエコネットの専用アプリを開いて、証明するように自分のプロフィールページを見せた。

「は、はい！　山田華子と申します！　初めまして！」

　意識して元気な声を出す。ついでにニコッと笑うと、T・A氏の口角がピクッと引き攣ったように上がった。

「……ど、どうも……」

　相手は言葉少なだ。もしかして、おとなしい人なんだろうか。だとすると、結婚相談所を利用するのも納得だが。

（それとも怒ってるんでしょうか？　一分二十秒くらい遅れてしまいましたし）

「あの、すみません。お待たせしてしまって……」

　ぺこりと頭を下げる。氏は表情ひとつ変えずに、「いえ」と言った。

「仕事は大丈夫？」

「ええ、それは、はい。大丈夫です」

　おそらく氏は、華子の仕事が長引いて時間に遅れたのだと思ったのだろう。そんな人に、仕事自体は定時で終わっていたのだとはとても言えない。眼鏡の奥で、微妙に視線が泳いでしまう。

「……じゃあ、入ろうか」

「そ、そうですね」

　T・A氏が木製のドアを引くと、カランカランとドアベルの音がする。「どうぞ」と先に促されて、華子は店内に入った。

（初めてレディファーストされちゃいました。この人は紳士ですねぇ）

「いらっしゃいませ。二名様ですか？」

「七時に予約していた者です」

出迎えてくれた女性店員に、氏がスマートフォンから予約番号を見せている。

華子は初めて来たのだが、ここはハンバーグ・ステーキ専門店らしい。個人経営で、レンガ造りの壁にどこかほっこりした雰囲気を感じる。「夜バルはじめました」と、手書きの看板があった。

店員に案内された奥のテーブル席に向かい合って座ると、お冷やとおしぼりが二つずつ、メニューが一冊、テーブルに置かれた。

この一冊のメニューというのは微妙に困る。独り占めするわけにもいかないし、かと言って、初対面の人と一緒に顔を突き合わせて見るのも気が引ける。恋愛力というか、コミュニケーション能力に長けた人なら困りもしないのだろうが……

「山田さんは、ここに来たことはある？」

急に話しかけられて慌てて顔を正面に戻すと、T・A氏がメニューを広げている。

「えっと……ないです。初めてです」

「俺は何度か来たことがあるよ。この黒毛和牛一〇〇％ハンバーグセットが、この店の名物。ソースもオリジナルでね。結構旨(うま)い」

氏の気さくな口調に、おとなしいという第一印象はすぐに消え失(う)せる。かなりコミュニケーション能力の高い人らしい。爽(さわ)やかと言うんだろうか。華子がメニューを見やすいように向きを変えてくれたりと、気遣いも見える。

そんな人だから、少し落ち着きを取り戻した華子は勧められるがままに頷(うなず)いた。

「そ、そうなんですね。じゃあ、それにします」

食べ物なんてなんでもいい。好き嫌いはないし、こだわりもない。口に入る物はなんでも栄養だ。

「俺も同じのにしようかな」

注文が終わって店員が去ると、Ｔ・Ａ氏はジャケットを脱ぎながら話しだした。

「あー。なにを話せばいいのかな。俺、今回初めて結婚相談所を利用したから、こういうの慣れてないんだ。やっぱり最初は自己紹介かな？」

「自己紹介！」

華子はその単語に敏感(びんかん)に反応すると、すぐさま鞄からＡ４サイズの茶封筒を出して、それを氏に差し出した。

「……これは？」

不思議な表情を向けられる。一応、笑ってはいるが、驚いているようでもあり、警戒しているようでもある。そんな彼に、華子は自信満々に胸を張った。

「わたしの履歴書です。自己紹介ならこれが一番効率的かと思いまして」

フタリエコネットの自己紹介ページはかなり簡易的だ。名前や勤め先など、個人情報にかかるところは全てぼかされている。というのも、対面して信頼できそうな相手だと判断できたら、自分で名乗ったり勤め先を教えたりすることになっているからだ。つまり、実際に会ってみて「なんか違う」「この人ヘンだわ」と思ったら、個人情報はなにも教えずに「さようなら」することもできる。

だが華子にそんなつもりはなかった。せっかく結婚相談所に登録してまで、最先端のＡＩに「相性がいい」相手を紹介してもらったのだ。相手からお断りされるのは仕方ないとしても、自分から断るのはなんかもったいないではないか。

今回のデートの目的は、お互いを知ること。隠し事をするメリットはゼロだ。自分の情報を開示せずに相手のことだけを知ろうなんて虫がよすぎる。――そう結論付けた華子は、みっちりと書き込んだ履歴書を持参していた。

「そ、そう？　じゃあ、読ませてもらおうかな」

氏は封筒から履歴書を出して紙面に目を走らせている。その間、華子は手持ち無沙汰だ。

（緊張しますね。就職活動の面接を思い出します）

まぁ、就活も婚活も似たようなものだろう。まずは条件が合うか合わないかだ。履歴書の本人希望欄にはしっかりと「結婚しても研究を続けたいです」と書いておいた。これが一番大事だ。

　ところでさっきから、どこからともなくチラチラと視線を感じる。なんだろうと思って見ると、二つ横の席に座っている二人組の女性客が、Ｔ・Ａ氏を見て「かっこいいね」と囁いているのが聞こえた。今度は反対側を見てみると、オーダーを取ってくれたさっきの店員が氏の横顔に熱い視線を送っている。この店は店員もお客も女性のほうが多いようだが、そのほとんどの視線がＴ・Ａ氏へと向いている。ひとりの人が視線を向ける時間は短いのだが、交互に絶えず誰かが氏を見ているので、氏の目の前に座っている華子もその視線の余波に晒されることになるわけか。

（なるほど！　この人はかっこいいんですね！　ホモ・サピエンス的に！）

　周りの女性の反応に確信を持つ。履歴書を読むＴ・Ａ氏の顔をまじまじと見ると、確かに整った顔立ちだ。

（ホモ・サピエンスは、左右対称の顔立ちを遺伝子的に健康状態が良好だから好むという説が以前ありましたが、最近は左右対称顔のほうが、脳が知覚的な処理をしやすいために選好されやすい、という説に変わりつつあるようですね。イケメンは、個体認識するのに脳のリソースを割く割合が少なくて済むから好まれている……言い換えると、単純造形でずっと見ていても疲れない顔ということでしょうか？）

『彼氏が超イケメンなんだけど、ムカついてもあの顔を見るだけで落ち着くの。まぁ、いいかって気分になる』と、大学時代に同級生が話していたのを聞いたことがある。そのような現象も、左右対称の単純顔が脳に与える影響と考えると面白いかもしれない。

（まぁ、わたしには、よくわかりませんけれどね）

ひどい乱視と近視で、華子の視界は眼鏡越しにも歪（ゆが）んでいる。そこに脳味噌補正までも自動（オート）で加わっているのだから、視覚情報など当てにはならない。人間の大脳皮質の三割が視覚に関連したものなのに、脳が度々錯覚を起こすことはよく知られている。時には二次元と三次元の区別さえつかない。騙（だま）し絵なんて最（さい）たるものだ。人間は、見たいものを主観と希望と憶測と、更には自己解釈まで交（まじ）えて、見たいように見る。つまり、人間の脳は「高度なアホ」という矛盾を抱えているのだ。

華子がそんなことを考えていると、T・A氏が「ああ」と声を漏らした。

「君はうちの研究員か」

「え？」

理解が追いつかずに、きょとんとして聞き返す。氏は華子の履歴書をテーブルに置いて、脱いだジャケットの内ポケットから革製の名刺入れを取り出した。

「自己紹介、俺の番だね。履歴書はないが――はい、名刺」

差し出された名刺を受け取りマジマジと見つめる。見慣れた赤坂堂のロゴマークの横には、仰々しい役職名が書いてあった。

「赤坂堂の執行役員兼、チーフ・ストラテジー・オフィサーの赤坂透真です」

「えっ！　同じ会社ですか⁉」

　これには華子もさすがに驚いた。眼鏡の奥で思いっきり目を見開いて、名刺とホモ・サピエンス的に好ましいらしい彼の顔を交互に見つめる。見事な左右対称顔だ。

「や、役員さん……なんですか？」

「ついでに言うと、赤坂社長の長男ね。俺の顔、社内報で見たことないか？　ちょいちょい載ってるんだけど」

　爽やかに微笑む左右対称顔を見ながら、華子は「ははは〜」と誤魔化し笑いを浮かべた。

（ないですねぇ……）

　華子は社内報に微塵も興味がない。人事異動や商品売り上げ、表彰などが書かれた社内報より、尊敬する高分子化学の教授が書いた論文を読むほうが好きなのだ。でも、この人の言うことが本当なら、自社の上役が——社長の息子が自分の目の前にいることになる！　なんという偶然！　なんという幸運！　このチャンスを逃す手はない！

　可愛い可愛い次世代型ハイドロキノンαちゃんのため、華子は目をギラつかせながら身を乗り出した。

「赤坂堂美容科学研究所所属研究員、山田華子です！　わたしが開発した次世代型ハイドロキノンαちゃんについて直訴します！」

「は？」

綺麗な左右対称顔が、華子を見上げてぽかんと呆気に取られている。そんなことはお構いなしに、華子は自分の最高傑作がいかに優れているかを延々と語りはじめたのだった。

◆　◇　◆

「――従来のハイドロキノンは、作用が強すぎて副作用が起きやすい成分であったことはご存知の通りだと思います。そこで赤坂堂ではハイドロキノンにブドウ糖を結合したα‐アルブチンを、ハイドロキノン誘導体として使用してきました。これは安全性はピカイチですが、効果のほどはやはり本物のハイドロキノンと比べると劣ります。そこで次世代型ハイドロキノンαちゃんでは、アルブチンのチロシナーゼの働きを阻害してメラニンの生成を抑制する効果はそのままに――」

早口で延々と講釈を垂れ流し、身振り手振りを交えながら、時にはペーパーナプキンに構造式を書いてみせるリケジョを前に、透真は笑いを堪えるのに必死だった。

（直訴……直訴って……。しかもなんで成分の名前に〝ちゃん〟付け……）

自然と肩が揺れる。

――失敗した。

待ち合わせの場所に走ってきた彼女を見たときの、透真の正直な感想がそれだった。

量産品のリクルートスーツに、黒髪のひっつめ。化粧に至っては、一応パウダーを叩いてはいるようだが、すっぴん風メイクを通り越したほぼすっぴん。そして極め付けは瓶底丸眼鏡だ。正直、めちゃくちゃ地味な上にダサすぎて直視に堪えない。

（ちょっと待てよ！　俺は美人が好きなんだが？　そういうのが心理テストでわかるんじゃなかったのか⁉　こんな地味女、完全に俺の範疇外だぞ！　ひ、人違い！　そうだ、人違――）

「山田華子と申します！　初めまして！」

結婚相談所の自己紹介ページを片手にニコッと微笑まれて、素直な表情筋が引き攣る。

ガッデム……これで人違いの線は完全に潰えた。瓶底丸眼鏡こと山田華子が、ワクワクしながら店の中にも入らずに待ち続けたＨ・Ｙさん。

飾り気がないのはあの朧気な写真からも伝わってきていたが、これは飾り気なさすぎだろう。自分を少しでもよく見せようという気が微塵も伝わってこないことが、透真には耐えられないのだ。

赤坂透真、三十二歳。美人が好みだと言って憚らない男である。

美人が好きでなにが悪い。その分、自分の顔に自信はあるし、スタイル維持の努力だってしている。なにせ、〝美はつくれる〟が、社訓の赤坂堂の経営者一族だ。美とは努力の結晶なのだ。

ガッカリなのは本心だが、それでも店は予約しているし、相手の顔を見るなり「用事ができた」と言ってとんずらするわけにもいかないだろう。どんな瓶底丸眼鏡の地味女でも女は女だ。いやな気分で帰ってほしくないというホスト精神が働くのは、女性相手の商売を生業としている人間の性かもしれない。

とりあえず、店に入って腰を落ち着ける。どんなアルゴリズムでこの瓶底丸眼鏡と俺をマッチングさせたんだと、今度同期を問い詰めてやろうと決意しつつ、料理を注文した。

料理が来るまで自己紹介でもするかと話をふったら、あろうことか山田華子は履歴書を提出してきたのだ！　婚活に就活用の履歴書を持ってくるのは普通なのか？　それとも自己PRのつもりか？　女性が会って間もない男に自分の詳細を書いた履歴書をホイ渡すなど、不用心過ぎて逆にドン引きである。警戒心というものはないのか？　とは思いつつも、努めて顔には出さずに履歴書に目を通す。すると彼女の職場は、赤坂堂だと書いてあるではないか！

（ええっ⁉　マッチングポイントそこ？　そこなのか⁉）

まさかの共通点である。もっと他に運命的なマッチングポイントはなかったのか。最先端とは言っても所詮はＡＩなのかと落胆が隠せない。

研究所は本社の敷地内にあるが、完全に別棟なので行き来はほぼない。まだ本名を名乗っていないし、透真が自社の役員だということに彼女が気付いているようにも見えないが、あとから気付かれるのも、それはそれで面倒だ。

（ってか、自社の社員は無理とか理由を付けて、二度目は会わない話に持っていったほうが無難か？）

うまい断り方が見つかってよかったじゃないかと思いつつ、名刺を渡して自己紹介をすると、彼女の目の色が露骨に変わった。透真が自社の役員で、社長の息子だと知った途端、あの瓶底丸眼鏡の奥で目がくわっと見開いたのだ。

（あ、なんだ。こいつもか）

透真が繰り返した出会いと別れの数は、赤坂堂の社長の息子という透真の肩書きや年収、そしてこの顔に釣られて寄ってきた女の数と、そのまま一致する。

女受けのいいこの外見と、赤坂堂の社長の息子という肩書きは、最強のリトマス試験紙だ。どいつもこいつも目の色を変えて媚を売ってくる。透真ではなく、〝赤坂透真〟というアクセサリーに付随してくる金が目当てなのがあからさますぎて、滑稽で嗤えるのだ。そして、目の前の彼女の反応に、どこか裏切られたような気持ちになる自分も。

誰も透真を見てはくれない――透真のそんな仄暗い感情も、彼女のひと声で一気に吹っ飛んだ。

「赤坂堂美容科学研究所所属研究員、山田華子です！　わたしが開発した次世代型ハイドロキノンαちゃんについて直訴します！」

「は？」

素で面喰らう。

今は仕事中ではない、結婚相談所の紹介による顔合わせの席だ。なのに、彼女がはじめたのは、仕事のプレゼンである。仕事熱心なところは素直に好ましいと思うが、本来なら自己PRをするべき場で、自分が作った有効成分のPRをしているのだから、ちょっとどころかだいぶおかしい。普通じゃ考えられない。

（と言うかこいつ、俺の顔を見てもろくに反応しないんだよなぁ……）

この店に入る前も入ってからも、透真は周囲の女性達からちらちらと視線を向けられていた。中には露骨に秋波を送ってくる者もいる。それが透真の日常だ。ちょっと微笑んでやれば、女は誰もが頬を赤らめる。

試しにニコッと微笑んでみると――

「臨床結果も揃っていますし、実用には充分耐えうる品質を確保していると自負しています！　保水力もですね、赤坂堂がラインナップしている三万円台の高級化粧品シリーズの三・二五倍です。使うと肌が本当に違うんです。この保水力にも次世代型ハイドロキノンαちゃんが作用していまして、この〝次世代型〟というのがですね、水にも油にも溶けて――」

これである。清々(すがすが)しいほどの完全スルーだ。

こんな反応をされたのは生まれて初めてのことで、思わず笑ってしまう。

彼女は自分の容姿(ようし)にも無頓着(むとんちゃく)のようだが、男の容姿にも無頓着なのだろう。今まで透真の周りにはいなかったタイプだ。

「あとですね、この化粧水は主成分が水ではありません。もう、主成分が水の時代は古いと――」

「ストップ、ストップ、ストップ。ちょっと待って」

何時間でも続きそうな講釈を押しとどめるように、透真は彼女の話を遮(さえぎ)った。その上で、冷静に突っ込ませてもらう。

「君がうちの研究員だというのはわかったが、今は開発品ではなく、君自身のプレゼンをする場じゃないのか？　一応俺達は今、結婚相談所の紹介で会っていて、仕事中じゃない。あと、仮にも開発品だ。誰が聞いているかもわからない社外でプレゼンするのはやめようか」

「あっ！」

自分がだいぶズレていたことに華子はようやく気が付いたらしい。しゅんと肩を落として俯いた。

「す、すみません……わたし……あの……」

「以後気を付けて」

「は、はい……本当にごめんなさい」

声が震えている。

(ちょっと言いすぎたか?)

おそらく彼女は非常に真面目な性格なのだろう。プレゼンから仕事熱心なのも伝わってくるし、なにより履歴書の本人希望欄に「結婚しても研究を続けたいです」と書いてある。

(仕事が好きなのも、俺との共通点、か?)

彼女が作った化粧品を、透真が売る——そう考えると、確かにベストパートナーと言えないこともないかもしれない。多少、奇っ怪な行動も目に付くが、今のところ仕事熱心のひと言でカバーできなくもない……かもしれない。透真の年収や肩書きに釣られない女性という条件は満たしている。AIもAIなりに仕事をしていたということか。

(なるほどね。ベストパートナー……。これで美人だったら俺好みの女性ってことになるのか。まぁ、見た目はちょっとアレだけど、女は磨けばどうにでもなるしなぁ。あのダサい眼鏡外して、髪型と服を変えてみたら案外いけたりするか……?)

まさに〝美はつくれる〟である。そんなことを考えながら、透真は恐縮しきっている彼女を見つめた。

「怒ってないからそう落ち込まないでくれ。君の話は興味深かったよ。商品開発部にも、再検討するように俺から言っておく」

「あ、はい。ありがとうございます！」

　華子に笑顔が戻ると、ちょうど店員が料理を運んできた。熱々の鉄板を銀色の蓋が覆っている。これを目の前で取って、仕上げにオリジナルソースをかけてくれるのだ。

「お熱いのでお気を付けください。では、開けますね」

　店員が二個同時に蓋を取る。すると、もわっと白い湯気とジューシーな香りが立ち上がり、そこにこの店自慢のオリジナルソースがかけられた。中に肉汁をたっぷり詰め込んだハンバーグは、しずる感たっぷり。じゅわっじゅわ～っと焼けた鉄板が唸り、食欲をそそる。

　透真は早速、カトラリーセットから自分の分のフォークとナイフを取った。

「旨そうだ。さ、食べようか」

「あ、先に召し上がってください。わたし、眼鏡が曇って……」

「ははは。湯気凄かったもんな。じゃあ、お先にって――……」

　話し終えるのと同時に、透真は目をくわっと見開いた。なんと、絶世の美女が目の前にいたのだ。

ファンデーションを付けていなくても真っ白な肌は、ぷっりぷりのもっちもちで透明感がある。アーモンド形の切れ長の目はわずかに伏せられ、今は長い睫毛が影を作っている。アイラインどころかマスカラも塗っていないその目元は、彼女の美貌が天性のものだという証明だ。すっと線を引いたような鼻筋に、小振りで愛らしい唇は自然な色味。改めて見れば、髪の毛なんか天使の輪ができるほどツヤツヤではないか。

顔立ちも相当整っているが、女らしく手入れが行き届いているところがまた驚きだ。化粧品メーカーの人間だからこそわかる。これは一朝一夕でできるものじゃない。普段から手入れをちゃんとしている証拠だ。

どこから来た？　この美女はいったいどこから来たのだ？　ついさっきまで目の前にいたのは、量産品のリクルートスーツを着た瓶底丸眼鏡の一風変わったリケジョだったのに！

驚愕に固まる透真は、目の前の美女から目が離せない。そして気付いてしまった。彼女が着ているのは、量産品のリクルートスーツ。ひっつめ髪。そしてあろうことか彼女は、構造式が書き散らかされたペーパーナプキンで、あの印象的な瓶底丸眼鏡を拭いているのだ――

「嘘だろ……」

呟いた透真の両手から、フォークとナイフがスッコーンと落ちる。彼女は眼鏡を拭く手をとめて、顔を上げた。

「なにか落ちませんでした？」

「い、いや……大丈夫」

「？」

きょとんとした彼女が真っ直ぐに視線を向けてくる。さっきより大きく見える目は、綺麗な二重まぶたで縁取られている。束ね損ねた横髪がサラッと額を流れただけで、その色っぽさに本気でゾクッとした。

眼鏡を外して、髪型と服を変えてみたら案外いけるんじゃないかと思っていたが、ここまでとは思わなかった。超絶地味女が瓶底丸眼鏡を取ったら超絶美女だなんて、こんなことがあっていいのか⁉　一八〇度印象が変わりすぎだろう！　だが、めちゃくちゃ好みだ。どストライクである。

〝フタリエコネット〟の最先端ＡＩは、十二分に仕事をしていたのだ。

彼女はきっと仕事を辞めない。最前線で働き続けようとするだろう。彼女の一生懸命さは今見たばかりだ。彼女の研究が赤坂堂の明日を――透真を支えてくれることになるかもしれない。

（仕事熱心で、美人で、俺の収入も肩書きも気にしない女。俺の――）

〝最先端AIマッチングシステムが、あなたを想い、助け、寄り添ってくれるベストパートナーをご紹介します〟

あの煽り文句が脳裏をよぎる。

「………」

なにも言わない透真を前に不思議そうな顔をしながら、彼女はすちゃっと眼鏡をかけた。すると、夢から覚めたように、彼女が元の瓶底丸眼鏡に戻る。間違いなく同一人物のようだ。まだ脳が混乱しているが、目の前の出来事が真実だ。眼鏡を取った彼女は超絶美人なのだ。

透真が自分の年収を逆サバしたり役職を偽ったりしたのと同じように、もしかするとこのダサい瓶底丸眼鏡と洒落っ気のなさは、彼女の防御なのかもしれない。ナンパや痴漢被害に遭わないようにとか、そんなやむにやまれぬ理由があるんだろう。いや、きっとそうだ。そうに違いない。絶世の美女が、好き好んでこんなダサい格好をするとは思えない。

しかも、彼女が開発したと言っている有効成分は話に聞く限りはとても画期的なもののようだ。化粧水なら利率も大きい。透真が望んでいた「他メーカーからシェアを奪う決め手」になり得るかもしれないではないか。知りたい。もっと彼女のことが知りたい。

「山田華子さん、だったね。さっきの君のプレゼンを聞いた限りでは、次世代型ハイドロキノンαというのはとても素晴らしい有効成分に思えた。今度、研究所に行くから、そのときにでも詳しく話を聞かせてくれないか」

「本当ですか!?　ありがとうございます！　ぜひ！」

華子は声をワントーン明るくしてニコッと笑う。その微笑みは、眼鏡があっても大輪の華のように眩しかった。

◆　◇　◆

初デートの翌週月曜日——

珍しく外で昼食を買った華子は、買い物袋をぷーらぷーらと揺らしながら研究所に戻ってきた。買ってきたのはコンビニのおにぎり二つと、ミニサラダだ。ゼリーで昼食を済ませることの多い華子にしてみれば、ずいぶんとまともな食事である。なにより手軽でいい。十分もあれば完食できる。時短は正義だ。だが、会社勤めの長い他の研究員達は、昼時だけが楽しみだと言わんばかりに、みんな外に食べに行く。

買ってきた物を机に並べた華子は、外に食べに行った隣の同僚の机から、赤坂堂の社内報を拝借した。おにぎりを食べながらペラペラと捲ってみると、T・A氏こと赤坂透真が、写真付きで載っている。肩書きも、貰った名刺と同じ執行役員兼、チーフ・ストラテジー・オフィサーだ。

（うお。間違いなくあの人ですね。本物です。すごっ！）

記事を読んでみると、プロモーションによる売り上げの変化についてが書いてある。オフィサーというからには、彼はプロモーションに関して統括（とうかつ）する責任者の立場にあるのだろう。

彼とは金曜に会ったっきりだ。

フタリエコネットでは初対面を果たしたら、アプリから「お相手に、二度目も会ってみたいですか？」という質問が来る。その質問にどちらかが【いいえ】と答えると、このマッチングはうまくいかず、ご縁がなかったことになる。

華子はもちろん【はい】を押した。なんて言ったたって、彼はこの赤坂堂の役員だ。赤坂堂の役員ということは、華子の研究に理解を示してもらえるかもしれない。そんなの、次世代型ハイドロキノンαのためにも継続してお会いしたいに決まっているじゃないか。

（まぁ、委託（いたく）に大賛成の役員さんじゃなければ、の話ですけどね）

そう。あの噂（うわさ）がどこまで本当かは定かではないが、もしも本当だった場合、役員の赤坂は確実に関わっているだろう。賛成派か反対派かはわからないが……

それからこれは華子の予想だが、おそらく赤坂は、フタリエコネットの「二度目も会ってみたいか？」の質問にまだ答えていない。ふたりとも【はい】を選んだら、アプリはチャット画面を常時表示するようになり、メッセージのやり取りが可能になると説明にあった。つまり、電話番号やメールアドレス、SNSのIDといった個人情報の交換をしなくても、フタリエコネット経由で連絡ができるようになるのだ。その画面にまだ切り替わっていないので、彼はまだ考え中、ということなのだろう。

【いいえ】を選択されるかもしれないと思うと気が気でなくなるのは、次世代型ハイドロキノンαの件があるからだ。次世代型ハイドロキノンαの今後が、生みの親である華子の印象で決まってしまったら？　遅刻もしたし、舞い上がってレストランでプレゼンなんかしてしまった。華子の印象はよくないかも――いや、いい要素なんてなにもない。

プライベートで赤坂とのご縁がなくなるのは仕方がないとしても、次世代型ハイドロキノンαが不遇となるのは辛すぎる。

正直気になるのは、赤坂との今後よりも、次世代型ハイドロキノンαの今後だ。

赤坂は、『今度、研究所に行くから』と言っていたが、その今度がいつなのか、連絡がないのでわからない。言葉通り真に受けてしまったが、そもそもが社交辞令というやつかも――そう思った華子が頭を抱えていると、コンコンと研究室のドアがノックされた。

外に出ている研究員はいるが、皆戻ってくるときにノックなんかしない。来客かもしれないが、そもそも研究所にお客は来ないのだ。皆、同じ敷地内にある本社のほうに行く。本社の人間と研究員が打ち合わせをするときだって、研究員が本社に出向くのが赤坂堂の慣例である。

(どちら様でしょう？　本社と間違えて研究所に来ちゃった人でしょうか？)

迷子ならたまにいる。昼休み中で他に人はいないし、華子は仕方なく立ち上がった。

「あ」

「やあ」

ドアを開けるなり、スーツ姿の赤坂とかち合う。彼はその左右対称の顔で、にっこりと人好きのする笑みを浮かべた。

「約束通り来ましたよ」

(ええっ！　本当に⁉)

ドアを開けたまま華子がなにも言えずに固まっていると、昼休憩を終えた研究員らが続々と戻ってきた。

「あ、赤坂CSO⁉」

驚いた声を上げながら、所長の畠山が走ってくる。赤坂は、ゆったりとした貫禄(かんろく)ある動きで畠山に向き直り、小さく会釈をした。

「こんにちは、畠山所長。今日は次世代型ハイドロキノンαの件で少々お話を伺いたいと思いまして。急で申し訳ないのですが、お時間よろしいですか？」

「も、もちろんですとも。どうぞどうぞ」

畠山が慌てながらも研究室に赤坂を招き入れる。が、研究室はそもそも来客がないので、お客をもてなす設備がない。応接室もなければ、ソファもないし、コーヒーカップもない。支給されたインスタントコーヒーを飲むのにビーカーを拝借しているのは阿久津くらいなものだが、研究員は各々持ち込んだ私物のカップや実験用紙コップを使う場合がほとんどなのだ。

「ええと、椅子、椅子……」

「気にしなくていいですよ」

赤坂はそう言うが、畠山からすればそうもいかないのだろう。上役――しかも社長の息子を立たせたままでお茶のひとつも出さないなんて。

結局、比較的散らかっていない実験台の前に回転椅子が置かれ、紙コップに入れたコーヒーが出された。ラフなTシャツに白衣を羽織っている研究員の群れの中に、ハイブランドスーツの赤坂は異質な存在だ。研究室全体に、張り詰めた空気が漂っている。

「すみません。お手を煩わせてしまって」

「いえいえいいえ！　大丈夫です。それで……ご用件は。次世代型ハイドロキノンαの件ということですが……」

華子も開発担当者として畠山の横に立つ。赤坂は華子に軽く視線を向けると、少し笑った。

「そちらの山田さんに、次世代型ハイドロキノンαの件について直訴を受けまして」

「なっ、直訴ぉ⁉」

畠山がバッと勢いよく華子のほうを向く。

「聞いてないよ！」という驚きが六割、「やっぱり諦めてなかったんだね」という呆れが三割、「だからって直訴⁉　なにやってるの⁉　そういうの困るよ！」というお怒りが一割といった表情だ。

華子は小さく「スミマセン」と頭を下げた。勝手なことをした自覚はあるが、悪いことをしたとは微塵も思っていないので、反省の色はまるでない。科学者が己の信ずる道を行くのは当然のこと。

渋い顔をする畠山に、「大丈夫ですよ」と、赤坂が付け足した。

「正直、直訴されて初めて、次世代型ハイドロキノンαの件を知りましてね。誰かが意図的に報告をとめていたようで、私のところまで上がってきてなかったんですよ。山田さんが三回にわたって提出されていた資料を全部拝見しました。とても画期的な有効成分のようですね」

再提出、再再提出した分も含めるとかなり膨大だったろうに、全部見てくれたのか。

さすがに仕事が速い。できる男は違う。

「そうなんです！　次世代型ハイドロキノンαちゃんは画期的なんです。よさをわかっていただけますか？　ここにサンプルもありますのでぜひご覧ください！」

華子はガラスの小瓶に入った化粧水を出して、少量をコットンに染み込ませ、赤坂に渡した。

彼は香りを確認して、コットンを軽く手の甲に付ける。そうして肌への馴染み具合いを見て「ふんふん」と頷いた。

「香りもマイルドで、馴染みもいい。だいぶとろみがあるテクスチャだね。しっとりするけどべた付かない。なるほど、開発部が初めに出した要望は全部クリアしてるわけか」

「はい。効果効能に関しては資料の通りです。認可も下りてます。なにが問題なんですか？」

世に出せない理由があるならそれを教えてほしいのだ。そうしたら改良だってできる。

赤坂は華子が持ってきたサンプルの入った小瓶を傾けてゆっくりと振り混ぜながら、口を開いた。

「今朝方、商品開発部の担当者になぜストップをかけたのかを確認してきました。──売れないからだそうです」

「そんなっ！　売れないなんてことは──」

「まぁまぁ、山田さん、落ち着いて、落ち着いて。ちゃんと話を聞きましょう。ね？」

　思わず声を上げたのを、畠山に押しとどめられる。ぶんがーと鼻息を荒くする華子を前に、赤坂は至って余裕の表情だ。サンプルの中身を少し手の甲に出して、ペロリと舐めながら「これ、甘いね。保湿ティッシュと同じ味がする」なんて言っている。

「商品開発部の言いたいこともわかるんですよ。今、売れるのはプチプラコスメだ。単価が安い商品じゃないと売れない。そういう時代ですから」

「そ、それは……」

　わかりたくないが、わかる。確かに今はそういう時代だ。百円ショップにも、そこそこ質のいい口紅やマニキュアが並ぶ今、商品単価はどんどん落ちてきている。それは紛うことなき事実だ。

「単価の安い商品で利益を上げるためには、製造工程を見直さなくてはならない。実は、株式会社フォルスと業務委託契約を進めている段階なんです。取り繕わずに言えば、今はとにかく単価の高い商品は作りたくない。手っ取り早く売れる物を作りたいという担当者の考えですね」

　そうか、委託の噂は本当だったのか。赤坂が言うなら間違いはないだろう。しかも、既に会社の選定も終わり、契約段階にまで入っていると。次世代型ハイドロキノンαはその新しさもあって、今商品化するとどうしても単価が高くなってしまう。それは新開発の逃れられない宿命（しゅくめい）だ。

赤坂は次世代型ハイドロキノンαが商品化できない理由を突きつけに来たのかもしれない。

華子がしゅんと肩を落として俯（うつむ）くと、赤坂がサンプルを机に置いて椅子から腰を上げた。もう、帰るのだろう。次世代型ハイドロキノンαはお蔵入（くらい）りだ。会社には会社の都合がある。でもちゃんと足掻（あが）けてよかった。いつかは表舞台に出せる日が来るかもしれない。今はその日が来ることを信じて待つしかないのか……

「ですがね、単価の安い商品をいくら売っても、上がるのは販売個数だけで、会社としては利益にはなりません。薄利多売（はくりたばい）というやつですね」

突然の声に思考を遮（さえぎ）られて、華子は顔を上げた。彼は窓際（まどぎわ）に移動して、ブラインドの隙間（すきま）に人差し指を差し込んで開き、外を眺めている。

「プチプラコスメは時代の流れだ。これを無視することは会社としてできない。でもね、プチプラコスメだけで勝負しても、正直他社のシェアは奪えないんですよ。奪えたとしても、プチプラのシェアです。――俺が欲しいのはそれじゃあない」

「え？」

赤坂はスラックスのポケットに手を入れて顔だけで振り返ると、華子を見てニヤリと笑った。挑戦的な……というか、正直ちょっと悪そうな顔だ。なにかを企んでいるかのような表情に、胸の奥がざわざわと落ち着かなくなっていく。レストランで会ったときの彼とは、まったく違う雰囲気だ。

「俺が欲しいのは全部なんだよ」

彼は強く言い切ると、身体ごと華子に向き直った。

「山田さん。この間プレゼンしてくれた化粧水を、一二〇ミリリットル税別五千円クラスの売価で出せるよう成分を調節し直してくれ。ただし、最低二ヶ月に一本は消費させて、継続して買わせる効果を持たせることが条件だ。理想はひと月一本だな。メインターゲット層は三十代から四十代前半。容器は香水瓶のようにお洒落に。ＳＮＳ映えは必須だ。軌道に乗れば、化粧水だけでなく、クリーム、高濃度の美容液、それからフェイスマスクと徐々にシリーズ展開していく――」

怒濤の勢いで並べ立てられ、いったいなにを言われているのか頭が追いつかずに呆然としてしまう。

「ば、売価？　売るんですか？　だ、だって売れないって今――」

「売るよ？　っていうか、どう考えても売れるでしょ。売れないと言ったのは商品開発部の担当者であって、俺じゃあない。ああ、元開発担当か。市場の後追いしかできないわ、見る目はないわ、挙げ句の果てには自己判断で開発品の上への報告を怠るような無能にうちの開発部は荷が重いだろうからね。彼には別の部署に行ってもらうことにしたよ。もったいない。これを夏前に商品化できていたら、もっとよかったのに。しょうがない。今から出すなら夏が終わってからだな」

今、赤坂の発言の中に、サラリとんでもないことがまざっていた気がするのだが？

（もももももしかしてそれって、左遷というやつではありませんか？）

つまり、華子の窓口になっていた商品開発部の担当者が、高額商品になりそうな次世代型ハイドロキノンα配合の化粧水を評価せず、存在をなかったことにしようとしていた、と。それが華子の直訴によって白日の下に晒され、結果担当者は左遷と、こういうことなのか。

それだけの権力を持っている人物が目の前にいるという事実に、ゴクリと息を呑む。

そんな華子に、彼が近付いてきた。

「次世代型ハイドロキノンα配合の化粧水。全指揮は俺が執る。こういう起爆剤を待っていたんだ。さぁ、業界トップを取りに行こう！」

（あ――……）

何秒かして理解が追いつくと、華子の目の前がパァアアッと明るく色鮮やかになっていった。

アドレナリンがガンガン分泌されているのだろう。比喩でもなんでもなく、赤坂に後光が射しているかのように輝いて見える。本気で拝みたい気分だ。

この人は、華子の熱意と次世代型ハイドロキノンαを認めてくれたのだ。

「ありがとうございます！」

もう、小躍りしたくなるくらいに嬉しい！

華子が喜びを全開にして笑うと、赤坂はふんわりと目を細めた。

「じゃあ、山田さん成分調節の件、よろしく。――では所長、お手間を取らせました。私はこれで失礼します」

赤坂は礼儀正しく畠山に向かって一礼した。

「いえ！　とんでもございません!!　うちの研究員がご迷惑をおかけして申し訳ありませんでした！」

「迷惑だなんて思っていません。むしろ、我が社に情熱的で優秀な研究員がいることを知るいい機会になりました」

赤坂の視線がチラリと自分に向いていて、なんだか褒められているような気分だ。やはり、納得できるまで足掻いてよかった――華子がそう思っていると、所長が「山田さん、赤坂さんをお見送りして」と言ってきた。

華子の先導で研究室を出る。ボタンを押してエレベーターが来るのを待っていると、赤坂が話しかけてきた。

「山田さん、実は俺達のプライベートのほうで話があるんだ。アプリ経由より、直接顔を見て話したほうがいいと思ってさ」

「あ、はい！」

気持ちばかり、背筋が伸びる。

赤坂が次世代型ハイドロキノンαを採用してくれたのは、純粋に次世代型ハイドロキノンαに商材としての魅力を感じてくれたからだ。あれは華子にとっても自信作だった。ある意味、採用されて当然だとも言える。しかし華子自身は？

赤坂は先ほど、「情熱的で優秀な研究員」と言ってくれたが、それは最大級のマイルド表現であって、ただの研究馬鹿だということは既に見抜かれていることだろう。自社の研究員としては許されても、結婚を前提にお付き合いとなると、「勘弁してくれ」と言われても無理はないかもしれない。

そもそも、研究者として成果物を認めてもらえただけで、華子としてはもう満足だ。だからなにを言われてもただ受け入れる。なぁに、駄目だったら次にいけばいいのだ。次もまた、ＡＩがいい人を紹介してくれる――

「山田華子さん。俺と結婚を前提に付き合ってください」

「へっ？」

思わずヘンな声が出た。

てっきり、お断りされるものだとばかり思っていたから、さすがに面喰らう。

華子がフリーズすると、赤坂が苦い笑いを浮かべた。

「あー、もしかして二回目会うのはよくても、結婚を前提に付き合うのは駄目とかそういうアレ？」

「い、いいえ！　そういうアレでは全然ないのですが……。でも、本当にわたしでよろしいんですか？　赤坂さんなら、もっと素敵な女の人が……」

華子だって、結婚に繋がるご縁を求めて結婚相談所に登録したのだ。断るなんて滅相もない。

ただ、自分が相当に変わっているという自覚はある。加えて初対面で彼に好印象を残せたとも思えない。自分のなにを気に入ってもらったのかがわからないだけだ。

華子の反応に、赤坂は少し表情を緩めた。

「俺は山田さんを自分の理想の女性だと思ったよ。山田さんから見て俺はどう？　あ、もちろん、山田さんの希望もちゃんと理解してるから。俺だって結婚を理由に優秀な研究員に抜けられるのは痛いしね」

赤坂の話を黙って聞きながら、華子は心底驚いていた。

（ははぁ～。この赤坂さんって、よっぽど悪趣味――いや、変わってるんですねぇ……）

これだけホモ・サピエンス的にイケメンなら、寄ってくる女の人も多いだろうに。選りに選って華子。特別自分を卑下するつもりはないが、研究馬鹿だし、容姿もお察しレベルなのは自明の理だ。根拠は二十九年間の自分の人生である。モテた試しなど一度もない。きっとＡＩの顔面偏差値も最低ランクだったはずだ。そんな自分のような女を理想だなんて、赤坂は女の趣味が少々ニッチすぎやしないか。蓼食う虫も好き好きとは言うが、華子は蓼そのものだろう。こんなにイケメンで紳士なのに、趣味が悪いがために出会いがなくて、それで結婚相談所に登録したと言うなら納得である。さすがは最先端のＡＩだ。うまいこと需要と供給をマッチングしてくれたわけか。

「結婚しても研究を続けていいのであれば、わたしにとって赤坂さんは理想の男の人です」

華子の答えは淡泊だったが、赤坂は嬉しそうだ。

「そうか。じゃあ、今晩また一緒に食事でもどうだろう？　連絡先の交換もしたいし。都合が悪ければ別の日でもいい。さっき俺が、化粧水の成分調節を頼んだばかりだしね」

突然のお誘いに驚きはしたが、華子の予定を慮ってくれているのはわかる。

「大丈夫です。時間は取れます。従来のハイドロキノンも薄めて使うのがデフォルトでしたので、その辺の手法は既に確立されています。治験の際にも何度か薄めて効果のチェックもしていますし、特に問題ありませんです。レシピ自体は今週中にできます」

「お。さすがだね。飯はなにがいい？」

「あの、店を知りませんので、お任せしてもいいですか？　わたしは好き嫌いはないので、なんでも食べられます」

「なら、俺のお勧めの店に行こうか」

そうやって話しているとエレベーターが上がってきて、ドアが開く。赤坂は「ここでいいよ」と言ってエレベーターに乗り込んだ。

「じゃあ、仕事が終わったらアプリで連絡して。チャット機能を開通させておくから」

「はい。わかりました。お、お疲れ様です」

エレベーターのドアが閉まって赤坂の姿が見えなくなってから、華子はひとりでニヤッとほくそ笑んだ。

（もしかしてもしかすると、わたしは彼氏持ちになってしまったのではありませんか？）

お付き合いを――しかも、結婚が前提のお付き合いを申し込まれて、それにＯＫの返事をしたのだから、もう彼氏彼女なんだろう。

初めて彼氏ができた――自分の状態変化が感慨深い。進化した気分だ。

（ところでお付き合いって、具体的になにをすれば？　デートをいっぱいすればいいんですかね？）

華子は相手を探すことばかり考えていて、実際に相手が見つかったあとのことはまったく考えていなかったのだ。考える前に相手が見つかったとも言える。

赤坂からは、華子と積極的にコミュニケーションを取ろうという意思を感じた。連絡先を交換するためだけなら結婚相談所のアプリにあるチャット機能を使えば問題ないのに、わざわざ会おうというのだからきっとそうなんだろう。デートを重ねて、お互いにより深く知りましょうということか。

　華子とて、相手を知る必要があることに異論はない。ＡＩから見るとベストパートナーでも、赤坂と華子が一緒に過ごして、お互いをどう思うかは別次元の話だ。ＡＩの予測が正しいかどうかを、自分達で検証していく必要がある。そのためのお付き合い――

　人間心理学は専門ではないが、新しい研究テーマを得たようで実に興味深いではないか。

（これから行う具体的な検証方法については、あとでネットから先例を検索してみるとして。赤坂さんとご飯を食べていれば、わたしは食事を忘れたりしなさそうですね）

なにはともあれ、食いっぱぐれることがなくなれば両親も安心してくれることだろう。

　華子は白衣のポケットに両手を突っ込んで、くるっと踵を返すと、ご機嫌に研究室へと戻ったのだった。

2

それからひと月後——八月のある日曜日。

「赤坂さぁん！」

下ろしたストレートの黒髪を風に靡かせながら、最近付き合いはじめた彼女が駆けてくる。清潔な白いTシャツ。デニムのジーンズとスニーカーの足元は活発で動きやすそう。手に持っているのは、たぶんどこかのショップバッグを再利用した生成りのトート。

シンプル・イズ・ベストを体現したかのような彼女の顔には、全てを台無しにする瓶底丸眼鏡——この女性こそが、結婚相談所を通して出会った透真の恋人、山田華子、その人である。

（くっ……。やっぱり今日もか……）

華子の自宅の最寄り駅にある商店街の見えるロータリーで、透真は大きな柱に背中を預けたまま、若干皺の寄りそうになった眉間を軽く指先で押さえた。

今から河原でバーベキューをするとか、動物と触れ合えるロハスな総合公園に行くとか、そんな予定があるのなら、彼女の服装はアリだろう。が、繁華街でお食事デートをするには、いかんせんラフすぎた。どう見ても大学生にしか見えない。華子はいつもそうだ。

初めて顔を合わせたのは六月の頭。そのとき彼女は、リクルートスーツ姿だった。二度目に会ったのは、結婚前提の交際を申し込んだとき。勤務中の彼女は、白衣の下に白いTシャツとジーンズを着ていた。研究員は所長をはじめ全員似たような格好をしていたので、動きやすいようにだとか、服が汚れないようにだとかの理由からであろうことはすぐに察しが付いた。だからあれは作業着で、てっきり通勤時には別の服を着ているものと思っていたのだ。が、その日の待ち合わせ場所にあらわれたのは、白衣を脱いだだけの華子だ。

フルオーダーのブランドスーツ姿の透真と、量販店のTシャツにジーンズの華子はあまりにもアンバランスすぎた。付き合って初めてのデートだからと、気合いを入れてホテルのディナーなんて予約していたのだが、ドレスコードに間違いなく引っかかる彼女を連れて行くこともできず、かと言って頭からつま先までトータルコーディネートし直してやる時間もなく、透真は泣く泣く個室のある居酒屋に入った。彼女は初めての店だったようで喜んでくれたが、夜景を見ながらグラスを傾け、夜はホテルにお泊まり……なんて考えていた透真からすると、だいぶ苦い——いや、はっきり言って失敗したデートだった。

当日、急に誘った自分が悪い。今後仕事帰りのデートはやめたほうがよさそうだと前向きに考えて、次のデートは休日に誘った。そうしたら、彼女はまた白いTシャツにデニムのジーンズであらわれたのだ。

Tシャツにジーンズの組み合わせでも、いろいろバリエーションはあるだろう。Vネックとか、色が違うとか、素材が違うだとか。なのに彼女は仕事のときとまったく同じ、量販店の白無地のTシャツに、デニムのジーンズなのだ。そしてその次も、更にその次のデートも、彼女の服装は変わらなかった——ちなみにトートバッグも。

こうも続くとさすがに確信を持つ。彼女はそもそもファッションに興味がないのだ。この手の人間に服をプレゼントしても間違いなく着ない。

五回目の今日は透真も予想していたので、華子と同じ白無地のTシャツにテーラージャケットを羽織り、細身の黒いスキニーパンツを合わせてきた。透真最大級のラフさだ。それでも華子の服装のほうがはるかにラフすぎるのだけれど。

「ハァハァ……ご、ごめんなさい。お待たせしました。出掛け際に、ちょっと新しい理論を思いついちゃって。メモしてたら、遅れちゃって……ハァハァ……」

シミそばかすどころか、日焼けもない真っ白な肌を夏の青空に惜しげもなく曝した華子が、肩で息をしながら頭を下げる。

研究者である彼女は、研究のことで常に頭がいっぱいだ。デートよりも学会が優先される。先週は地方で開かれる高分子なんちゃらかんちゃらというセミナーに泊まりで出席するからと、デートはなしになった。透真も接待が入るときがあるので、必ず毎週会えるとは限らない。

　彼女と待ち合わせしたのは五回目だが、うち二回は遅刻された。とはいっても、全て十分以内の可愛いものだ。今日だってたったの二分だ。思いついたら周りが見えなくなる、不器用な性格なのだろう。

　次世代型ハイドロキノンαの商品用配合レシピは、約束通り一週間以内にアップしてきたし、研究者として有能なのは間違いない。仕事ができるのなら、プライベートでの多少の遅刻くらいなんのその。

「二分ごときの遅刻で怒る俺じゃないが、一応、ペナルティな」

　そう言って微笑みながら、透真は華子の眼鏡をサッと取り上げた。

　眼鏡を取られた華子が「ああっ！」っと声を上げる。でも無理に取り返そうとはしない。目にかかる髪を掻き上げながら、困った顔をするだけだ。その華子の困り顔を見て、ニッとすかした笑みを浮かべつつも、透真は内心雄叫びを上げていた。

（うおおおお！　華子かわええええ！　華子最高おおおお！）

　ぱっちり二重に長い睫毛、肌はきめ細かで、走ってきたせいか今は頬がほんのりと桃色だ。唇も今日はリップを塗っているのか、ぷるんと潤っている。そこらのモデルとなんら遜色ない。もうオーラが違う。その証拠に、道行く男達が、チラチラと華子のほうを見ている。パウダーを叩いただけのほぼノーメイクでこれだ。フルメイクなんかしたら、どうなるだろう？　飾り気のないシンプルな服装も、彼女クラスの美人が着れば完全にアリ。いや、むしろ美人にしか許されない服装を完璧に着こなしている。ちょっと馬鹿にしていたＡＩだが、その精度は一級品だった。透真の好みをどんぴしゃに狙い撃ちしてきたのだ。しかも彼女は、その頭脳もピカイチときた。会うたびに彼女のことを好きになっていっているような気がする。

「あ、あの、赤坂さん？　次は遅刻しないようにするので、眼鏡返してくださいぃ……」

子犬のようにうるうるとした瞳が愛らしくて、思わず抱きしめたくなる。が、透真はその衝動を理性でぐっと堪えた。心の中では〝華子〟呼びでも、実際は未だに苗字呼び。多少は砕けて話すようにはなったものの、キスどころか手すら繋いだことがないのだ。

「別にいいよ。次遅刻したら、眼鏡なしでデートしてもらうから」

「無理です。わたし、眼鏡がないとなにも見えないので歩けません」

「そんなに眼が悪いのか？」

「近視と乱視が酷いんです。お風呂も眼鏡なしじゃ入れませんし」

華子の眼は相当悪いらしい。透真から受け取った眼鏡をかけると、華子からは美女オーラが消え失せ、元の残念なダサ子になる。眼鏡がなければ絶世の美女なのに。実に惜しい。が、華子が眼鏡をかけた途端、男達の視線もシャットアウトされる。誰もがこのダサ子が実は美女だとは思わないのだ。代わりに注がれるのは、「なんであの子がこんなイケメンと⁉」という女達のビミョーな眼差しだ。

「コンタクトにすればいいいんじゃないか？」

「コンタクトはちょっと……」

眼のいい透真は視力補助器具の類の世話になったことはないが、それでも眼鏡よりもコンタクトレンズのほうが圧倒的に便利に思える。それに眼鏡も今は、レンズも相当薄くなっているらしいではないか。なのにあえてこの分厚いレンズの眼鏡をかけ続けているのは、やはりナンパ除けだとか痴漢対策だとか、相当に深い理由があるからに違いない。なにせ瓶底丸眼鏡の威力は効果絶大だ。絶世の美女が、猛烈な地味子ダサ子になってしまうのだから。

（変な奴多いし、華子クラスの美人になると対策とか大変なんだろうな。やっぱ俺はこういうところからしっかり理解してやらないと……。華子を護れないよな！）

眼鏡を外した彼女を連れ歩きたい気持ちを、透真はぐっと呑み込んだ。「もうちょっとマシな格好してくれない？」なんて思っても言えない。乙女心を傷付ける指摘など言語道断だ。

大丈夫。透真の心の目は、あのダサい瓶底丸眼鏡をフィルタリングすることに――

常時というわけではないが――成功している。

「腹減ったか？　なにが食べたい？」

話を変えることにする。

付き合ってひと月。透真も華子のことが少しばかりわかるようになった。ファッションを気にしない華子を、ドレスコードが必要な店に連れて行くのは無理だ。用意周到に予約しておくよりも、華子がその日に食べたいものを食べに連れて行くほうが、彼女は喜んでくれる。

華子は少し照れくさそうに笑って「焼き肉」と答えた。

（マジか。デートに使える焼き肉店とか知らねぇぞ！）

デートで焼き肉店に行ったことなんて一度もない。髪や服に臭いがつくから好まない女性が多いのは、常識中の常識だ。なのにその焼き肉をリクエストされるとは。透真としてはどうなのかと思わないでもないのだが、華子本人が行きたいと言っているのだからアリなんだろう。

「待ってな。検索する」

その場でスマートフォンを出して、検索フォームに「焼き肉　デート　おすすめ」と入力した。優秀な検索システムは位置情報から距離を割り出し、近場の店をいくつかピックアップしてくれる。その中から個室で雰囲気のよさげな店を選んだ。

「うーん。ここなんかどうだ？　炭火でうまそう――」

店のサイトを表示したスマートフォンを見せようと顔を上げると、目の前にいたはずの華子がいない。透真は〝柱〟に向かって話しかけている変人状態になっていた。

慌てて辺りを見回すと、駅前のドラッグストアが通路にはみ出し気味に商品を陳列している棚に手を伸ばしている華子を見つけた。

「どうした？」

背後から近付くと、振り返った華子の手には日焼け止めクリームのパッケージがある。しかも他社の。

「これ！　コスメの口コミサイトで見たんですが、とても評判がいいんです。ずっと探してたんですが、いつも売り切れで買えなくて！　分析してみたかったんですよね。待っててもらえますか？　すぐ買ってきますので！」

「ちょっと待て！」

今にもレジに走っていきそうな華子の肩をグイッと掴む。彼女は分厚いレンズ越しにもわかるほど、きょとんとしていた。

「もしかして、今までも自腹で他社製品を買って分析してたりするのか？」

「あ、はい。リバエンで回ってくるもの以外に、個人的に気になったものだけですが」

他社製品を分析して成分や技術を調査するリバエン――いわゆる、リバースエンジニアリングは違法ではないし、赤坂堂でも日常的に行っているが、さすがに全商品ではない。華子が今手に持っている商品は確か、リバースエンジニアリングの対象外だったはずだ。だから自分で買おうとしているのか。研究者気質というのだろうか。気になったものはなんでも研究しないと気が済まないらしい。

（ったく……らしいなぁ。そういうところがまた可愛いんだけど）

透真は華子の手から、サッと日焼け止めクリームを取り上げた。

「俺が買ってくる。次からは、こういうのは自腹じゃなくて、経費として請求していい」

「ええっ！　いいんですか？　これはわたしの個人的な趣味みたいなものなんですけれど」

そのままレジに向かう透真を、華子が後ろから追いかけてくる。

「いいよ。どうせうちの研究所で分析してるんだろ？」

驚く華子を振り返りながら軽く苦笑いすると、彼女があたふたしはじめる。

「あ！　えっとですね、その、確かに成分分析するのにちょーっと研究所の設備を使っちゃったりしてますが、本当にちょーっとなので！　休み時間とか、ちゃんとあいた時間にしてるので！」

指示されていないことを勝手にやるなと、咎められると思ったのだろう。華子が早口でまくし立てる。その姿がなんとも可愛らしくて、透真は目を細めた。

「ハナ――ん、山田さんにとっては趣味でも、我が社にとっては実益ある行為だからな。経費でいい。その代わり、報告書を提出してくれ」

うっかり心の中で呼んでいるのと同じく名前で呼びそうになったのを誤魔化（ごまか）しつつ、買ったばかりの商品を手渡す。

パァアアッと一瞬で表情を明るくした華子は、受け取った買い物袋を握りしめて力強く頷（うなず）いた。

◆　◇　◆

「――次世代型ハイドロキノンαちゃんで苦労したのは、やっぱり副作用を出させないことですよね。ハイドロキノン自体はそのままですとリスクの高い物質ですから、高分子（こうぶんし）でハイドロキノンを包んで、その高分子に工夫をするわけです。わたしが尊敬する教授は、病気の細胞と特異的に結合するタンパク質を修復する研究をされていてですね。そこからヒントを――」

焼き肉店に入ってからというもの、華子はずっと喋りっぱなしだ。彼女の話は、次世代型ハイドロキノンαのことになると、なかなか終わりが来ない。その間ずっと肉を焼いているのは透真だ。華子に焼かせると、話すことに夢中になって、肉が消し炭になっても気付かない。一枚目に網に投入したA5ランクの高級和牛が尊い犠牲となったので、二枚目からは透真が肉奉行と化している。

彼女の中には、焼き肉で自分の女子力をアピールする作戦というものは存在しないらしい。焼き肉は単純に食べたかっただけなのか。

「そろそろ商品名を決めたいんだけど、なにか希望はあるか？　――ほら、焼けたぞ。これハラミ」

「あ、そういうのは、わたしは門外漢なので――あ、ありがとうございます」

タレが入った皿に焼けた肉を入れてやると、思い出したかのように華子が肉を食べる。彼女が小さな口ではむはむと肉に齧り付いている様を眺めるのは悪くない。唇に付いたタレをペロッと舐める仕草なんか、可愛いのにどこか色っぽい。見惚れているのを誤魔化すように、「もっと食うか？」と綺麗に焼けた肉を選別して皿に入れてやった。

「なんか一案くらいあるだろう？」

「畑が違いますからね。餅は餅屋です。学術名ならともかく商品名は赤坂さんにお任せします。その代わりシリーズ品の開発は任せていただいて大丈夫ですよ。この間もですね――あ、どうもです」

彼女の話はいつの間にか、今手がけているマスカラの改良が思い通りにならなくて腹立たしいから、コーティング剤の成分を新しくすることにしたという話に変わっている。

　華子と透真の休日デートはだいたいがこうだ。食事のあとはその辺をぶらぶらして、ドラッグストアや、コスメや輸入雑貨を扱う今時の店に入り、新発売の化粧品のテスターをチェックしたり、商品の陳列状況から売れ筋を推測したりしながら、どんな客層が購入していくかを観察。

　透真とて、営業でショップを訪れることはあるが、やはり会社の名刺を持って行くと、どうしてもショップの対応が変わってしまうので、自然な状況を見ることはできない。だからといってプライベートに、男ひとりで化粧品売り場には入りにくいわけで。その点、華子と一緒なら、そこまで不自然じゃない。むしろ、地味子ダサ子の彼女に化粧品を選ぶ彼氏が気取れるので悪くない。

　ショップの視察が終わったらふたりでカフェに入り、今後どういった商品が求められるのかを熱く語り合うのだ。

　夕方になったらまた彼女の講釈を酒の肴に料理をつまんで、映画のレイトショーが上映される頃には、駅の改札でさようなら——これ以上ないくらい健全なデートしかしていない。

　正直彼女の話は専門的すぎるのだが、わからないところは聞けば嬉々として語ってくれるし、そもそも仕事の話なので、透真としても聞いていて苦にならない。苦にならないどころか、むしろ楽しい。開発者目線の話は非常に参考になる。

くりくる。

お互いを補い合える間柄（あいだがら）というのは、こういうことを言うのだろうか？　妙にしっくりくる。

他の女性とでは――特に、父親が持ってきたお見合い写真のご令嬢達とは――こうはいかないだろう。が、その一方で、華子とは色っぽいことにまったくならない！

（華子って、結婚相談所に登録するくらいなんだから、結婚の意思はあるんだよな？　ちゃんと結婚前提でって俺も言ったし……。嫌われてはいないと思うが、自然に任せていたらまったく進展しない気がする……）

付き合いはじめて一ヶ月。デートで進めなくてはならないのは、ふたりの関係だ。結婚生活が意識できるようにしなければ。入籍後に「こんなハズじゃなかった」だなんて後悔は自分もしたくないし、当然華子にもしてほしくない。

網の上の肉をひっくり返しながら、透真はチラッと彼女の様子を盗み見た。

肉が焼けるのをまったく気にする様子もなく、華子は延々と話し続けている。男慣れした女にありがちな、媚（こび）やしなといったものが彼女からはまったく感じられない。それはそれで好ましいのだが、戸惑うのも事実だ。

透真が知っている女達の心を掴（つか）むには、ロマンティックを演出したり、アクセサリーやブランド品をプレゼントしたりというような最適解があった。が、華子にはそれが通用しないということは、初っ端からホテルディナーをキャンセルせざるを得なくなったことからも明らかである。今だって囲んでいるのは炭火焼きの焼き肉だ。

明らかに男慣れしていなさそうな華子に、ストレートで押して果たして大丈夫なものか？　かえって怖がられるのではないか？　そう考えると二の足を踏んでしまうのだ。

今までは来る者拒まずで即お持ち帰りしていた透真からすると、こんなに勝手がわからない付き合いは初めてである。

（……そりゃあ、初めて結婚前提でって申し込んだんだから、今までと勝手は違うだろうさ）

自分で自分を納得させ、焼き肉を食べ終えて店を出る。

とりあえず、駅へと戻る道すがら、お決まりに貰ったミントの飴を口に入れると、華子がぴょこんと隣に並んだ。

「ごちそうさまでした。お肉おいしかったです」

「それはよかった。俺も焼き肉なんか久しぶりだった。ハナ――いや、山田さんは、焼き肉が好きなのか？　単純に肉の気分だっただけか？」

食の好みを少しでも把握したくて尋ねると、華子が途端にモジッと顔を伏せた。

「……や、焼き肉屋さんに一緒に行くと、男女の仲が深まると……その、ネットに書いてあったので……検証してみたいと思いまして」

「そ、そうなんだ？」

（そのソース、だいぶ古くないか？）

焼き肉に一緒に行く男女は肉体関係があるなんて俗説がはやったのは、バブル期ではなかろうか？　が、透真が過去に付き合いのあった女達と焼き肉に行ったことがあるかと言えばないわけで。

（まぁ、一理ないわけでも――）

そのときふと、眼鏡の隙間から華子の長い睫毛と印象的な目元が見えた。頭ひとつ分、視界の高い透真が彼女の隣というこの位置に立ったからこそ見えたのだと思う。彼女の目の下が少し赤くなっているような気がして、透真の胸が妙に疼いた。その疼きに突き動かされるままに、華子の手を握る。彼女の視線が一瞬、透真の顔に向けられたが、繋いだ手を振りほどかれたりはしなかった。

（これって――……）

いけるのでは？　透真となら男女の仲が深まってもいいと、彼女も思っているのでは？　むしろ自分を曝け出そうとしているからこその焼き肉？　なら――

「……今日はさ、いつもと違うことしようか。うち、来る？」

女受けのいい顔に爽やかと評される笑みをくっつけて、ヒョイッと華子の顔を覗き込む。これで落ちなかった女はいない。すると華子は、繋いだ手をそのままに頷いた。

「お宅訪問ですか。いいですね。お邪魔します」

それは望んだ返答だったはずなのに、思わず透真のほうがたじろいだ。

男が独り暮らしの自分の部屋に女を招くなんて、目的はひとつしかない。男は狼だと唄にもあるだろう？　狼にホイホイ付いていくなど、自分から食べてくださいと言っているようなものだ。なのに、当の華子は無防備を通り越して警戒心ゼロ！

「俺の家に来るんだぞ？　あと俺は独り暮らしだ。意味はわかってるのか？」

「？　はい。わたしも独り暮らしです。ここからならわたしのアパートのほうが近いので、本来ならお招きするべきなんでしょうが、生憎そのぉ……ちょーっと、いえだいぶ？　散らかっておりまして。次回は赤坂さんをご招待できるように片付けておきますから、今回はご勘弁を」

なんて宣う。そりゃあ、いつかは華子の部屋にも行きたいが、透真はそういうことを言っているのではない。

セックスだ。

自分達が将来夫婦として——いや現時点で男と女としてやっていけるかを、身体を交えて確認しようと言っているのだ。

もしや、「生活態度や家具の趣味を見るためのお宅訪問」とでも思われているのか？

（いやいやいや、まさか。いくらなんでもそこまで鈍感じゃないだろう。……そうだよな？）

正面からでは、瓶底丸眼鏡に遮られて華子の表情は読めない。なにを考えているかはわからないが、嫌悪感というものはなさそうに見える。だがなぜだ。なぜこんなに不安になる？　なにかが引っ掛かっているような気がしてならない。

（……大丈夫だろ。子供じゃあるまいし）

そう、無防備なのも警戒心がないのも、一定の信頼を置いてくれているからだと考えれば納得がいくというもの。透真はそれ以上、深く考えるのをやめた。

電車に乗って三駅移動する。透真と華子の自宅は、実はそんなに離れていない。頑張れば徒歩でも行ける距離だ。ただ街の雰囲気は川を挟んでがらりと変わる。

華子の自宅付近は昔ながらの商店街のある住宅地だが、透真の自宅付近は近代的なビジネス街だ。大型ショッピングモールやブティックと共に、有名企業の持ちビルが竹の子のようににょきにょきと生えている。

このビジネス街で人工島に向かう沿線に乗り換えれば、赤坂堂の本社と研究所に着く。人工島は比較的新しく、赤坂堂以外にも様々な研究施設や、医療機関、コンベンションセンターなどが、広い道路と街路樹を挟んでお行儀よく並んでいる。コンベンションセンターで頻繁に大型の見本市やイベントが開催されているくせに、沿線は一本しかないものだから、やたらと電車が混むのだ。それを嫌った透真は、会社に車で通うために近くのビジネス街に部屋を借りていた。

「おお。初めて降りましたが、ずいぶんと賑やかなところですねぇ」

　華子は物珍しそうに辺りを見回している。この辺に住んでいる人間なら、かなりメジャーな買い物スポットなのだが、彼女は来たことがないらしい。おそらく、家と会社の往復で、買い物は自宅の最寄り駅で済ませるタイプなのだろう。

「人は多いが買い物には便利だよ。今度こっちでも会おうか、案内するよ」

　サラリと次の約束を取り付けつつ先導する。駅から道を真っ直ぐ進んで、途中から一本脇道に入った先にある三十五階建ての新築マンション。ここの三十階が透真の部屋だ。

　マンションの一階でオートロックを解錠し、コンシェルジュが常駐するエントランスホールを通り抜けて、エレベーターで上階に向かう。

「どうぞ」

　華子を招き入れる。廊下を進んでリビングダイニングに入ると、透真は彼女にソファを勧めた。

「コーヒーと紅茶、どっちがいい？」

「あ、お構いなくです」

「んじゃ、コーヒーな。砂糖とミルクは？」

　リビングダイニングと続きになっているキッチンに入り、問答無用でコーヒーメーカーに水をセットする。華子は「ありがとうございます。ひとつずつでお願いします」

と言いながら、リビングをぐるりと見回した。

「広いですねぇ～。しかも綺麗……。うわぁ……だいぶ自分の部屋が汚く思えてきました。なんかごめんなさい。とても謝りたい気分です」

なぜかショックを受けたような、華子のリアクションが面白い。綺麗かはさておいて、確かに散らかってはいないだろう。十五畳のリビングには、50インチのテレビと、それを据え置いた背面テレビ台。シンプルなガラス製のローテーブルと、それから家具屋の姉ちゃんがおまけにくれたサイドボード。その上には、はやりものだからとつい手を出したＡＩスピーカーがある。

洒落っ気を出してみようと、天井にモノクロ幾何学模様のモビールを吊っているが、別に趣味でもなんでもない。床掃除はロボットクリーナーにお任せだ。

ダイニング部分には一応、正方形でシンプルな木造テーブルと、セットの椅子が二脚ある。

「３ＬＤＫに見合った物がないだけだ。結婚したらうちに住めばいい。部屋はあるし。俺、車通勤してるから一緒に乗っけていけるしさ」

さり気なく結婚後の構想を織り交ぜてみるのは、彼女の反応が見たいからだ。

ちゃんと結婚を意識してくれているのだろうか？　そう思いながらチラリと華子を盗み見ると、彼女が振り返った。眼鏡越しだから本当はどうだかわからないのに、目が合った気がしてドキリとする。

「そうですね。結婚したら、そうなりますか。ふふ。楽しみです」

そう言って微笑んだ華子に、透真はひとまず安堵した。ちゃんと、この付き合いが結婚に繋がっていることを、彼女もわかってくれているのだ。

(そうだよな。はは。当たり前じゃないか)

透真はコーヒーを淹れたカップをローテーブルの上に置くと、華子の顔を覗き込んでサッと唇に触れるだけのキスをした。

「ふえ?」

素っ頓狂な声を上げて、華子が眼鏡越しに見つめてくる。なにが起こったのかわからないと言いたげな表情だ。それでも警戒心は見えない。

無防備過ぎて危うくもあるのに、可愛くて仕方がないと思ってしまう。

ソファに腰を下ろした透真は、キスしたことには触れずに、膝に置かれた彼女の手に自分の手を重ねた。

「俺としては、そろそろふたりの関係をもう一歩先に進めたいんだけど――」

華子の反応が透真の知る女達と違うのは、彼女が恋愛に慣れていないせいだ。でも彼女自身は、ちゃんと結婚のことも考えてくれている。なら、自分のほうがリードするべきだろう。今までのように華子に合わせて、彼女の反応を窺うばかりでは、いつまで経っても先に進めない。

「――どう？」

返事を促すように尋ねると、華子は弾かれたようにソファに座り直した。

「はい。あの、不束者ですがよろしくお願いします？」

疑問形なのは、さっきの不意打ちキスに意識が持っていかれているせいだろうか？　動揺してる？　そんな初心な反応もいい。

「とりあえず、名前で呼んでいいか？」

爽やかに、嫌味なく微笑んでみせる。華子は背筋をピンと伸ばして、大きく頷いた。

「あ、はい。わたし、家族には〝ハナ〟って呼ばれておりますです、はい」

「じゃあ、ハナ。これからは俺のことも名前で呼んで」

「と、透真、さん……。ふふっ、なんか照れますねぇ」

ふにゃっと華子が笑う。

瓶底丸眼鏡除去のフィルタリングが発動した透真の目には、柔らかく微笑む美女にしか見えない。

（……やばい。好きだ）

透真は華子の手を離すと、そっと華子の頬に触れて柔らかく唇を重ねた。ゆっくりと、彼女の小さな唇を慈しみ、食むように吸い上げる。

華子は身動きひとつしない。眼鏡の奥の表情は読めないが、息をするのも忘れているようだ。反応がないのではなく、できないのか。それこそが、このキスに対する華子の反応なのだろう。

唇を放した透真は、固まったままの華子をひょいっと抱き上げると、自分の脚の間に座らせた。そして、彼女の腹の前で手を組み、後ろから包むように抱きしめる。

「ハナ……。今日はうちに泊まりな？」

すりっとじゃれるように、唇で軽く耳に触れつつ甘く囁く。

自分の声がいいと知っている男の手練手管だ。使えるものはなんでも使う。

この女が欲しい。帰したくない。このまま囲って、自分の女にしてしまいたいのだ。

「えっと……。まだ電車が余裕でありますから帰りますけど？　明日仕事ですし」

「当たり前ですがなにか？」と言わんばかりの華子の返答に、ズゴッと肩透かしを喰らう。が、秒で気を取り直して、小さく咳払いした。

「いや。ハナを帰したくないっていう意味」

眼鏡の存在を無視して、背後から華子の顔を覗き込む。彼女は困ったように眉を寄せながらも、透真の腕の中から逃げようとはしなかった。だから余計に押したくなる。押したら流されてくれるんじゃないかと思えるのだ。

「俺はさ、ハナとふたりっきりでいたいんだ。駄目か？　明日の朝、車で送るしさ。同じ会社なんだし、一緒に出勤したっていいじゃないか。だから一緒にいたい」

「そ、そうですか？　透真さんがそう仰るなら……」

承諾を得て、背中に流れる彼女の黒髪に指に絡めた。さーっと梳くと、甘えのない柑橘系のすっきりとした香りが広がる。華子らしいその香りを肺いっぱいに吸い込んで、更に強く抱きしめた。すると、柔らかくて弾力のある乳房が腕に載る。

（結構、胸あるな……）

感触からDカップだと当たりを付けると、下衆なことに身体がダイレクトに反応した。

「あの……。スマホですか？　硬い物がお尻に当たるんですけど、わたし、なにか踏んでません？」

華子が困惑した様子で下を気にしながら腰を浮かせる。

男の生理現象とはいえ、些かばつが悪い。華子は、透真がスマートフォンかなにかをスラックスのポケットに入れていて、自分がそれを尻で踏んでしまったと思ったらしいのだ。だがそれはスマートフォンでもなんでもなく、透真自身なわけで……

「……スマホじゃねぇよ……俺だって……」

透真はそっぽを向きながら、彼女の腹に回した手を強めてボソッと呟いた。

「………………ああ！　なるほど！」

たっぷりと間を置いて、華子が合点承知の助と言わんばかりに大きく頷く。ますますばつが悪いことこの上ない。でも華子の体温を感じるだけで硬さが増していくのだ。だがしかし、この場合は怯えられるよりはいいのかもしれない。そう思い直していると、華子がくるっと顔を向けてきた。

「あ、あのっ！　男性の生理的反応ですよね？　男性器については文献を何度か読んだことはあるのですが、わたし、生理学は専門ではありませんし、男性経験もなく、知り合いの男性研究者に『見せてください』とセクハラ発言するわけにもいかないので、実物を見たことがないのです。後学のために拝見させていただいてもよろしいですか？」

「はっ⁉」

「その際、太さと長さを測ることは可能ですか？　膨張率に興味があります！」

ものッすごぉ～くキラキラした表情で言われて、二の句が継げない。華子の目には未知への知的好奇心と、探究心しかないのだ。自分が文献で学んだことが本当かを確かめようとするそれは、ものすごく純粋で、真っ直ぐな気持ちなのだろうが、口から出ていることは純度一〇〇％の下ネタだ。

（な、なに？　ナニを見せろって？　ってか測るとか言わなかったか⁉）

現在進行系でセクハラ発言しているが、それはいいのかと突っ込みたい気持ちが満載だ。しかも測るって――なにをどうやったらそういう発想になるのか！　ちょっとばかりドン引きしてしまって、臨戦態勢だった下半身が若干萎え気味じゃないか。

透真は真顔で華子を見据えた。

「あのな、ハナ？　測るのはなし。なんかいやだ。見たいならシャワー浴びよう。な？　俺もハナの身体見たいから。ってか、抱きたいから」

培ってきた手練手管を放棄して、ストレートにはストレートで対抗する。

しっかりと目を見据えて言うと、なんと華子は大きく頷いたのだ。

「肉体関係を持ちたいということですね！　わかりました！　わたし達が受けたフタリエコネットの感覚テストは、パーソナリティ理論に基づいた一種の性格分析だと思うんですよ。それを元にＡＩが相性を判定しているので、身体の相性まではわからないはずですから。こればかりは実際に身体で検証しないと！　そういうことですよね？　わたしもセックスしてみたかったんです！」

「………………」

〝肉体関係〟だの〝身体の相性〟だの……可愛い口から際どいワードがポンポン飛び出してきて目眩を覚える。知的好奇心の前には、処女の恥じらいなどないも同然なのだろうか。しかし、きゅるんっと小首を傾げる華子は、瓶底丸眼鏡除去のフィルタリングが発動した透真の目には可愛く映ってしまう。それに、彼女がその気になっているのは間違いないわけで。

「そういうこと」と頷く頃には、期待と逸る気持ちのほうが勝っていて、透真の身体はまた素直に反応したのだった。

◆　◇　◆

（どうしましょう？　どうしましょう？　遂に(つい)この日が来てしまいました！　華子、大人の階段登っちゃいます⁉）

初めて訪れた透真の部屋でシャワーを浴び(あ)る華子は、未知への知的好奇心と探究心(たんきゅうしん)でいっぱいだ。

セックスに興味はありつつも、あまりにも非モテで過ごした期間が長かったので、自分はこのまま処女で閉経を迎えてしまうのではないかと、一時期は本気で思っていたのだが、どうやらそんなこともなさそうだ。

結婚相談所(フタリエコネット)に登録して本当によかった。人生を変えるためには、行動を起こすことがやはり大切なのだと実感してしまう。

透真に交際を申し込まれてからというもの、華子は毎日、デートについて調べ回った。世の中にはデートについて書かれた本が山ほどある。その大半を読破し、インターネットでも調べた。その結果、デートの鍵を握るのは会話だということもわかったので、努めてたくさん話すようにしたのだ。今日のデートの食事だって、「焼き肉デートをするカップルは成婚率が高い」というフタリエコネットのコラムを読んで焼き肉を提案してみた次第だ。今までお外デートばかりだったのが、焼き肉を食べた途端に手を繋がれて、自宅に招いてもらえた上に、初キス。更には肉体関係まで迫られてしまった。これが焼き肉の効果なのか。絶大過ぎるだろう、焼き肉。またひとつ、データが取れてしまった。

初めては痛い……出血もあると聞くが、透真は手慣れていそうだし、きっと大丈夫だろう。キスも初めてだったが、なんだか優しくしてもらった気がするし、ちょっと興奮してドキドキしてしまっただけに、期待大である。

華子はシャワーを切り上げると、用意してもらっていたタオルで身体を拭いた。髪は濡れないようにアップにしたが、いつもの習慣でつい顔を洗ったので、パウダーが取れてすっぴんになってしまったのだが、まぁいいだろう。自分で言うのもなんだが、化粧品を作るのは好きだが毎朝メイクをするのは面倒くさいと感じてしまうタイプだ。たまに試すぶんはいいのだが。

身体を拭き終わってはたととまる。

(服はどうしましょう？　でもどうせ脱ぐんですしね。着てもしょうがない気がします)

ヤル気満々である。

華子は素っ裸にバスタオルを巻き付けて、脱衣所を出た。廊下に並ぶいくつかのドアの中で、ひとつだけ開け放たれた部屋がある。透真の寝室だ。

興奮気味に胸を高鳴らせながら、華子はその部屋に入った。

「シャワー、ありがとうございました」

声をかけると、ベッドの上で横になってスマートフォンを見ていた透真が反応する。上体を起こした彼は、身体にタオルを巻き付けただけの華子をみてギョッとした顔をした。

「えっ、服は？」

「脱ぐんですよね？　なら着ないほうがいいかと思ったのですが……？」

正直に打ち明けると、透真は笑ってベッドから下り、華子の側に来た。

「俺に食べられる気満々ってことでいいのかな？」

男の人独特のしっかりした低い声で囁かれて、なぜだかわからないがお腹の奥がゾクッとしてくる。常々思うのだが彼は距離が近い。その距離が恋人の距離というのなら華子が慣れるしかあるまい。心臓が緊張を訴える。身体に巻いたタオルを胸元でぎゅっと押さえて、華子は息巻いた。

「ど、どんと来いです！」

透真は笑いを堪えながら華子の髪をそっと手櫛で梳くと、「すぐ戻るよ」と囁いて寝室を出ていった。しばらくして、シャワーの音が聞こえてくる。彼が戻ってくるまで華子はひとりだ。

とりあえずベッドに腰を下ろした。綺麗なベッドだ。クイーンサイズくらいはあるだろうか。シンプルなのに高級感があるし、マットもふかふかで柔らかい。無地の紺色のカバーがかけられている。

リビングもそうだったが、透真の部屋はシンプルなのにお洒落だ。寝室の壁には風景の写真が入った小さな額縁が三つ、ポンポンポンと一定距離で並んでいる。こんなふうにインテリアを整えようと思ったことなど、華子は一度もない。研究室で使っている机はいつも散らかっている。家も似たようなものだ。物が散らかっていても、華子自身はどこになにがあるのかきちんと把握しているのだが。将来的に結婚となれば、同じ空間に住むことになる透真にも配慮しなくてはならないだろう。

（わたしも、もうちょっと片付ける努力をしたほうがいいのかもしれません。あとお洒落とか……やり方わからないけれど――）

「――って、あ！」

っと華子は急に声を上げて立ち上がった。

（コンドームがありません！）

避妊は婚前交渉の常識ではないか。セックスは生殖行為だ。人間のように繁殖期がない生物のコミュニケーション性交には避妊具が必須アイテム！

透真というパートナーができた時点で、いつそういうタイミングが来るかわからないのだから、相手任せにせず、常に備えて持ち歩いておくのが大人の女というものではないのか、たぶん。

（どどどどうしましょう？　い、今から買いに行くべきでは？　あ、でもコンビニがどこかわかりません！　はっ⁉　そんなの地図アプリを見ればわかるじゃないですか！　馬鹿ですかわたしは！）

自分で自分に突っ込みを入れつつ、リビングに置き去りにしていた自分のスマートフォンを取りに行こうと寝室のドアを開けた途端、透真と鉢合わせした。

「わっ！」

「ハナ、どうした？」

髪を湿らせた透真が、上半身裸で視界に入ってくる。

スーツのときも思ったが、透真は華子が普段見ている男性同僚研究員達よりも、かなりがっちりとした体躯だ。肩幅も広いし、胸板も厚い。腹筋なんか見事に割れており、相当鍛えていることを窺わせる。下半身は——さっきのスラックスだ。

湯上がりの男の人というのを父親以外に見たことがない華子なのだが、お色気がムンムンの透真の雰囲気に、なんだか無性に恥ずかしくなってきた。

（なんでわたし、タオルだけなんです？　『どんと来い』とか言っちゃって馬鹿ですか？　痴女ですか？　透真さんみたいに服着たっていいじゃないですか！）

「いや、あの、あのですね……、その、こっこっこっ――……」

別に鶏の真似をしたいわけじゃないが、声が喉でつっかえて単語がうまく出てこない。顔が火照って熱い。華子が俯いて両手でタオルをぎゅっと掴むと、透真がふわっと両手で抱き包んでくれた。

「どうした？　怖くなったか？　無理しなくていいんだぞ？」

そう問いかけながら、剥き出しになった肩をさすられる。透真は、華子が待っている間に、初体験に怯えはじめたと解釈したらしい。華子を労りながら、「服を取ってこようか？」と言ってくれるこの人の手はとてもあたたかかった。ここまで来ておいてと逆上することもない。そんな彼なら、話せばわかってくれるはず……

華子は小さく首を横に振ると、やっとの思いで打ち明けた。

「……あの、コンドームが、なくて……」

「…………………………」

コンドームのところだけ、妙に小さな声になってしまった。長い沈黙で息が詰まる。

華子が上目遣いで透真の様子を窺おうとすると、突然、横抱きに抱え上げられた。

「ひゃあ!?」

驚いて悲鳴を上げる華子を気にもせずに、透真はずんずんとベッドへ向かう。もしかして、このままベッドイン？　自分の好奇心が人よりもちょっと旺盛なのは認めるが、段階とタイミングは大事だ。妊娠の体験はまだ先でお願いしたい。

「とととと透真さん!?　避妊は大切ですよ!?　学校でも習いましたよ!?　ナマはだめでぇぇ！」

ベッドの上に放り出され、顔の左右にバーンと両手を突かれて息を呑む。鼻の頭がもう触れ合いそうな距離で見つめられて、華子の心臓は爆発寸前だった。

「ゴムはあるから心配しなくても大丈夫だ」

「へ……？　そ、そうなんですか？」

透真が用意してくれている、と？　さすが仕事の速い男は違う。華子がホッと息を吐くのに合わせて、透真の目が柔らかく細められた。

「ゴムがあるなら、俺とのセックスはいやじゃない？」

「はい。それはもちろん」

素直に頷く。安全なセックスはぜひ体験したい。男性器の膨張率も気になるが、自分の身体がどう変化するのかも気になる。

「じゃあ、どんと行かせてもらおうかな？」

「も～っ！　からかわないでください……」

自分でも失言だったと思っていることをほじくり返されて居たたまれない。

ぶー垂れる華子に、透真はツンと鼻先を触れ合わせて悪戯っぽい目をした。

「からかうわけないだろ。本気だ。俺はハナが好きだし、ハナが欲しいから、遠慮なく抱くよ。ハナは好奇心で俺に抱かれようとしてるだろ？　本当は『もっとよく考えろ』って言ってやるべきなんだろうけどさ。余計なことを言って、ハナがその好奇心のまま他の男に行くほうが俺はイヤだね。セックスが知りたいなら、俺が手取り足取り全部教えてやるよ、実演付きでね」

「え？　――んっ！」

聞き返す間もなく唇が塞がれる。何度目かになる突然のキスは、華子に慣れる暇をくれない。透真は華子の唇を食みながら柔らかく吸い上げてくる。顔の角度を変えて、何度も何度も――

（ちょ、実演付きはありがたいですが、く、苦しいです。酸欠です！　酸素ぉ～！）

「～～～っ！」

呼吸のタイミングがわからない。息継ぎなしで二十五メートルを泳がされている気分だ。あまりに長いキスに頭がクラクラしてくる。鼻で息をすればいいのかもしれないが、そうすると鼻息を透真の顔にかけることになりはしないかと思うと、それもできない。

ぎゅっと目を瞑ったまま藻掻くけれど、身体の上にのし掛かられた状態で身動きが取れないのだ。しかも、上半身裸の透真のぬくもりがバスタオル越しに伝わってきて更に心臓の鼓動が加速する――

（もうムリ！）

「ぷはっ！」

堪えかねた華子が口を開けて大きく息を吸うと、口の中にぬるっとした熱いものが入ってきた。

ビクッと驚いて目を見開く。すると、じっと見つめてくる透真と目が合った。

彼の瞳の奥に、華子が映っている。いや、華子しか映っていない。その現実に、なぜだか無性に胸が高鳴って恥ずかしくなる。

口の中に爽やかなミントの味が広がって、入れられたものが彼の舌だと気付いた。

（えっと、ホモ・サピエンスの雄は匂いと味に対して鈍感な弱点を補うためにディープキスを本能的に好む傾向にあるので、いきなり舌を挿れられたからって驚いては駄目です。これは男性の唾液に含まれる性的興奮を誘発するテストステロンを女性に送り込む目的と、女性の唾液に含まれる女性ホルモンの一種エストロゲンの分泌サイクル――言うなれば、雌としての生殖能力の度合いを確かめるという目的があって――つまり今、わたしは透真さんに女としてテストされてるわけで――）

また目が合ったら、どんな顔をすればいいのかがわからなくて目を閉じる。そうしたら彼の舌の先が動いて、華子の舌に濃密に絡み付いてきた。うねりながら、舌の付け根から先までをねっとりと舐め回される。口蓋につーっと透真の舌先が擦れて、背筋がゾクゾクした。

息が上がるのは、興奮を誘発する物質を送り込まれているからだと頭では理解しながらも、口の中から征服されていく感覚に頭の中が真っ白になる。

初めて体験する粘膜と粘膜の触れ合いは、苦しくて、熱くて、恥ずかしくて……気持ちいい。口蓋を舌先で触れられるとゾクゾクするのに、それがなんだか気持ちいいのだ。食むように透真の唇が動くたびに、くちゅり、くちゅり……と咀嚼に似た音が脳裏に響く。

「んっ……」

その甘味を帯びた吐息が、自分から漏れているという事実に驚きを禁じ得ない。華子がビクッと身を竦めると、そっと頬が撫でられた。首筋に手を添えて、親指の腹で「大丈夫」と合図を送るように優しく頬に触れられる。透真は二、三度華子の頬を撫でると、ゆっくりと唇を離した。

「眼鏡、当たるから外すぞ」

言うなり彼は、ブリッジを摘まんで眼鏡を取ってしまった。眼鏡を取り上げられた華子の視界は、限りなくゼロに近い。ぼやけて歪んだ世界に自然と眉が寄る。

「あ、あの！　み、見えないです」

「さっきまで目、瞑ってただろ？　目を瞑るなら同じじゃないか」

「で、でも、透真さんの顔もよくわからなくて……」

透真の言うこともわかるのだが、目を瞑るから見えないのと、そもそも見えないのとでは、不安感が違う。

「この距離でも？」

今だって、おそらくとても近いところに透真はいるのだと思う。吐息や体温、気配でそれはわかるが、眼鏡のない華子の視界は、間近にいるはずの透真の顔もよくわからない。

「いるな、くらいにしかわからなくて。眼鏡がないと、わたしは個別認識ができないんです」

「そっか。不安？」

聞かれてコクリと頷く。すると透真は、華子の上にぴったりと重なり、片腕で自分の体重を支えつつ、もう一方の手でゆっくりと頬を撫でてきた。

「大丈夫だよ。ここにいるのは、俺とハナだけ」

「でも……」

それでも言葉にならない不安がある。渋る華子に「そうだ」と透真が声を上げた。

「声なら俺だってわかるだろ？」

「それはそうですけど……」

「心配しなくていいよ。ハナを触るのも、ハナにキスするのも、ハナを抱くのも、全部俺だから」

耳の穴に吐息を吹き込むように囁かれて、本気でゾクゾクする。華子が息を呑むと、透真がまるでため息のように息を吐いた。

「あぁ……ハナ……。すごく綺麗だ……」

「な、なにを――」

本気でなにを言っているのかと思った。華子も眼が悪いが、透真も相当眼が悪いらしい。

驚く華子の頬を何度も何度も撫でて、彼は額に額を重ねてきた。

「正直に言うよ。結婚相談所もAIのマッチングも、全然当てにしてなかった。でもさ、ハナに出会って俺……たぶん、その日のうちに一目惚れしたんだと思う。ハナは、俺の理想そのものだよ」

「ひ、一目惚れ？」

「うん」

「ええっ！」

そもそも一目惚れという現象が起こるときには、脳の中にある扁桃体という部分が一瞬――時間にして〇・一秒くらいパッと反応しており、これが原因で「ビビッ」とか「ズキュン」的な心理状態に陥るのではないかと言われている。扁桃体が大きく動くそのあとで、大脳新皮質が自分の状態と相手の好ましい点を理論的に分析しはじめるのだ。素性もわからない初見の異性が目にとまる理由など、顔や身体付きが好みだったくらいなのに、「笑顔が素敵」「お年寄りに席を譲（ゆず）っているのを見た。あの子はすごく親切」だからドキドキするんだともっともらしい理由を付けて、人は自分の恋を肯定する。

　これを突き詰（つ）めていけば、実は人が人を好きになることにたいした理由などないのではないか？　理由があるのならそれらは全て後付けではないのか？　人は利害関係を恋愛感情に置き換えることがあるのではないか？　と、人の感情のあり方にまで話が進んで、それを研究するのはなかなか面白いのだ。

　脳科学は専門分野ではないが、自分には逆立ちしても到底起こりえないであろう一目惚れ現象を体験したと言う透真に、華子は興味津々（きょうみしんしん）だ。

「ちょっと、一目惚れについて詳しく！　どんな感じなんです？　ソレ！　あ、メモがない！　メモ、メモ……あと、眼鏡も返して」

　眼鏡とメモを探し求めて透真の身体の下でモゾモゾと身動きする。が、そんな華子の顔を、彼は両手でガッツリと挟み込んできた。

「ハナ……好きだよ。いつかハナも俺を好きになってくれたら嬉しい」

「っ⁉」

　突然告げられた好意に、華子は目を見開いた。

　結婚は恋とは違う。契約だ。そりゃあ、想いも大切だろうが、条件も大切だ。いや、華子にとっては実際にあるかどうかわからない〝想い〟よりも、「結婚しても研究を続ける」ことのほうが遥かに大事なのだ。

透真は条件的に申し分ないし、いい人だと思う。しかし、まだ初対面のときを合わせても五回しか会ったことがない。自分はいつでも冷静で、脳内麻薬のドーパミンに振り回されているつもりもない。つまり、透真に対して打ち明けるほどの深い想いは――

（錯乱状態！　透真さんがドーパミンドバドバの錯乱状態です！　セロトニン！　太陽光浴びて！）

「んっ！」

今度は息をつく暇もなく口内に舌を挿れられて、反射的にぎゅっと目を閉じた。さっきよりも強く舌を吸い上げられる。そのキスは深くて荒々しいのに、どこか甘い。

「ん……は……はぁはぁ……んっ」

「ハナ……好きだ……」

唇を合わせたまま掠れ声で囁かれて、なぜだか下腹の辺りがズクッと疼く。初めて感じたその疼きの正体など、華子にわかるはずもない。でも、なんとなく恥ずかしい気分になる。

透真は華子の頬に添えていた手をゆっくりと滑らせると、首筋から肩を往復するように撫でてきた。普段人に触れられることのないところを、他人の――しかも男の人に触れられているという事実に、無意識のうちに太腿をぴったりと寄せる。すると、唇を離した透真が、シーツに散らばった華子の髪を梳きながら、耳元で囁いてきた。

「ハナは……初めてなんだよな？」

黙ってコクコクと頷く。

「そっか。じゃあ、優しくしないとな」

呟くようにそう言いながら、透真は華子の耳朶を鼻先で突いて、鎖骨から胸元の膨らみを人差し指でなぞってきた。タオルの縁に当たり、一旦とまる。そして、ゆっくりとバスタオルの上から手のひらを被せるように、華子の乳房に触れてきた。

（あ、直接じゃないんですね。よかっ――）

そう安堵したのも束の間。透真の手のひらが、乳房を下からすくい上げて、掴むようにむにゅっと揉み込んできたのだ。

「ひゃんっ⁉」

勝手にヘンな声が上がって、ボッと顔に火がつく。慌てて両手で口を押さえると、華子の腰に跨がったまま、透真がゆっくりと上体を起こした。

この霞がかった視界に入ってきた彼が、こちらを向いているのはわかる。表情まではわからないが……たぶん笑っているんだろう。なんだかそんな気配がする。

「可愛い」

「か、可愛いとか……そういう……またからかって……い、意地悪するのやめてください……」

ぷるぷると震える声で抗議する。が、透真は飄々とどこ吹く風だ。

「ああ、ごめん。俺、好きな子は虐めたくなるタイプなんだ」

口を覆っていた両手を軽く払い退けられて、華子は目を眇めた。ピントは合わないが、やっぱり透真が笑っている気がする。

「ひっ！　す、好きなのに虐めるのとか、そんなの悪趣味ですよぉ！」

華子は青ざめたが、透真は構わずに顔を近付けてきた。

「好きだよ、ハナ。さっきの可愛い声、もっと聞きたい」

「っ！」

反応する間もなく唇を奪われ、口をぎゅっと閉じて身を捩る。が、透真はキスをしながら、両方の乳房を鷲掴みにしてきた。

「あっ！」

驚きに声を上げてしまったが最後、しっかりと奥まで舌を差し込まれる。華子の口内を占拠した彼は、口蓋を何度も何度も舌先で擦ってきた。ふたつの乳房を好きに揉みしだきながら、執拗に口蓋を舐めてくる。そのたびに背筋がゾクゾクして、息が上がった。

「はぁはぁ……はぁはぁ、う……んんんんっ……あ、はぁはぁ……」

呼吸がめちゃくちゃになって苦しい。しかも熱い。それもこれも透真が唇を離してくれないせいだ。彼は左右の乳房を中央に寄せるように揉んで、上に押し上げてくる。そんなことをされたら、合わせ目に布端を差し込んだだけのバスタオルが緩んでしまうのは当然で――

「んん――！」

まろび出た乳房を直接揉まれて、キスされながら目を見開いた。

触れてくる透真の手のひらは、大きくて熱い。指先が肌に食い込んでくるのがわかるが、痛くはない。彼は感触を確かめるように何度か乳房を揉むと、今度は乳首をきゅっきゅっと摘まんできた。

「～～～っ！」

下腹の奥が、最初に感じたときよりも大きく激しく疼いた。親指と人差し指で、強弱をつけながらくりくりと乳首を捏ね回されると、それに呼応するように華子の身体の奥が熱く疼いてしまう。

（そんなに触らないでくださいぃ……身体がヘンな感じで……なんか……おかしくて……）

そう訴えたくても、唇は塞がれていて声にならない。透真は華子の上唇と下唇を交互に食んで吸い上げ、口内に舌を差し入れては、口蓋を執拗に攻めてくる。自分の内側から来る、この得体の知れない熱と疼きから逃れようとしても、透真が身体の上にぴったりと重なっているから、それもままならない。舌先で口蓋を舐められるたびに、乳房を強く揉みしだかれるたびに、乳首を捏ね回されるたびに、華子は熱と疼きに翻弄されて、ビクビクと身体を震わせるしかない。

　自分の身体なのに、まるで透真に操られているかのように、思い通りにならないのだ。酸欠なのか、キャパシティがオーバーしてしまったのか、はたまたその両方か。頭がクラクラしてくる。透真は華子の口内をねっとりと舐め回してから、ようやく唇を離した。

「はぁはぁはぁ……ん、はぁはぁはぁ……はぁはぁはぁ……」

　ずっとベッドの上にいるのに、全速力で走ったあとのように肩で息をする。

「俺のキスはそんなに気持ちよかった？」

　見下ろしてきた透真に少し意地悪な口調で聞かれて、華子にカァーッと熱が上がった。

　息が上がったのはキスが長いからだし、身体が火照ったのは、触られて、からかわれて、恥ずかしいからだ。だからこんなにドキドキしている。

「き、気持ちいいなんて……」

「思ってない？　本当に？」

　触られすぎて硬くしこってきた乳首を指先でくにゅっと押し潰されて、「あんっ」と甘い声が上がってしまった。慌てて口を塞いだけれど遅かったらしい。華子の声を聞いた透真がふっと笑った。

「ほんと可愛いな。身体は素直」

そう言いながら乳首を両方摘（つ）まんで、くいくいと軽く引っ張られる。

自分の身体が弄（もてあそ）ばれているのに、身体の奥からあの疼きが広がって、華子の呼吸を乱す。身体に巻いていたはずのバスタオルは、もう鳩尾（みぞおち）の辺りまでずり下がっている。胸を隠そうと手で覆（おお）うと、パシッと手首を掴（つか）まれて、そのままシーツに押し付けられた。

「抵抗（ていこう）されたら余計に燃えるのが男だ。覚えときな」

「しゅ、狩猟本能が刺激されるんですか？」

ぷるぷると震えながら尋ねると、また透真が笑った。

「そう。こんなふうにね」

「ひぁあんっ！」

いきなり乳首に吸い付かれて、華子は思わず声を上げた。透真が口に含んだ華子の乳首に舌を巻き付け、口蓋に押し付けつつ扱（しご）き上げてきたのだ。

透真は吸い上げた乳首を口から出して、尖（とが）らせた舌先で唾液（だえき）をまぶすように塗りつけ、またむしゃぶりついてくる。それを何度も何度も繰り返されると、指でいじられるより何倍もの強い刺激で、華子の下腹の奥がぎゅんぎゅんっと疼いた。

見えないのに、自分がなにをされているのかが、肌から伝わってくる。今、彼の舌先で乳首があめ玉のように上下左右に転がされているのがわかるのだ。それが自分が食べられていくようで怖いのに、腰がヒクヒクと動いていく――こんなの、知識として知っていたセックスとは全然違う。

（やだ……もぉ、なんでこんなふうになるんですかぁ……）

「んん……はぁぅ……ふぅ、はぁはぁ……んんっ……」

自然に、感じた声が漏れてくる。そのとき、脚の間に指をすっと差し込まれて、華子はビクッと身体を強張らせた。

「いゃあ⁉」

さっきまで華子の手首を押さえつけていたはずの透真の手が、いつの間にか移動していたのだ。下着も着けていない、バスタオルもほとんど取れかけていて、腰回りに絡むようにもたついているだけだ。透真の手を遮るものはなにもない。眼鏡がないせいで、周りもよく見えない。そんな状態で、いきなり秘め処を触られたのだ。驚くのも無理はない。

華子は本能的に脚を寄せたのだが、かえって彼の手を挟み込む形になってしまった。

「な、なにを……」

華子は透真の手を押さえたが、なんの抵抗にもなりはしない。彼の指先は花弁の奥に隠された処をツンと突いてきた。

「あぁ、濡れてる」

「‼」

くちゅっと湿った音がして息を呑む。自分の身体が性的な反応をしていたことに華子は本気で気付いていなかったのだ。性的な刺激を受けたから、それに見合った反応をしたのだろうが、なぜか気持ちが焦る。処女なのにこんなに濡れるなんて淫乱かもしれないと、脈拍が一気に上がった。

「え、えっと、これは、あの、その――そう！　じ、自己防衛反応として分泌される体液で！」

「愛液な」

サラッと簡単に言われて、余計に恥ずかしさが増した気がする。

「確かに感じてなくても濡れることはあるし、逆に気持ちよくても濡れにくい体質の人もいる。濡れやすい人はさ、好きな男にキスされただけでも濡れるよ」

「そ、そうなんですか？」

父親が開業医で、人体について書いた多くの医学書、学術誌に囲まれて育った華子だが、キスされただけで濡れるだなんて、そんな記述は読んだことがない。どうして彼はそんなことを知っているのだろう？　やはり経験から？

朧気な視界の中で透真を探すように瞳を揺らすと、彼が乳房に頬を寄せてきた。

「俺はハナが好きだから、ハナの初めてをただ痛いだけの記憶になんかしたくないんだ。

ハナが気持ちよくなって喜んでくれたら、俺も嬉しいしさ」

ぎゅっと抱きしめられて、胸と胸がぴったりとくっつく。透真の素肌が熱い。華子の身体も火照っているのだが、彼の身体はもっと熱い。

（男の人のほうが筋肉量が多いから発熱量も多いって――）

いや、そういうことではあるまい。肌から伝わってくる彼の鼓動は、華子と同じくらい速い。

（と、透真さんは……意地悪なのか優しいのか……、よくわからない人です……）

でも、いやな感じはまったくしない。むしろ、わからないからこそ、もっと知りたくなる。初めて会ったときは、紳士的な人だと思った。二度目に会社で会ったときは、真面目な人だと思った。

今この人はどんな表情をしているんだろうか？

彼も自分と同じように緊張して、期待して、ドキドキしたりしているんだろうか？

それは華子の中で、セックスへの興味よりも、透真への興味のほうが上回った瞬間だったかもしれない。

「……透真さんは、わたしのことが好きなんですか……？」

「そうだよ。だから抱きたい」

透真は頷くと華子の頬にキスをして、耳元で囁いてきた。

「ハナ。俺に抱かれたいなら、自分で脚を開いて」

華子を試すような意地悪な声色だ。身体を横たえた彼が、華子の耳の裏から首筋にかけてをつーっと舐めてくる。

「ハナ」

華子は、おずおずと脚を少し開いた。そうすると、締めつけていた透真の手がさっきよりも大きく動いてくる。バスタオルの下で、閉じた花弁を指の腹でくいくいと軽く押された。花弁に隠された硬い女の蕾がコリコリと触られると、そこを中心に甘く痺れるような快感が広がった。それは胸を触られたときに感じた疼きとは、また少し違う。

「んっ……」

鼻にかかった声が漏れて、思わず腰を引く。だが彼の手が追いかけてきて、またそこに触れた。

「ここ、触られると気持ちいいだろ？」

恥ずかしいがその通りだ。そのわかりやすい快感は否定できない。ここが女性の性感帯であることは知識としてはあったけれど、こんなに気持ちいいなんて……胸に触られるだけで感じた、お腹の奥が甘く痺れるようなあの感覚も、もしかして快感？

「あ、あの……」

華子が反応する前に、潤んだ蜜口に少しだけ、彼の指が入ってきた。くちゅっと粘度のある音がしたのが恥ずかしくて、透真が横たわっているのとは反対側に顔を向ける。すると、彼がゆっくりと頭を撫でてきた。髪をよけてあらわれた華子の耳に、透真が息を吹きかけてくる。感じる自分を見られていると思うと落ち着かない。それに、周りがよく見えないせいか、耳と皮膚が敏感になっているようで、透真の息遣いや、触れてくる指先にも、ぴくんっと感じてしまう。

華子が悩ましく眉を寄せると、背中から抱きしめるように透真が体勢を変え、ぴったりと身体を寄せてきた。背中から彼の体温が伝わってくる。彼は華子の蕾をゆっくりと円を描くように捏ね回しつつ、脇下に潜らせたもう一方の手で乳房を揉んできた。

「はぁうんっ！」

一層大きな声が上がってしまい、慌てて自分の口を両手で抑える。が、透真の意地悪な指先が、乳首と蕾を同時に摘まんできたのだ。

「――――!!」

見開いた視界が、一瞬真っ白になる。なにがどうなったのかわからない。本能的に透真の手を押さえたが、彼は構わずに蕾をいじり続けてきた。

「ん――は、と、うまさん……だめ……です、そんなに、いじっちゃ……」

途切れ途切れに声を絞り出し、首を反らせて背後の透真に訴える。だが彼は、華子の声を無視して、潤んだ蜜口に指を一本挿れてきた。

「ああ、だいぶ濡れてきたな。もうちょっと奥まで入りそうだ」

その言葉と共に、更にずぷぅっと挿れられる。後ろから抱きしめるように乳房を揉まれたら、またあの疼きが襲ってきて、指を挿れられたそこがきゅっと締まった。

「……すごい締めつけだな……」

聞かせるつもりはなかったのだろう。かなり小声で独りごちながら、透真が生唾を呑んだ。

中に指を挿れられたまま、胸と蕾を同時に刺激されたせいで、奥からとろっとした愛液が新たに染み出してくる。彼が指を浅く出し挿れするたびに、くちゃっくちゃっと、耳を塞ぎたくなるほど恥ずかしい水音がした。

（は、恥ずかしい……）

華子は見えない目を伏せて、片手で懸命に口を押さえた。でも喘ぎ声がとまらない。

まさか医学的には存在しないとされているＧスポットが存在していた⁉　膣壁が擦られてゾクゾクする。気持ちいいのだ。こんなの知識と全然違う。身体が感じているのがわかる。

「は……はぁあぅ……はぁはぁ……はぁはぁ、んんぅ……」

背中に彼が頬擦りしてきて、また声が上がる。気持ちいいと啼くその声が、とても自分のものとは思えないほどに艶っぽい。まるで、自分の中に知らない自分がいるようだ。

知らない自分が、「もっと触って」と、啼いている。

「この肌……全身すべすべ……いい匂い。綺麗だ。本当に綺麗だ。ずっと触っていたい。ハナ……ハナを抱きたい。ハナの中に挿れたい」

透真は華子の背中や横腹に頬や唇を当てながら、蜜路に沈めた指を大きく掻き回しはじめた。今まで浅く出し挿れするだけだったのに、今度は奥のほうまでずぷっと挿れられる。しかも、指の腹や太くて硬い関節が、媚肉や襞を容赦なく擦るのだ。それは処女の華子にもセックスを連想させる動きで、奥のほうから新たな愛液がとろーっと湧いてきた。ずくずくと奥が疼く。

この疼きがなんなのか、どうしてこんなに濡れるのか、華子には説明できないのだ。

普段の華子なら、自分の状態変化を面白く、また興味深く観察しただろう。けれども今は、気持ちにそんな余裕がない。むしろ、華子のほうが観察される側だ。

「とうま、さん……」

震えながら背後の透真を振り返る。すると彼が顔を寄せ、唇を重ねてきた。

触れて、少し離れて、顔の角度を変えてまた重なる。喘ぐ唇の隙間から舌が差し込まれ、深く溶け合う。とろっと口の中に唾液が染み込んで、自分を性的に興奮させようとする。

気持ちいい。重なる唇も、揉み込まれる乳房も、体温を感じる背中も、とろとろに濡らされたあそこも——透真に触れられる処全てが気持ちいい。

透真はキスをしながら、華子の蜜口に埋めた指をゆっくりと引き抜いた。そして指に付いた愛液をなすり付けるように、蕾を優しくいじってくれる。透真が時折、指を抜いて愛液を花弁や蕾に塗りつけていくから、華子のあそこはもうとろとろだ。

キスが深くなって、華子の身体から力が抜けた瞬間、ぐじゅっ！　っと音を立てて、透真の指が回転しながら華子の中に入ってきた。

「ひうっ⁉　――あああ……」

今までは比べものにならないほど、蜜口が引き伸ばされている。何度か出し挿れされて、指を増やされたのだと気付く。内側から指を左右に開かれ、身体の中を強制的に押し開かれる圧迫感に、自然と眉が寄った。

「んん――……、はぁん……んっ、ふ……」

「今、二本入ってる」

透真は後ろから囲った華子の乳房を好きに揉みしだきながら、囁いてくる。

「～～～っ！」

華子がシーツに顔を埋めると、指が更に深く挿れられた。付け根まで入っている。骨張った太い指が、媚肉をごりごりと擦り回す。彼は手のひらで蕾を擦りながら、耳の縁を舐めてきた。

「可愛い。奥のほう触られるの好きだった？」

囁きながら指を念入りに出し挿れされる。指が抜け落ちそうなほどギリギリまで引き抜かれたと思ったら、もうこれ以上入らないほど奥まで挿れられるのだ。大きなストロークで何度も何度も出し挿れされるたびに、掻きまぜられた愛液が華子の蜜口からあふれて太腿の内側を濡らす。透真の指を呑み込んだそこは、愛液の坩堝のようにぐちゃぐちゃに蕩けてヒクついている。

「ハナ……もうぐちょぐちょだな。これ、防衛反応か？　違うよな？　ハナは俺に抱かれたいんだ。だからこんなに濡れてるんだろ？　今、すごく気持ちよさそうな顔してる」

素直になれと言われているようで、頬が熱くなる。でもそれは間違いじゃない。むしろ彼は、華子のことを理解してくれている。

透真が言うように早くここに彼のものを挿れられたいと思っている。彼に抱かれてみたい。彼に抱かれて、自分のなにが変わるのかが知りたい。そして、自分を抱いた透真がどうなるのかも――

「ん……」

頷いた華子に気をよくしたのか、透真はこめかみにちゅっと唇を当ててきた。

「いい子だ。待ってな。しっかりほぐしてやるから。そんで、たっぷりセックスしてやる」

透真は、あそこに挿れた指を二本鉤状に軽く曲げて、指の腹でポンポンと押し上げるように擦ってきたのだ。与えられる快感の種類が変わって、お腹の裏側がゾクゾクしてきた。

「ううう……はぁん……っ……ひぅ……」

奥歯を噛み締めて、声を堪えた。我慢しなければ、あられもない声が上がっただろう。横たえた身体を透真の手に弄ばれながら、目の前のシーツをぎゅっと掴んだ。すると今度は、同じように乳房が掴まれる。腰を引いたら、追いかけるようにまた深く指を挿れられた。そして、華子がゾクゾクするお腹の裏側を執拗に指で擦ってくる。透真は感じる華子を見て、華子の限界を探り、華子を快楽の底に突き落とそうとしているかのようだ。

全身からぶわっと汗が噴き出して、蜜口がヒクついてきた。

「ゃ、あぁ……そ、そこは、そこ、だめ、だめなんです、なんかっ、もぉ、指抜いてくださいっ！」

シーツにしがみつき、ほとんど身体をうつ伏せにした状態で懇願した。これ以上は危険だと、脳が中止を訴えている。なのに透真はやめてくれない。それどころか容赦なく指を抜き差ししてきた。

「大丈夫だ。挿れる前に一回いかせてやる」

その意味を理解する前に、三本目の指が処女の蜜口にねじ込まれた。ぐちゃぐちゃに濡れた蜜口は、増やされた指を難なく呑み込んで、侵されることを悦ぶかのように痙攣しはじめる。

引き伸ばされた蜜口を連続でずんずんと突き上げられ、華子の中でなにかが弾けた。

「ああ――――ッ！」

一瞬視界が真っ白になって、悲鳴に似た嬌声が上がった。憚ることのないその声は、完全に快楽に堕ちた女のものだ。

身体という縛りから解放されたように、意識が飛んでいく。

ぶるぶると痙攣した身体が一気に弛緩して、華子はシーツに沈んだ。

「はぁはぁ……ああ……は、はぁはぁあはぁんっ、は――」

もう、呼吸がめちゃくちゃだ。指一本、動かせそうにない。汗ばんだ身体が重たい。

ぐったりと目を閉じると、あそこからゆっくりと指が引き抜かれた。その最後の最後で、くちゅっといやらしい音がする。本当は恥じるべきところなのだろう。だが、初めての絶頂で華子の頭はうまく回らない。なにも考えることができないのだ。

華子が荒く息をしていると、透真が背中から離れるのがわかる。そして、ガサゴソと音がしてきた。が、見えない華子には彼がなにをしているのかわからない。ただ、身体に残る快感の余韻に浸っていると、透真の指が身体に触れてくる。腰に纏わり付くバスタオルを剥ぎ取られた華子の身体は無防備にコロンと転がった。乳房を放り出して仰向けになるなんて色気の欠片もない。そんな華子の脚を透真がゆっくりと開いた。

今から挿れられるのだと思った。

抱かれる期待に鼓動が昂る。長年患った処女ももう終わり……

ぎゅっと目を瞑ったとき、花弁がそっと左右に開かれて、とろとろに蕩けた淫溝に生温かい舌が這った。

「えっ⁉　な、ンッ、あっ！」

驚いて、動かない身体に鞭打って、重たい首を持ち上げる。すると、華子の脚の間に顔を埋めた透真の姿がぼやけて見えるではないか。舐めているのか、そこを。

それは、動物の雄が交尾の際に雌の性器周辺を舐める行動そのままで、華子の顔にぶわっと熱が上がった。

「あ、や……そんなことしないでください……なめないで」

透真から、ぐちょぐちょに濡れた華子のあそこが丸見えじゃないか。脚を閉じようとするけれど、重たい身体はままならない。それどころか彼は、両手で花弁を左右に開き、震える蕾に吸い付いてきた。

「はぁう！」

腰がビクンッと跳ねて、目を見開いた。心拍数が上がる。透真は唇にキスするのと同じように、蕾にキスして、ちゅっちゅっと吸い上げてくる。そして、尖らせた舌先を器用に使って包皮を剥いてきた。未だに快感に支配されている華子に、抵抗などできるはずもない。透真はあらわになった女芯に柔らかくキスをすると、丹念に舌を這わせてきた。

「ああ！　あっ！　ぁあああああっ！　ひぃぅ！」

それはまるで、電流を流されたかのような強い刺激だ。指でいじられたときとはまるで違う。熱くて、柔らかくて、少しザラついた透真の舌が、女芯を執拗に舐め回してくるのだ。うねうねと強弱を付けて這い回る舌に、そこを嬲られる。

（ああ……なにこれ、すごい……すごい、アアッ！　頭がおかしくなりそう！）

腰がガクガクと震えて、開かれた蜜口がなにかを催促するように、はしたなく涎を垂らしてヒクつく。何度も何度も快感の波が押し寄せてきて、華子を呑み込む。

「ああああ！」

華子が甲高い悲鳴を上げると、透真がようやく脚の間から顔を上げた。

腰を一気にズズッと引き寄せられる。そのまま彼は、蜜口にぐっとなにかを押し充ててきた。

熱くて、硬くて、太い――それが透真の屹立だと気付いて、反射的にゴクリと息を呑む。

彼は蜜口からあふれる愛液をそれになすり付けるように、何度も上下に擦ってくる。

ぬるんっと滑ったそれに蕾を擦られ、腰が浮いた。

「んっ」

「挿れていいか？　ゴムは着けてる」

いつの間に。眼鏡を取り上げられて見えないことを脇に置いても、まったく気付かなかった。

花弁を広げ濡れた肉の凹みに、硬い屹立がぴったりと隙間なく押し充てられている。ほんの少し透真が腰を進めるだけで、この身体はあの屹立に貫かれるのだ。そして、男と女の関係になる。

（い、痛いんですよね……？　血が出るかも……）

さっきまであんなに気持ちよかったのに、未知の恐怖は華子の頭をクリアにする。どんな痛みなのか想像もつかない。

「あ、あの……手を握って、もらえますか……？」

恐る恐る右手を伸ばしてみる。すると、指を絡めるように手を繋がれた。

あたたかい手だ。そして大きい。華子の手なんてすっぽりと包んでしまえる。ほっとしたのも束の間、屹立の先で蕾をツンと突かれて、身体がビクッと反応する。

「大丈夫か？」

囁かれる声に、下腹の奥がゾクゾクと疼く。ここに来て初めて、華子は自分が感じていた疼きの正体がわかった気がした。

――このまま、この人に抱かれてみたいのだ。それは知識欲というより、華子の女としての純粋な興味だ。この人がいい。どんなに怖くても、身体は濡れてこの人を欲しがっている——

「だ、大丈夫です。抱いてください……」

目を閉じて呼吸を整える。すると、繋いだのとは反対の手で、透真が頬を撫でてきた。優しく撫でられて、緊張しながらも笑顔で頷く。

大丈夫。この人は大丈夫。ＡＩが選んでくれた運命の人だから……

繋いだ手を握り直した彼が、耳元で囁いてきた。

「——挿れるぞ」

その声と共に、透真が腰を進める。指とは段違いの太さのものが、蜜口をいっぱいにして、みちみちと内側から華子を押し開いていく。

「————————！」

海老反りになった華子は目を見開いて、声にならない悲鳴を上げた。ギチギチとした肉の引っかかりは、華子の身体を石のように固くさせる。

苦しい。苦しくて息ができない。痛くて涙がぼろぼろとあふれてくる。あんなに濡れていたのに、今あるのは焼け付くような痛みだ。指や舌で与えてもらったあの気持ちいい感覚が、一気に吹き飛んでいく。

そのとき、透真が繋いだ手を握り直して、身体を重ねて抱きしめてくれた。海老反りになった華子の身体に体重をかけて、ゆっくりとベッドに沈める。

「痛いな。ハナ……力抜いて、息して、そうしたら楽になる。大丈夫、俺を信じて」

なにもかも初めての華子は、耳元で囁かれる声に縋るしかない。今あるのは、この人が自分の中に入ってくる痛みなのに。原因となっているこの人しか、縋る相手はいないのだ。

「ううう……はぁはぁ……はぁんっ……はぁはぁ……」

「……もう少しだ。もう少しで全部入るからな」

まだ全部入っていないという事実に頭をクラクラさせながら、必死に息を吐く。透真はゆっくりと腰を前後させ、屹立を抜き差ししながら少しずつ奥に入ってきた。くちゃ、くちゃ……と下からいやらしい音がして、お腹の中いっぱいに自分以外の熱が広がる。

「ああううう……」

ぐったりとした華子が涙に濡れた目を伏せると、瞼にゆっくりと口付けられた。

「っ、全部入った……。頑張ったな。まだ痛いか？」

スンと鼻を啜りながら頷く。そんなの、痛いに決まっている。見えないからわからないが、相当大きなものを突っ込まれたのだと思う。もう、あそこが裂けてしまうかと思ったくらいだ。

「ううう……巨根だなんて聞いてないです……」

華子が半泣きになりつつ訴えると、身体の上で透真が「ぶはっ」と笑い出した。

「ごめんな、デカくて」

「笑いごとじゃないです。まだ痛いです。ジンジンします。抜いてくださいぃ」

そう言いながら、透真の胸をあいている手で押す。が、彼はびくともしない。それどころか、華子の上にぴったりと重なって、シーツに散った髪に指を絡めてきた。

「好きな女の中にやっと入ったのに、もう出ていけって？　悲しいこと言うなよ。セックスはこれからだろ？　俺はまだハナを抱き足りない」

繋いだ手をぎゅっと握られると、なぜか心臓がドキドキしてくる。見えないが、なんだかすごく熱の籠もった眼差しで見つめられている気がするのだ。

「ハナ……俺、もっとハナの中に入りたい。奥まで……」

重低音で囁かれると、お腹の奥がきゅんきゅんとしてしまう。彼のものを咥え込まされた蜜口までヒクついてくるのだ。それに、セックスが挿れただけで終わるものではないことくらい、華子だって知っている。

「い、いいですよ……男の人は、その、射精しないと終われないんですよね？　わ、わかってます」

透真はまた笑いを堪えると、華子の耳に唇を当ててきた。

「そうだよ。終われない。ハナのあそこに俺のを何度も何度も出し挿れしてさ、ぐちゃぐちゃになったハナの中でたっぷり射精さないと終われない。——だって俺、男だから」

透真の声にゾクゾクする。彼の言葉に引っ張られるように、頭が勝手に具体的なセックスを連想していくのだ。

これから脚を広げられ、狭い蜜口に透真の屹立を無理矢理ねじ込まれて、何度も何度も奥まで出し挿れされてしまうのか？　奥まで突かれたらどんなだろう？　指でされたように中を掻き回されたら？　乳房を揉まれ、吸われ、しゃぶられて、たくさん触られて――

じわっと新しい愛液が垂れてきて、顔が熱くなる。すると、透真が唇にキスしてきた。

「んっ」

あまりにも自然に舌を絡められて動けなくなる。彼は華子の乳房を触りながら小さく腰を揺すってきた。くちょっ、くちょっと、繋がった処から音がしてくる。さっきはあんなに肉の引っかかりを感じたのに、今はもう滑らかに入る。透真の太くて硬いものが、自分の身体の中を出入りするという不思議な感覚が、じわじわと華子の身体を熱くした。

「は……あぁ……んっ」

歯を食いしばって眉を寄せる華子の頬に、透真がちゅっと唇を落としてくる。たぶんそれが、彼なりの労りなのだろう。

「痛いよな？　ごめん。ハナ……少しでも気持ちよくしてやるから」

繋いだ手とは逆の手に膝を抱え上げられた。脚が広がって、今までより深く彼が入ってくる。処女肉を硬い張りでずこずこと突き上げながら、彼は快感の蕾にそっと触れてきた。

「あぁああっ！　ん、あっ！　だ、だめぇ……そこは……」

「ここ好きだろ？　いじると中が締まる」

包皮に包まれた硬い蕾を、優しいタッチで捏ね回されて身体の内側に電気が走る。透真を受け入れている蜜口がヒクヒクと痙攣して彼を締めつける。ぷるぷると小刻みに震えはじめた華子の身体を、透真の張りが一気に貫いた。

「アアッ！」

甲高い声が上がって首がぐっと反る。その喉元に彼の唇が触れて、つーっと舌が這った。

「いっぱい触ってやるから好きなだけ気持ちよくなれ。ハナ……大丈夫。なにもかも俺に任せて」

蕾をいじりながら、透真が腰を回して蜜路をぐるっと掻き回す。突き上げられるのとはまた違う快感に、華子は為す術もない。ぷっくりと立ち上がった乳首にむしゃぶり付かれ、歯を立てられる。透真の思うがまま、彼のリズムで身体を貪られるしかない。

動けない。反り返り、身体をビクビクと痙攣させながら喘ぐ。透真の左手には指を絡め取られ、右手で蕾をいじられる。その間、ずっと張りを出し挿れされた華子の身体は、もうぐちょぐちょだ。肌は汗ばみ、淫らな穴からは愛液がとめどなくあふれ、漲りを出し挿れされるたびに外に掻き出されてしまう。でも、それがどうしようもなく気持ちいい。透真に挿れられることを身体が悦んでいる。

ぱちゅん、ぱちゅんと腰を打ちつけながら、愛液まみれになった蕾を優しく捏ね回されて、気持ちよくなってしまう。

「ハナ……ハナ、好きだ……」

繋がれた手に、透真がそっと唇を当ててくる。焦点の合わない視界に、眉間に皺を寄せた透真の顔が見えた気がして、華子の蜜口がきゅっと締まった。

「く、ああ……」

気持ちよさそうな声を漏らした透真は、華子の唇に軽くキスをすると上体を起こした。

そのとき、彼が離れていくことに反応した華子のあそこがきゅっと締まった。

「中、締めたりして……もっと突けって？」

「そ、そんなんじゃ……」

勝手に締まってしまっただけだ。催促なんてしたつもりはない。でも、華子の意思とは関係なく、あそこがヒクヒクしてとまらない。

「ああ、すげぇ締まる……なんだこれ……気持ちよすぎる。ハナ……こんなやらしい身体してるのか？　こんな身体じゃ、男知ったらたまんないだろ……」

蕾をいじっていた指で、繋がった処を触られる。そこはもう、とろとろだ。

知識だけの頭でっかちで、実際はなにも知らなかった身体。無垢だった女のそこが、男のものを咥え込まされてじゅるじゅると涎を垂らしている。そして、もっと動いてと催促するように、ヒクヒクヒクヒクヒクと絶え間なく蠢いているのだ。処女でこんなに濡れてしまうなんて、やっぱりおかしいのかもしれない。

「わ、わたし、淫乱だったんですか……？」

ショックでそんなことを聞くと、透真がゆっくりと腰を揺すってきた。

「相当エロいね。ま、俺は好きだよ。いつでも満足させてやるから、俺の女になりな」

その口調が意地悪で、でもどこか優しくて、やっぱりこの人がわからない。

蕾をいじるのをやめた透真が、華子の膝を押して脚を開く。そうして彼は、華子の中、奥深くにぐっと入ってきた。

「っ！」

あまりの衝撃に、胸を突き出すように背中を反らせる。今まで以上に深い。内臓を突き抜けるかと思ったくらいだ。汗が噴き出て、ぶるっと震える。これ以上は入ってこられない処まで来た彼は、華子の太腿を撫でてきた。

「ああ……すげぇ。俺のが全部入ってる……」

繋がっているそこに視線を注がれているのがわかって、カッと顔が熱くなる。思わず脚に力が入ったけれど、間を陣取られて閉じられるわけもなく、脚を大きく広げたまま侵された身体を視姦される。恥ずかしさに目眩がした。

「やだ……そんなに見ないでください……」

訴えると、彼は繋いだ手に軽くキスをしてくる。

「ハナ……綺麗だ。すごく……」

普段、饒舌な人の短い言葉に、なぜだか胸が高鳴る。

そんな華子の身体を、透真がぐっと突き上げてきた。

苦しい。痛みはないが圧迫感がすごい。お腹の中に透真のものが入っているのがわかる。

「ら、め……そんな、おく――――っ!?」

「無理。もう我慢できない」

いきなりキスされて、華子は目を見開いた。

キスが深くなって、透真の突き上げが加速する。初めての華子の身体をずっと気遣ってくれていた彼が、今は容赦ない。暴れる脚を抱え上げ、押さえつけ、ベッドのスプリングが軋むほど、強く激しく奥の奥を突き上げられる。でも繋いだ手はそのままだ。いや、むしろ更に強く握られる。そのことに気付いたら、今まで意識したこともなかった子宮が猛烈に疼いて、透真の屹立を媚肉で締め上げた。そうしたら、また透真のピストンが加速する。

彼は浮き上がる華子の背中に手を回して、しがみつくようにして腰を振ってきた。口の中には舌が、蜜口には漲りが、何度も何度も挿れられる。

ああ、これが男と女なのか。

粘り気のある音と、喘ぎにもならない荒い吐息が、耳を侵す。火傷しそうなほど熱い身体の境界線が、溶けてまざる不思議な感覚に襲われて、華子はぶるっと震えた。

透真が腰を打ちつけるたびに、女にされていく感じがする。自分の身体が男を受け入れるためにあったのだということを、今更ながらに知った。

「――――あ！」

甲高い声と共に、意識が遠くなる。でもそれを華子の身体に留めたのは、透真の掠れた声だった。

「好きだ」

急にピストンをやめた彼が小さく呻いて、動かなくなった。でも、蜜路の中では彼の屹立がビクンビクンと波打っていて、この行為の終わりを教えてくれる。

透真は呼吸を乱した華子の唇を吸ってから、そっと身体を離した。繋がっていた手が離れるのと同時に、くぽっと音がして身体の中を占拠していた透真のものが引き抜かれて圧迫感がなくなる。

完全に弛緩しているのか力が入らない。内に熱が籠もっていて頭も霞がかっている。

症状としては熱中症に近いのに、身体は恐ろしく満たされた感じがする。こんな充足感を味わうのは初めてだ。

「大丈夫か？」

声のするほうを向くと、ベッドに腰掛けた透真がこちらを見ているのがシルエットでわかる。

華子は頷く代わりに、ぽつりと呟いた。

「はぁあ……大人の階段……上っちゃいました……」

「ははっ！　なんだそれ」

思わず噴き出したように笑う透真に、華子も目を細めた。

「初めてが透真さんで、本当によかったです。ありがとうございます」

素直に言葉が出たのは、華子が心からそう思っているからだろう。

「処女のまま死ぬことはないのだと思うと、一気に安心しました」

すると、透真の手が優しく髪を梳いてきた。その手が優しくて気持ちいい。

「いや、初めてもなにも、俺と結婚するなら、ハナは俺が最初で最後の男になるんだけどな」

なるほど。言われてみれば確かにそうである。結婚してから他の男の人と関係を持つことが不誠実なのは明白。

「ああ……でも検証としては比較対象が少ないのは——」

「するなよ」

低い声で鋭く言われてきょとんとする。

透真はベッドに横たわったままの華子の手を強く握ると、ずいっと顔を近付けてきた。

「検証なんて必要ない。ハナを抱くのは俺だけだ。わかった？」

「は、はい——……」

圧倒されて、勢いのままに頷(うなず)く。

すると透真は、華子の顔に覆(おお)い被(かぶ)さるように抱きついて唇にキスしてきた。

セックスは終わったはずなのに、どうしてキスされるのだろう？　なんだか無性にドキドキする。

今言われた言葉が頭から離れない。もしかしてこれは、彼の独占欲……？

華子にはわからなかったが、抱きしめてくる透真の身体は、繋(つな)がっているときと同じ温度で熱かった。

処女(しょじょ)でなくなった日の翌月曜——華子は朝から、腰をトントンと叩(たた)きながら、研究

所のロッカールームに入った。

（ふう……。それにしても今朝はなんかちょっと腰が痛いですねぇ……。筋肉痛ですかね？　これも身体の変化？　メモしときましょう）

あの日、華子は透真に言われるがままに彼のマンションに泊まった。

彼がよくほぐしてくれたお陰か、心配していたような出血はなかった。確かにズキズキとした痛みはしばらく残っていたものの、目に見える身体の変化というのは特にない。

透真は華子の身体を労って、二度目を求めてくることはなかった。それでも華子のために、お風呂を沸かしたり、衣類を洗濯してくれたり、出前を取ってくれたり、寝間着やお泊まりセットを買ってきてくれたりと、いろいろと世話をやいてくれた。日もまだ高かったし電車もあったから、本当は自宅に帰ってもよかったのだが、そうやって自分のためにあれこれしようとしてくれる彼の気持ちが嬉しくて、甘えてしまったのかもしれない。これは、処女を失っての一種の気持ちの変化――というやつなのだろうか？

しかしながら、自分の変化は客観視しにくいと言えるし、華子としては今後も継続的に観察を続ける方針だ。

今朝は早い時間に、透真の車で一度自宅マンションに送ってもらってから、服を着替えて出勤した。車で通勤するのは、ごく一部の役員だけだ。お陰で、透真と一緒に出勤しても誰かに見られるということもなかった。正直、筋肉痛の身体には車通勤が非常に快適で、透真の言う通り、彼のマンションに泊まってよかったと思う要因のひとつになったのは間違いない。

（しかし、残念だったのは、透真さんのをまったく見ることができなかったことですかねぇ……）

透真がキスのときに当たるから、という理由で眼鏡を取り上げた華子の視界はほぼゼロ。透真のモノを測るどころか見ることさえ叶わなかったのだ。

（ま、次がありますよね。次が。目測でもいいので、今度こそは……！　あと気持ちよすぎて、ちゃんと覚えてないところがあるので、次回は意識を保つ！　これ課題です）

日頃、思いついたことを書き留めているメモ帳に筋肉痛と今後の課題を書き記した華子は、ロッカーに入れていた白衣を羽織って支度を調え、研究室へと向かった。

（わたしが処女じゃなくなったって、研究所の誰かが気付いたりするんでしょうか？　周囲の反応というのも興味深いですねぇ）

密かにワクワクしながら、研究室のドアを開けた。

「おはようございます」

「あ、山田さん、おはようー」

ぼさぼさ頭の阿久津が、ビーカーに入れたコーヒーをすすりながら挨拶を返してくれる。他の研究員達も、バランス栄養食をポリポリとかじりながらだったり、新聞を読みながらだったりしながら、「おはよ」と声をかけてくれた。それは、いつもとまったく変わらない日常だ。

（……誰も気付きませんね……）

性行為の経験がある女性は、経験がない女性に比べて、血中の女性ホルモンの濃度が十五％濃いという論文を読んだことがある。それが、恋をすると女性が綺麗になるという説に繋がるかと思っていたのだが、そうでもないらしい。

（まぁ、ホモ・サピエンスって結構鈍感な生き物ですからね）

あとで所感をメモしておこうと思いながら、華子は自分の席に着いた。

華子が開発した、次世代型ハイドロキノンαを有効成分とした化粧水の商品化は、透真主導の下、順調に進行しているらしい。

透真から商品名やパッケージ、容器、ロゴなんかについて意見を求められたが、華子は『透真さんにお任せします』と言って、あまり積極的には関わっていなかった。

華子は研究者であって、デザイナーじゃない。中身を変えなくても、外側を変えるだけで売り上げが変わる世界には、その世界のノウハウがあるだろう。門外漢が知ったかぶりで口を挟むなどとんでもない話だ。専門の方がきちっと作ってくれたほうがいい。むしろ、商品用のバルクレシピを開発したところで、この案件については既に自分の手を離れたと思っている。

商品としての評価は世間がしてくれるだろう。自分の作り上げたものを埋もれさせずに済んだのだ。それだけで華子は満足している。

売り上げが上がって、次世代型ハイドロキノンαを有効成分とした商品のシリーズ化の開発がはじまったら、そこが華子の腕の見せ所だ。——とは言っても、次世代型ハイドロキノンαの化粧水はまだ発売されていないので、シリーズ商品の開発指示も出ていない。なので華子は今、わりと暇を持て余しており、所長が担当しているマスカラの改良を補佐している状態だ。グラスファイバーを配合したマスカラで使用感はいいけれど、メイクオフしにくいという理由で改良指示が出ていたあのマスカラだ。だがもう、その案件も完成段階でほぼほぼ手が離れている。

ということで、せっかく手があいているのだからと、華子は昨日透真に買ってもらった、他社の日焼け止めのリバースエンジニアリングを行うことにした。

化粧品の基本は水と油だ。本来まざり合うことのないこのふたつの液体は、時間が経つにつれてどうしても分離してしまう。それをいかに分離しないように安定させるかが、華子達研究者の腕の見せ所。つまり、他社の商品がどのぐらい分離に耐えられるのかを試してやろうという意地悪な実験をするわけだ。

(ふふふ……。さて、試させてもらいましょう!)

基本的に日焼け止めというのは、汗で流れにくいように、油分をベースとした油中水型が多いのだが、この商品は水をベースにした水中油型で、ベタつきが少なく、乳液のようにさっぱりしているのが特徴らしい。どんな工夫がされているのか楽しみである。

　測定器にかけている間に昼休みになった。

（うーん。結果が出るまでなにしようかなぁ。そうだ！　次世代型ハイドロキノンαちゃんのシリーズ商品を勝手にこっそり開発しちゃったりしちゃいましょうか！　まだ指示出てないけど――）

「山田さん」

「ひえっ!!」

　指示されてもいないことを勝手にやろうとしていたところに、背後から畠山所長に話しかけられたものだから、ギクッと大袈裟に身が竦む。ちょっとドキドキしていると、所長が怪訝な顔をした。

「なに？　どうしたの？　またなんか直訴したの？」

「いえいえ！　なにも！　してません！　大丈夫です、はい！　今、リバエンをしていたところで、直訴などしておりませんです、はい！」

「本当に？」

　疑いの眼を向けられて、華子は強く大きく頷いた。次世代型ハイドロキノンαの件で、華子が相談なく透真に直訴したことを、所長はちょっと根に持っているフシがあるのだ。

（大丈夫です。次世代型ハイドロキノンαちゃんのシリーズ商品を勝手にこっそりと開発しようかなと思っただけで、まだやってないのでセーフ。セーフです！）

やってしまうとバレそうなので、〝今はまだ〟脳内で構想するにとどめておこうと心に誓う。それが伝わったのか、所長の眉間の皺が少し取れた。

「ならいいけど。改良を手伝ってもらった例のマスカラ、試作品ができたって。いくつか貰ってきたから、山田さん使う？　商品開発部がサンプル・モニターを募集するらしいから、友達とか家族に配ってもいいよ」

そう言いながら、所長が白衣のポケットからパッケージングされたマスカラを差し出してきた。「メイク落としですっきり」の文字が吹き出しで付け足されている。容器やパッケージングも大幅な変更がないタイプのリニューアル商品だから、企画もスムーズに進行したのだろう。かなり早い仕上がりである。華子は自分の分と母親の分で、二本貰うことにした。

「ありがとうございます。使ってみます」

「使ったらコメントよろしくね」

化粧品会社勤務はこういうところがちょっとお得だ。お陰で華子は自分のメイク道具には事欠かない。とはいえ、毎朝メイクする習慣はないので、試供品のほとんどは母親にあげてしまうのだが。

（早速使ってみましょう！）

華子は貰ったばかりのマスカラを持って、レストルームに入った。そして、三つ並ぶ鏡のうち、一番入り口に近い鏡を覗き込み、眼鏡のつるを持って軽く浮かせる。眼鏡を完全に外してしまうと、近視と乱視のひどい華子の視界はほぼゼロ。目隠し状態でメイクをするようなものだ。ファンデーションを顔に塗るだけならまだしも、アイメイクなんか至難の業。華子が毎朝のメイクを面倒に感じてしまう最たる理由がこれである。

本当なら、コンタクトレンズに変えれば、この問題は解決する。しかし、眼球の表面にプラスチックを貼り付けるという行為が恐ろしすぎて、とてもチャレンジできないのだ。コンタクトレンズが高度管理医療機器であることは理解しているが、怖いものは怖い。

（あ、ビューラー忘れました。ま、いっか）

普段が普段なので、わりと適当である。

浮かせた眼鏡を上げたり下げたりして様子を見ながら、慎重にマスカラを睫毛に塗っていく。繊維入りのマスカラは、長さ出しができるメリットがある一方で、繊維の重さでカールがキープできないというデメリットがあるものなのだが、この商品は繊維のパワーでキープという新しいアプローチの仕方をしている。そのお陰でメイクオフしにくかったのだが。グラスファイバーはそのままに、コーティング剤の成分をまるっと変えたので、今回は簡単に落とせるはずだ。

華子はちょんちょんと薄く撫でるように、睫毛にマスカラを塗った。元から睫毛は長いし多いほうだから、これ以上長さを出すと眼鏡のレンズに当たって汚れてしまうので控えめにする。繊維がたっぷり入っているから、薄付きでもかなり睫毛が濃くなって存在感が出た。

「うん。かなりいいんじゃないですか？」

何度か眼鏡を上げ下げして、確認してから頷いた。度のきついレンズ越しで小さくなった目も、いつもよりちょっとだけ大きくなった気がする。眼鏡をかけた状態でこれなら、外せばもっと大きくなっているはずだ。

（これで日中を過ごして、夜メイクオフしたときにどれぐらいスムーズに落ちるか、ですね。ま、落ちるんですけどね。なんてったって、このコーティング剤の高分子はわたしが作ったんですから）

華子は何気に、自分の仕事に絶対の自信を持っている。

（さぁてと。お昼ご飯、お昼ご飯。なに食べましょうか。時間があるときくらい、ちゃんとしたものを食べたほうがいいですよねぇ）

両手をマスカラごと白衣のポケットに突っ込んで、久しぶりに外食でもしようかと考えながら歩いていると、研究室のドアの前に見知らぬ女の人が立っていた。

（あら？　どちら様でしょう？　迷子さんですかね？）

　真っ赤なカーディガンを肩に羽織り、白いツイルフレアワンピースを身につけている。見たところ、年は二十四、五歳。華子が他社の化粧品をチェックする際に目を通している女性誌や、女性向け情報サイトによく出てくるモテメイクがよく似合っている。シンプルだが、栗色のロングの髪をゴージャスに巻いており、とても華やかだ。持っている白のハンドバッグが実用性を無視した大きさであることも相まって、一見すると結婚式の参列者のようにも見える。そんな彼女に応対しているのは、畠山所長だ。彼はかなり困惑した様子で、研究室のドアの前に立ち塞がり、かの来訪者を中に入れまいとしている。研究所自体が関係者以外立ち入り禁止なので、所長の対応は当然だ。

（迷子さんなら、外に行くついでに、わたしが本社までご案内して差し上げましょうかね）

　そう軽く考えた華子は、白衣のポケットに両手を突っ込んだまま、スタスタとふたりに近付いた。

「どうされましたか？」

　近付きながら話しかけると、ふたりの視線が華子に向く。目が合った所長の表情がパッと変わって、華子を指し示すように手を向けた。

「あ、彼女が山田です」

「この人がぁ⁉」

耳障り(みみざわ)で甲高い(かんだか)声を上げた来訪者は、華子を上から下まで値踏み(ねぶ)をするように見回し、最後にキッと鋭い視線を向けてきた。どうして自分がそんな不躾(ぶしつけ)な目で見られなくてはならないのかわからない。知らない人なのに。

来訪者は可愛い系の顔立ちを、今は不愉快(ふゆかい)そうに歪め(ゆが)ている。せっかくの左右対称顔が台無しだ。しかも、近くで見ると若干(じゃっかん)メイクが濃い。もう少しアイラインを抑えめにしてもいいくらいである。

だがまぁ、所長に紹介された手前、「はい、山田です」と、華子は素直に頷い(うなず)た。

「あ、あなたが⁉　あなたが透真さんの彼女なの⁉　冗談でしょう⁉　こんな人が⁉　……ダサッ」

(……今、最後のやつ、小声で言ったつもりなんでしょうが、ばっちり聞こえましたですよ?)

挙げ(あ)句(く)の果て(は)にこんな人とは、またずいぶんな言われようである。どんな人ならよかったのか。自分が簡素な服を着ている自覚はあるが、この格好(かっこう)が動きやすいのだから仕方あるまい。

彼女が透真の関係者なのは察しが付いたが、誰なのかはさっぱりだ。

「はい。透真さんとお付き合いさせていただいております。失礼ですが、どちら様でしょうか?」

毅然とした態度で尋ねると、彼女の表情が変わるより先に、側にいた所長の表情のほうが大きく変わった。目と口を大きく見開いて、声もなく固まっている。アテレコするならさしずめ、「嘘でしょ――⁉　聞いてないよ⁉」という感じだろうか。

（別に、お付き合いしていることは内緒にするように言われているわけでもありませんしね。言っても問題ないでしょ）

というか、今朝方一緒に出勤しようと言ったのは透真である。だから別に彼も、人に知られたくないと思っているわけではないはずだ。

来訪者をじっと見つめると、彼女は綺麗に巻いた髪を掻き上げて、華子を見下ろすように顎をツンと上げた。

「私は西園寺優里亜。スリーセブンの代表取締役、西園寺康介の娘よ。透真さんの婚約者なの。ご存知のとおり、父の会社は赤坂堂さんとも提携しているし、私と透真さんの結婚は、透真さんのお父様も賛成してくださっているのよ。だいたい、あなたみたいなダサい人に透真さんが本気になるはずなどないのだから、透真さんに付き纏うのはやめてくださる？　失礼ですけれど、あなた鏡をご覧になったら？　それでよく透真さんの隣を歩けますね。ああ、どうせあなたひとりで付き合ってる気になってるんでしょ？　そういうのね、ストーカーって言うのよ？　悪いことは言いませんから、もうちょっと現実をご覧になって？　フッ、お辛いかもしれないけれど……」

「はぁ」

透真に婚約者がいたとは初耳である。

なんだか嘲笑まじりにあれこれと失礼なことを言われたような気がするが、それをまるっと聞き流して、華子は優里亜の顔をまじまじと見つめた。左右対称な上、可愛い系の顔立ちだ。

なんだかんだで透真は十五代続く老舗化粧品会社赤坂堂の創設者の血筋。筋金入りのお坊ちゃまだ。婚約者がいても不思議ではない。だが彼は、結婚相談所のフタリエコネットに登録して出会いを求めていたではないか。華子と出会い、華子と付き合うことを選択したのも、透真自身だ。

優里亜という婚約者がいながら結婚相談所に登録したのなら、むしろそこには確かな透真の意思があることになりはしないか。

浮気や二股といったことが目的で、有料の結婚相談所にわざわざ登録するとは考えにくい。それに、彼ほど顔が整っていて条件もよければ、寄ってくる女の人などいくらでもいるだろう。

そしてそもそも、彼女は本当に透真の婚約者なのだろうか？

（透真さんは、わたしに一目惚れしたって言うくらいですからね。蓼食う虫なんだと思うんですよ。この人のお顔は可愛いじゃないですか。透真さんの好みと違う気がするんですよねぇ……）

フタリエコネットで好みの顔もマッチングしているのだから、その辺は間違いないはずだ。あれは深層心理を探るテストだった。蓼な自分と可愛い彼女では、だいぶ系統が違うだろう。

しかしまぁ、結婚は顔の好みより条件重視と言えなくもない。スリーセブンは確かに赤坂堂と提携している会社だし、その社長令嬢となると、やはり親同士の面識もあったりするだろう。

（でも、婚約者ってどこからが婚約者なんでしょうねぇ？　やっぱり結納を交わしたあたりからですかねぇ？　じゃあ、わたしはどうなるんでしょ？）

自分ひとりで考えたところで推測の域を出ることはなく、はっきり言って考えるだけ無駄というもの。全部、透真に直接聞けばいいだけのことだ。

それよりも、さっきから別のことが気にかかる……

あわあわとたじろいでいる所長に、華子は白衣のポケットに手を入れたまま軽く視線を向けた。

「申し訳ありません、所長。本社に行って赤坂ＣＳＯを呼んできてもらえますか？『婚約者の西園寺さんがいらっしゃっていますよ』って」

修羅場の臭いを感じ取ったのか、所長は頷いて機敏な動きで駆けて行く。その後ろ姿が見えなくなって、優里亜が得意気に微笑んだ。

「あら。物分かりがいい方ね。もっとごねるかと思いましたわ」

「はぁ」と、まったく気のない返事をしながら、華子は優里亜に向き直った。

「ところでさっきから気になっていたんですが、すごく肌荒れしてますけど大丈夫ですか？」

本当は言おうか言うまいか迷ったのだが、他に人はいないし、女同士だし。透真と付き合っていながら、ほぼすっぴんの自分が言うのもなんだが、化粧品会社御曹司の自称婚約者が肌荒れしているなんて洒落にならない気がして、善意一〇〇％で指摘する。すると、優里亜の綺麗な眉間にサッと皺が寄った。

「はぁッ⁉　私のどこが肌荒れしてるですって⁉」

「ここです、ここ。口の左側」

金切り声に怯むことなく、自分の顔の左側を指さして教えてやる。

粉吹き状態にまではいっていないものの、口角を中心に肌が乾燥して、よく見ると肌のキメの間にファンデーションが入り込んでうろこのようになっている。この手の部分乾燥は、化粧水やファンデーションを塗ったばかりのときは目立たない。けれども時間が経つと、夏場でも容赦なく乾燥していき、化粧崩れの原因にもなる。こうなるのは単純に保湿が足りない場合、季節性、不摂生、加齢、それから肌に合わない化粧品を使っているのが理由で、かえって乾燥を悪化させている場合が考えられる。

「もっとしっかり保湿したほうがいいです。基礎化粧品はなにをお使いですか？」

「本当に失礼ね！　ちょっと自分の肌が綺麗だからって嫌味⁉　私が使っているのはエシカルよ！」

キャンキャンと吼えながらも質問に答えてくれるあたり、実は素直な性格なのだろう。しかも肌が綺麗だなんて褒められてしまった。

エシカルは華子も知っている。有名な海外ブランドの化粧品メーカーだ。しかもどの商品もかなり高額で、百貨店でしか取り扱いがない。植物由来の天然成分が原材料の中心で、エシカルの名の通り環境問題への意識も高く、中でも動物実験を行った材料を製品に使用しないことで有名な企業だ。

（ええっ！　透真さんの婚約者なのに、赤坂堂の化粧品は使わないんですか？　そこは嘘でも赤坂堂って言っときましょうよ。婚約者なんだから……）

一緒に過ごしているからわかるが、透真はかなりこの仕事が好きだ。赤坂堂を業界トップにすることに心血を注いでいる。自分の婚約者がそんな人だとわかっていたら、とても他社メーカーの化粧品なんて愛用できないと思うのだが……

「あなた本当に透真さんの婚約者ですか？」なんて喉まで出かかったものの、なんとかそれを呑み込んだ華子はふんふんと頷いた。

「ああ、エシカルさん。有名なところですねぇ。いい物をお使いで」

華子の感想をどう受け取ったのかは知らないが、優里亜の態度がますます尊大になる。ブランド品を身につけることで、まるで自身にもそのブランド価値があるかのような強気さだ。

「私はお肌に直接付ける化粧品には特に気を使ってるの。天然由来の成分が配合された化粧品しか使わないんだから。特に石油系なんて絶対に使わないわ！　基礎化粧品もメイクアップも全部エシカルで揃えてるの！　エシカルなんてあなたは使ったこともないでしょうけれど！」

「え？」

あまりにも優里亜が堂々と言い放つものだから、驚いて思わず目をぱちくりする。でも最後のエシカル云々に関してではない。

「あの……、石油は、天然由来の成分ですけど」

「へっ？」

今度は優里亜が、変な声を上げてきょとんとする番だった。

「いえ、ですから。石油は、天然由来の成分です。あの、地下から湧き出てますので」

「………」

両手を上下させて、下から湧き出る様を表現する華子を前に、優里亜は無言で固まったままだ。

「あと、今は石油価格が高騰しているので、使わないです。石油系界面活性剤の原料は、最近はもっぱら植物オイルです」

「で、でも！　エシカルは超自然派ブランドで、肌に優しい天然成分を使ってるんだから、肌荒れとかあり得ないでしょ⁉」

石油が天然成分であることには納得してくれたのか、一抹の不安を感じつつも、むちゃくちゃなことを言われると、科学者としてそちらを突っ込まずにはいられない。

「あの、お言葉ですが、天然成分だから必ずしも肌にいいとは限らないです。漆はご存知ですよね？　あれも天然成分ですが九〇％の人が被れます。あと天然成分だろうがなんだろうが、人によってはアレルギーの原因になりえます。そもそも天然成分は天然であるがゆえに、産地や生産時期の影響を受けやすく、成分の数値が安定しない場合がほとんどなので、均一化が難しいんです。同じ製造方法なら誰が作っても同じものができる化合物のほうがよっぽど安定します。天然も良し悪しです」

「…………」

愕然とした表情の優里亜がなんとも痛々しい。彼女は天然成分ならなんでも大丈夫なのだと、盲目的に信じていたのかもしれない。だが、彼女自身の安全のためにも、間違いは正しておいたほうがいい。特にアレルギーなんて、後天的に出現する場合もあるのだから。

「あの~もしかして、さっぱりタイプの化粧品をお使いになったりしていませんか？」

「なんでわかるの⁉」

優里亜の目がまるでエスパーを見たかのように見開かれて、「ああ。やっぱり」と頷く。

「乾燥の一番の原因は季節性です。でも今は夏なので、インナードライが考えられます。肌の表面はしっとりしているのに、肌内部の水分が不足している状態ですね。これには紫外線や冷房の影響もあるんですけれど、その不足したお肌の水分を補ってあげるのが、化粧品本来の役割なんです。でも効果があらわれてない。ということは、化粧品の使用量が少ない。もしくはお使いの化粧品がお肌に合っていないせいで、乾燥を悪化させていることが考えられるわけですね」

できるだけ言葉を砕いて、わかりやすく説明したつもりだ。優里亜は少し考えた素振りを見せたが、乾燥を指摘された自分の肌を触りながら不安気に華子を見つめてきた。

「じゃあ、私はどうしたらいいの？　肌荒れが悪化するのはいやだわ……」

「今、ご使用の化粧品を一旦全部お休みして、保湿中心のケアでお肌を正常な状態に戻してあげることを考えたほうがいいです。短期間で効率よく保湿できる化粧品は赤坂堂にたくさんありますので、いろいろご紹介できますよ。ああ、サンプルいります？　持ってきましょうか？」

サンプル品なら研究室に山ほどあるのでいくらあげても困らないし、赤坂堂のユーザーが増えれば、開発者として華子も嬉しい。それに、透真が来るまでの間、優里亜にサンプルの説明でもしていれば間も持つだろう。当事者が揃っていない中で、話を進めてもなんの意味もない。

そう思って提案すると、優里亜が躊躇いがちに頷いた。

「あ、あの……お願いしてもいい？　あと、使い方も教えてくださる？」

「もちろんですよ～。なんでも聞いてください。研究室の中に外部の方はお招きできない決まりなので、ここに椅子を持ってきますね。お顔の乾燥さえなくなれば、メイクのノリも段違いによくなります。赤坂堂のメイクアップ商品もいいのが揃っていますよ～。今日、サンプルが上がったマスカラがあるんですけど、それもお試しになります？　実はさっきわたしも付けてみたんですがなかなかよかったですよ。ほら！」

そう言って眼鏡を外し、ついさっきサンプルのマスカラを塗ったばかりの目を見せる。

すると、優里亜が「っ！」と小さく息を呑んだ。

「ね？　睫毛が濃く長く見えるでしょう？　誰でもこの睫毛になれますから」

眼鏡をかけ直して「ね？」と微笑むと、優里亜の顔が驚愕に満ち満ちているではないか。

その驚き方は、彼女の使っている化粧品タイプを言い当てたときの比じゃない。目をくわっと見開いて絶句している。

(なにをそんなに驚いてるんです？　ああ、マスカラがいい具合いだから？)

たぶんそういうことなんだろうと納得した華子は、サンプルと椅子を取ってくるために研究室のドアを開けた。

◆　◇　◆

華子が優里亜と対峙していた同時刻――

畠山所長から西園寺優里亜が研究所に訪ねてきているという知らせを受けた透真は、いてもたってもいられずに研究所に向かって走っていた。

(なんなんだ！　なんで人の会社にまで来てるんだよあのお嬢様はッ！)

これだから働いたことのないニートは嫌いなんだと心中で毒づきながら、バンバンとエレベーターのボタンを押した。が、無情にもエレベーターは通り過ぎていってしまう。

「チッ！」

透真は盛大に舌打ちして、横の階段を駆け下りた。

所長が本社に来たとき、生憎透真は会議中だった。次世代型ハイドロキノンαの初期製造数や、プロモーションの予算を引っ張ってくるための大切な会議が開かれていたのだ。

　この次世代型ハイドロキノンαがどれだけ画期的(かっきてき)で、どれだけ優れた有効成分なのか、華子仕込みの演説で語りに語ったのは他でもない透真である。そのせいで長くなった会議が終了したのは、昼休みを三十分割り込んでから。

　会議が終わって、さて遅くなった昼食を食べに行こうかと会議室を出たとき、廊下で待っていた所長が持ってきたのは、西園寺優里亜の突然の来訪の知らせだ。しかも、自分が透真の婚約者だと名乗り、かなり失礼な物言いで、華子に透真と別れるように迫ったとかなんとか。

　まったくもって事実無根だし、とんでもない話である。

　昨夜、華子との関係を一歩進めた透真は、「最近、結婚を真面目に考えられる女性と出会ったから、見合いを白紙にしてほしい」と、自分の父親にメールを送っていた。そのときに、華子が自社の研究者であることも添(そ)えたのだが、父親も「そうか」と返事をくれ、「近いうちに会わせなさい」と言ってくれた。決して華子を拒絶するニュアンスはなかったはずだ。

　時系列で推測すると、透真から恋人ができたと報告を受けた父親が、優里亜らの親に見合いの白紙を連絡し、それが優里亜の耳に入ったと考えるのが妥当(だとう)か。そして、ひとりで勝手に透真と結婚する気になっていた優里亜が、華子の元に乗り込んできた、と。おそらく優里亜は自分の耳に入ってから二、三時間程度で行動を起こしたことになる。

その無駄な行動力を、就職活動にでも使ったらどうだと言ってやりたい。

昨日、処女を捧げたばかりの男に、実は他に婚約者がいたなんてことになったら、華子だってショックに違いない。騙されたと思うかもしれない。それに、所長の話では優里亜は相当気が強い女のようだ。こうしている間も、華子に嫌味を浴びせて虐めているかもしれない。状況のわからない華子が、優里亜に言われっぱなしになって傷付く様が脳裏を掠め、腸が煮えくりかえる。

（マジでふざけるなよ。なにが婚約者だ！　親父のリストに入っていただけの花嫁候補の間違いだろうが！　第一、何年か前にパーティーでちょろっと会っただけじゃねーか！）

と、内心毒づいたものの、華子とは結婚を前提に付き合ってはいるが、まだ自分の親にも会わせておらず、華子の親にも会っていない。しかも、まだ付き合いはじめて一ヶ月。仮にも親同士の面識があり、かつ花嫁候補だった優里亜と比べると、華子のほうが分が悪い。

自然と、華子を護らねばという意識が強く働く。

ＡＩが相性ピッタリだとして紹介してくれた華子は、透真の好みどストライクの美人で、それでいて赤坂堂になくてはならない研究者。透真の仕事にも理解があり、適切なアドバイスもくれる。なにより、華子の研究にかける情熱は見ていてとても眩しい。彼女の研究を全力で応援したくなる。プライベートでも、彼女と過ごす時間は透真にとって心地いいものだ。なんというか、しっくりくる。

彼女を大切にしたい。自分の側にずっといてほしい。彼女の全てが欲しい。愛おしくて仕方がない――ひとりの女性に対して、自分の気持ちがここまではっきりしたのは初めてのことだ。

そうＡＩは間違っていなかったのだ――

華子は変わっているところもあるが、基本的に意思が強い。自分が作った次世代型ハイドロキノンαを使った化粧品の商品化を直訴（じきそ）してきたときといい、自分が正しいと思ったことを貫（つらぬ）く行動力もある。だから怖いのだ。不誠実な男だと判断されれば、即切り捨てもあり得る。

こんな誤解ですれ違うようなことになったら目も当てられない！

（ハナ……早まってくれるなよ……。俺にはハナだけなんだから……）

もはや祈るような気持ちだ。

本社ビルを飛び出した透真は、同じ敷地内の別棟に建っている研究所に向かって全速力で走った。来客用の駐車場を駆け抜け、中庭を横切る。こんなに全力で走ったのは学生の頃以来だ。

研究所に飛び込んで、とまっているかもわからないエレベーターには目もくれずに、階段を一段飛ばしで駆け上がった。

(待ってろ、ハナ。今行く!)

スピードを落とさずギュインと廊下を曲がる。すると、研究室のドアの前で、女性がふたり、椅子を並べてきゃっきゃと談笑している姿が目に入った。

「は?」

思わず力の抜けた声が出て、その場に立ち尽くす。その声に真っ先に振り返ったのは、手前側に座っていた華子だ。優里亜に虐められているかもしれないと心配したが、華子はなんてことのない様子で優里亜のほうに向き直り、透真の訪れを彼女に教えている。

「あ、西園寺さん。透真さんが来ましたよ」

顔を上げた優里亜と目が合う。彼女が両手いっぱいに持っているのは、もしかして化粧品のサンプルか? 見覚えのあるそれらを小さな手提げ鞄に入れて、華子にひと言ふた言話した優里亜がこちらに向かってきた。自然と透真の目が鋭く細まる。

確かに優里亜と見合いの話はあったが、それは既に断っている。なのに、透真の会社にまで来た挙げ句に、勝手に「透真の婚約者」を名乗って、恋人の華子に接触したのだ。しかも所長の話では、華子に向かって相当な暴言を吐いたそうじゃないか。とても許せるものじゃない。彼女の父親の会社と業務提携しているからといって、横柄な振る舞いが許されると思ったら大間違いだ。

（このクソ女ァ……）

ひと言……ひと言きつく言ってやらねば気が済まない。

「あのなぁ――」

「すみませんでした!!」

開口一番で謝られて出鼻を挫かれる。優里亜が腰を九〇度に折って、深々と頭を下げてきたのだ。

「私、父のパーティーで初めて見たときから透真さんのことが好きで……。今回、透真さんとお見合いの話が出てとても嬉しかったのに、お会いする前に透真さんに彼女ができたからこの話はなかったことにと言われて……私、どうしても納得できなくて……。会ってさえもらえれば、透真さんに、私のこと好きになってもらえるはずなのに。あとから出てきた人に、透真さんを盗られた気がして……私、私……」

それで断りもなく会社に乗り込んできたのか。会えば好きになってもらえると思うその自信に、辟易する。しかもターゲットが透真ではなく、華子のほうに向かっているのが余計にタチが悪い。それに、透真が優里亜の男だったことなど一瞬たりともないというのに、盗られたなんて。

「でも、あんなに綺麗で素敵な人が相手じゃ……私なんか見向きもされなくて当然です。山田さんにも私、失礼なことを――本当に、すみませんでした！」

なにがどうなってそういう結論に達したのか透真にはわからないが、とりあえず彼女が諦めたのはわかった。「はぁ」と、ため息に似た生返事をすると、優里亜の肩がビクッと揺れる。そこに華子が白衣のポケットに両手を突っ込みながらやって来て、首を傾げた。

「お話終わりました？」

「は、はい」

顔を上げた優里亜が頷きながら華子を振り返る。

（いや、終わってねぇよ）

と突っ込みたいのを堪えて、透真は華子に目を向けた。

白衣の下は、相変わらずの白いＴシャツとジーンズ。瓶底丸眼鏡のお陰で表情はわかりにくい。

「山田さん、いろいろ教えてくれてありがとう。サンプルもこんなに貰っちゃって……」

側に来た華子に、優里亜が目尻を下げた。その表情に敵意はない。

「いいんですよ。サンプルなんて配るためにあるんです。あ、ご使用後のご感想なんかいただけちゃったら、わたし達も今後の参考になりますので、よろしくです」

「わかりましたわ。使ったらさっき教えていただいた番号に電話します」

「ありがとうございます。あ、そうそう。わたしが開発した新有効成分配合の美白化粧水が発売される予定なんです。まだ先なんですけれどね。それが出たら、ぜひ使ってください。肌がワントーンもツートーンも明るくなりますから。もっともっと綺麗になれます」

「山田さんが開発なさったなら効果も期待できそうですわね。ぜひ使わせていただきます。そうしたら、私も山田さんみたいに白くて綺麗な肌になれるかも！　早く発売してくださいね」

「お任せを。実はわたし、サンプルを自分の肌で試していますからね。効果のほどはこの通りですよ」

「まぁ！　素敵！」

（おい。なんなんだこの疎外感は）

女同士が仲良くきゃっきゃとくっちゃべっているようにしか見えない。

虐げられる恋人を救おうと大急ぎで来たのだが、その虐げられる恋人の姿はどこにもないではないか。それどころか優里亜は、華子にえらく心酔し、憧れてさえいるように見える。

所長から聞いた様子とあまりに違う光景に、軽く動揺してしまう。しかし、所長が嘘を言う理由もなく、優里亜自身も華子に失礼なことをしたと詫びてきたのだから、ゴタゴタは確かにあったのだろう。華子と優里亜がふたりのときに、そのゴタゴタは収まったと見るべきか。いや、華子が収めたのか。

（ハナが、ひとりで？　マジかよ……）

　驚く透真を尻目に、優里亜は「お忙しいところにお邪魔して申し訳ありませんでしたわ」と頭を下げて、蝶のようにヒラヒラと帰っていった。ずいぶんとあっさりした退場に、肩透かしを食らう。そして代わりにやってきたのは畠山所長だ。

「あ。あの、今、西園寺のお嬢様とすれ違ったんですが、お話はもう？」

　エレベーターのほうを振り返りながら所長が尋ねてくる。

「終わりました。すいません。お騒がせして」

　この騒ぎのせいで、透真はもちろんのこと、華子と所長も昼食を食べそこねているはずだ。昼休みも残り十五分くらいになっている。

「所長。昼休みを延長して、一緒に食べませんか。お詫びに奢りますよ」

「えっ、そんな……いいんですか？」

「もちろんです」

　本社の役員が研究員と食事を共にする機会など滅多にないが、これは軽い口止めも兼ねている。華子と付き合っていることが知れるのは構わないが、そこに西園寺優里亜の名前まで出てくると、それはもう醜聞だ。提携している企業のお嬢さんでもあることだし、名前は出てこないに限る。

「ハナも、一緒に食おうか」

誘うと、華子も頷いてくれる。

所長が財布を取ってくるからとロッカーに小走りで走っていった。奢ると言っているのに律義な人だ。その間に、廊下に出ていた椅子を華子と一緒に片付ける。研究室に他に人はいない。みんな昼食に出払っているのだ。そんな中で、透真は彼女に尋ねた。

「大丈夫だったか？　なんかいろいろ言われたんだろ？」

「ああ、まぁ。でも、聞き流していたのでたいしたことないです。煽りなら、学会で慣れてますからね」

と言う華子は実にカラッとしている。しかし、付き合っている男の自称婚約者なんかがあらわれて、こんなに平静でいられるものなのだろうか？

「……でも、あのお嬢さん、俺の婚約者だって言ってきたんだろ？　本当だとは思わなかったのか？」

華子の様子を窺うように、探るように、質問を投げかける。脱いだ白衣を椅子の背凭れに引っ掛けつつ、華子はきょとんと目を瞬いた。

「え。だって透真さんの口から聞いていませんから」

当たり前ですがなにか？　と言いたげな彼女の顔を見ていると、「ぷっ」と笑いが込み上げてくる。胸にあった不安とイライラがすっと抜けていった。

（ああ、そうか。俺を信じてくれていたのか）

優里亜の一方的な主張を鵜呑みにしなかった彼女からは、冷静さと同時に、透真に対する確かな信頼を感じる。華子と出会って、共に過ごした時間ははっきり言って短い。でも、彼女は透真を信じてくれた。不安になってもおかしくなかった状況で、揺れなかった彼女の強さに感服する。自分でも心底ほっとして、緊張が緩むのがわかった。

「そうか。ありがとう。あの人は婚約者でもなんでもないよ。ハナと会う前に、親父がそろそろ結婚しろって、見合い写真を持ってきたんだ。その中に彼女の写真があった。三年前にスリーセブンと提携したときに、パーティーで会ったことがあったから、親父が花嫁候補に入れただけで、別になにかあったわけじゃない。それに、見合いは全部断ったんだ。俺にはハナがいるから……」

飾らずに出た言葉は本心だ。

――君がいるから他の女はいらないよ。

柔らかく目を細めて見つめると、華子はニコッと笑ってくれた。

「そういうことだったんですね。わかりました。まぁ、話しているうちに、婚約者っていうのは違うんだろうなーとは、なんとなく思っていましたけど」

「そうなのか？　ふたりでなにを話していたんだ？　俺が来るまで、結構時間があっただろう？」

実は気になっていたのだ。所長から聞く限り、優里亜にだいぶキツく当たられていたはずなのに。すると華子は顎に人差し指を当てて、「ん〜」と、記憶を探る素振りを見せた。

「西園寺さんが肌荒れしていらしたので、赤坂堂の化粧品サンプルをお渡ししていたくらいです。使い方や、あとスキンケアのやり方を教えたり。いくつかお肌のことで質問されたので、それにお答えしたり。まぁ、それくらいです」

「ぷっ！　あのお嬢さんに肌荒れを指摘したのか？　やるな〜」

思わず噴き出す。普通なら嫌味なのだろうが、華子の場合はおそらく善意だ。さぞかし優里亜も面食らったことだろう。だが、敵視してきた優里亜を逆に心酔させてしまったのだから、華子のレクチャーやアドバイスはわかりやすくて親身だったのだと簡単に想像できる。

「だって、すごく気になったので。透真さんの婚約者なら、肌荒れは駄目だと思うんです。——わ、わたしもノーメイクなんで、人のことは言えないんですけど……」

自分を棚上げしている自覚はあるらしく、華子が少し俯く。なんだかその姿が可愛くて、透真は彼女の頬を撫でながらゆっくりと顔を近付けた。

「ハナの肌、俺は好きだよ。すごくきめ細かで柔らかいしな。ハナはメイクしなくても綺麗だ。ノーメイクもアリ。昨日もさ、本当はずっと触っていたかった。ハナに服を着せたくなかった。ハナ、今度はずーっと裸でいようか」

「と、透真さん……あの……そんな恥ずかしいこと言わないでください……っ」

赤い。

「なんで？　これは俺の本心だよ」

自慢のハスキーボイスに渾身の色気を乗せる。耳元で囁いたせいか、彼女の頬が少し

両手で包み込んだ華子の頬は、つるつるのすべすべ玉子肌。前に聞いてみたが、彼女は赤坂堂に就職してから、赤坂堂の化粧品以外を使っていないらしい。そんな義理堅いところもいい。女としても好きだが、人間としても彼女が好きだ。ふっくらと柔らかくて、しかもいい匂いがする。その肌の匂いに、透真の中の男が引き寄せられた。

（ああ、ヤバイ……。ハナ、めちゃくちゃ可愛い……キスしたい……）

華子の顔を少し上げて、唇にキスをしようと瞼を閉じたそのとき――入り口のほうからガタンと音がした。ハッとして音のしたほうを向くと、畠山所長がドアを開けたポーズのまま目を剥いて固まっているではないか。

「～～～っ!!」

声にならない声を上げる所長の顔は真っ赤だ。しかもそれが、怒りではなく気まずさや羞恥心からきた赤面だとわかるから、尚更ばつが悪い。

恋人との逢瀬を見られたこっちのほうが恥ずかしいのに、なんの因果で五十を過ぎたおっさんの赤面姿を見せられなきゃならんのか。しかも、華子の背中がドア側に向いているから、もしかすると透真が彼女にキスしていたように、所長からは見えたかもしれ

ない。

（まだしてなかったから！　してなかったからな！）

したい気持ち満々だったくせに。

「あー。準備できました？」

どこから見られていたのかわからないが、こういうときは堂々としていたほうがいい。なんでもないふうを装いながら、華子から手を離す。無言でこくこくと頷く所長に「じゃあ、行きましょうか」と言って研究室を出る。キスしそびれた華子の顔は、しばらく見られそうになかった。

3

西園寺優里亜の突撃があった週の金曜日――仕事帰りの華子は、透真と一緒にハンバーグを食べに店に来ていた。彼と初めて会うときに待ち合わせ場所として使った、あのハンバーグ・ステーキ専門店である。

「今日はなにを食べたい？」と聞かれた華子が、この店に行きたいと言ったのだ。ここは会社から近く、移動に無駄な時間を使わずに済むので、お気に入りである。

店員が運んできてくれた、黒毛和牛一〇〇％ハンバーグセットに舌鼓(したつづみ)を打つ。ここのオリジナルソースは和風ベースでしつこさがなく、とても食べやすい。すっかり気に入った華子は、この店に来るたびに、同じものを頼んでいた。

「ハナ、たまには違うメニューを食べてもいいんじゃないか？　ここはステーキも旨いぞ？」

今日はTボーンステーキセットを頼んでいた透真が、肉にナイフを入れながら言う。華子は自分の目の前にあるハンバーグが載った鉄板をじっと見つめて、透真に視線を移した。

「これが好きなので」

華子は一度気に入ると、よほどのことがない限り、同じメニューを頼み続ける傾向にある。「どのメニューにしようかな」と食べ物ごときに迷う時間が惜しいのだ。

「ならいいけど。ああそうだ。俺、今週の土日は両方休みになったんだ。明日予定に入ってた接待がなくなってさ。華子も今週は学会とかないって言ってたろ？　だからさ、今日からうちに泊まるのはどう？」

透真が笑顔で提案する。彼と付き合うようになって、土日のどちらかは彼とのデートだ。華子も学会やセミナーに出席する日があるし、透真は透真で接待などがあるから、週一回会えればいいほうだ。だが透真の予定が変更になったことで、今週は偶然にも、ふたりとも土日揃って休みとなるらしい。のだが――

「あ、すみません。明日は予定があるので、今日は帰ります」

キッパリと短く言うと、フォークとナイフを持つ透真の手がピタリととまった。

「な、なんの予定？」

「あ。デートです」

「へっ？」

透真が聞いたこともないような変な声を出す。瞬きもせずにフリーズした状態だ。なんだかずいぶんと驚かせてしまったようなので、華子は言い直した。

「優里亜さんとデートです。女の子同士で遊びに行くだけなんですが、優里亜さんが〝デート〟と言っていたので。わたしも不思議に思ったのですが、同性同士で遊ぶこともデートと言うのは一般的みたいなんですよ」

「……君ら、名前で呼ぶ仲だったっけ？」

「お友達になったんです。サンプルをあげたときに電話番号を交換していたんですけど、その日のうちに優里亜さんから連絡がきて、ＳＮＳのＩＤも交換して。それでメッセージのやり取りをしてるうちに仲良くなりまして。透真さんが接待だと聞いていたので、土曜に優里亜さんとの予定を入れちゃったんです。ごめんなさい」

ペコリと頭を下げる。透真とのデートを学会以外の理由で断るのはこれが初めてだからだろうか。彼はえらく動揺しているように見える。

（わたしと会えないのがいや？　なんでしょうか？　先週も『ずっと一緒にいたい』的なことを言われましたし……。いや、でもそれはさすがに……）

彼が気落ちする理由を考えてみると、高慢な理由に行き当たってしまい、そんなことがあり得るんだろうかと思ったりもする。優里亜が突然会社に来た日も、彼女から華子が虐められていないかとずいぶん心配して、急いで駆け付けてくれたりもした。

あのときは嬉しかった。

自分は透真に大事にされているのだと思う。男の人と付き合うのは初めてなので比べる対象はいないが、それでもなんとなくわかる。華子はひとりで過ごすことをなんとも思わないタイプだが、「一緒にいたい」と言う彼は、実は寂しがり屋なのかもしれない。

「実は優里亜さんと待ち合わせしてる場所が、透真さんの最寄り駅なんです。あとで透真さんの家にお泊まりに行ってもいいですか？　お昼から会う約束ですし、遅くても十八時には解散すると思うんです。そしたら、日曜日はずっと透真さんと一緒にいられますし」

「ああ、うん！　じゃあ、家で待ってるよ。連絡してくれたら迎えに行くしさ。楽しんできな」

透真の硬直が取れてホッとする。優里亜は華子にとって、初めての同性の友達だ。

あの日、夜になって華子に電話をしてきた優里亜は、丁寧な謝罪と共に、サンプルを使った感想を教えてくれた。そして、スキンケアでわからないことがあったらまた聞いてもいいかと言われたので、ＳＮＳのＩＤを交換したのだ。華子は優里亜にスキンケアや化粧品のことを教える。優里亜は華子にサンプルの使用感を教えるというふうに、わりといい感じで会話が進んで、今度ゆっくり会おうかという話になったのだ。

華子も研究者としての知り合いは男女問わずに多いが、友達となるとひとりもいない。こうやって休日に友達と会うなんて初めてのことで、非常に楽しみだ。明日は優里亜がいろいろとプランを練ってくれているらしい。

（ふふふ。これがリア充ってやつですねぇ〜。わたし、リア充です！）

食べ慣れたいつものハンバーグを、機嫌よく口に運ぶ。

目の前の透真が複雑な表情をしていることに、華子は気付いてもいなかった。

翌日、昼前――。改札口を出た華子は、優里亜との待ち合わせ場所に向かって走っていた。

彼女が指定してきたのは、偶然にも透真のマンションがある駅だ。あそこはかなり大きな駅だし、周りも大型ショッピングモールやブティックが多く立ち並んでいることを考えれば、偶然というより必然かもしれない。

「優里亜さーん！」

華子は駅のコンコース内に出店しているヘアアクセサリー専門店の中にいる優里亜を見つけ、店の外から手を振る。華子にしては珍しく、今日は遅刻していない。

すると、すぐに気付いてくれた彼女が、弾けんばかりの笑顔でブンブンと手を振り返してきた。

「華子さぁ～んっ！　来てくださってありがとうござい――……」

元気いっぱいだった優里亜の声が、華子を見るなり段々と尻すぼみになっていく。

店から出てきた優里亜の視線が、華子の頭の天辺からつま先までをなぞり、そしてまた、つま先から頭の天辺へと戻る。なぜだろう？　優里亜の頬が微妙にヒクヒクと引き攣っているような……

「は、華子さん……？　もしかして、透真さんとお会いになるときも、そういう格好なの？」

「はぁ。まぁ、そうですね。今日も優里亜さんとのデートが終わったら、透真さん家に行きます」

華子の格好はいつもと同じだ。白いTシャツにジーンズ。そしてスニーカー。髪はひっつめ。持ち物は生成りのトートバッグ……

それがどうしたと言うのだろう？　きょとんとしながら首を傾げると、優里亜が真っ青になって白目を剥き、頬を両手で挟んで絶叫した。

「いやぁあああああああああああああああああっ！」

あまりの叫び声に、コンコースや近くの店にいた人全員の視線が集まる。

可愛い系だったはずの優里亜の顔が、今はムンクの叫びにしか見えない。

「ダサすぎ！　信じられないッ！　その格好、研究室でお会いしたときと同じじゃない！　眼鏡も、Tシャツも、すっぴんも！　研究者ならではのお仕事スタイルじゃないの!?　普段着なの!?　仕事では素っ気ない白衣スタイルの彼女が、オフのときは魅惑的な美女……そんなギャップ萌えが透真さんの心を掴んだとか、そんなんじゃなかったの!?　眼鏡を外せば綺麗なのに、その眼鏡ダサ子が真の姿だったなんて……飾りっ気がないとかそういうレベルじゃないじゃない！　センスゼロッ！　しかもスッピンンンン!?　ノーメイクなのにつるつる温泉玉子肌で余計にムカつくぅ!!　全女性を敵に回してる！　ムキィイイイ！」

彼女は「ゼーゼー」と過呼吸気味になりながら早口で捲し立てる。

眼鏡を外せば綺麗……なのかはさておき、不潔な格好はしていない。そこは大事なところだ。ちゃんとショーツだって毎日替えているし。

「あ、同じじゃないですよ。同じ服をいっぱい持ってるだけなので、ちゃんと毎日着替えて洗濯してます」

するとと優里亜は、クワッと見開いた目を近付けてきた。

「そんな基本中の基本を誇らし気に言わないで！　華子さん、あんなに綺麗なのに、どうして自分に見合った格好をしないの⁉　透真さんに恥をかかせたいの⁉　あの方は赤坂堂の次期社長よ⁉　赤坂堂は取引先も多いんですからね！　パーティーとかあるんですからね⁉　透真さんの横に、そんな格好で並んで許されると思っているの⁉」

「…………」

肌荒れしていた優里亜が透真の婚約者を名乗ったとき、華子は咄嗟に「この人は違うのではないか」と思った。そのとき華子が抱いたのと同じ感想を、今の華子を見てほとんどの人が思う——ということなのだろう。

肌荒れの治った優里亜は、ファッションに疎い華子の目にも洗練されて見える。彼女のような女性が隣なら、透真も恥はかかない。華子とて、パーティーなんぞハイカラなものに、TPO的にまずい格好で行くつもりはないが、ファッションの勉強をしていないので、ちぐはぐになってしまうかもしれない。そうなると、透真にきっと恥をかかせてしまう……。棚上げしていた現実を、銃口よろしく突きつけられた気分だ。

透真は華子の服装に関してうるさいことは言わない。気にしていないのか、受け入れてくれているのかはわからないが、華子と透真はフタリエコネットのＡＩのマッチングシステム通り相性がいいのかもしれない。でも、結婚となると「ダサい嫁はちょっと――」と、彼の両親辺りに言われてもおかしくないかもしれない。なにせ赤坂堂の社訓は〝美はつくれる〟である。赤坂堂の人間にとって美とは、努力の結果なのだ。つまり、選ぶのが面倒くさいからと毎度同じ服、見えなくて面倒くさいからと毎度ノーメイク。そんな華子は究極のズボラ。これで努力していますとは口が裂けても言えないだろう。

確か透真の話では、彼に「そろそろ結婚を」と促したのは彼の父親とのこと。なら余計に親チェックが入る可能性大である。普段、人目をまったく気にしない華子だが、さすがにここは気にしたほうがいいところだろう。なにせ、影でヒソヒソと嗤われるのは、自分だけでは済まない。

（わたしの見てくれなんて、努力したところでたかが知れていると思いますが……）

華子は、肩にかけていた生成りのトートバッグの持ち手をぎゅっと握りしめた。

メイクはしようと思えばできる。けれども、それ以外の髪型や服装は今まで興味すら持ったこともないから、良し悪しすらまったくわからない。

「透真さんに、恥をかかせるのはいやです！　どうしたらいいですか？　教えてください！」

救いを求めて優里亜を見つめると、彼女は両手を腰に当てて、大きく胸を反らせた。

「華子さん、この私にお任せなさいッ！　お洒落(しゃれ)をきっちり教えて差し上げます！」

◆　◇　◆

チッチッチッチッチッチッチッ――秒針を刻む時計の音が、いやに大きく聞こえる。

リビングのソファに腰を下ろした状態で、透真はかれこれ一時間ほど、スマートフォンの画面を意味もなくスワイプしていた。

（あ――……）

まったく落ち着かない。

今頃、華子は優里亜と会っているのだろう。華子が優里亜に虐(いじ)められていやしないかと思うと、胸の奥がざわざわしてくる。ふたりが待ち合わせをしているという駅に、様子を見に行こうかと何度思ったかしれない。だがそんなこと、一度やってしまえばストーカー街道まっしぐら。引き返すのは困難だ。第一、華子に見付かったらなんて言い訳すればいいのかと、理性で思い留まる。

透真の優里亜への評価は、はっきり言って低い。彼女がニートだろうがなんだろうが、自分の婚約者候補でなかったら、プラスの感情を持たない代わりに、マイナスの感情を持つこともなかっただろう。だが、自分の婚約者を勝手に名乗り、華子へ暴言(ぼうげん)を吐いたとなれば話は違う。今はマイナスもマイナス。回復の見込みなどない。

だが、そんな優里亜と友達になったのだと華子は言う。ふたりがＳＮＳでどんなやり取りをしていたのかはわからないが、正気の沙汰とは思えない。華子は優里亜に直接暴言を吐かれた被害者じゃないか。

「くそッ！　なんで俺がこんなに心配してやらないといけないんだ！」

ひとり毒づく。華子からいつ連絡があるかわからないから、スマートフォンを手放せない。ふたりが解散する予定だった十八時を過ぎて、そろそろ十九時になろうとしている。まだ優里亜と一緒なのか？　遅くはないか？　もう自分から華子に連絡したっていい時間になったんじゃないか？

そんなことをぐるぐると考えていると、ピンポーンと玄関のチャイムが鳴った。マンション一階のカメラ付きインターフォンではない。部屋の前のチャイムが押されたのだ。だいたいこういうときは、住人と共にマンション内に侵入してきたセールスだと相場は決まっている。だが、華子が来た可能性もゼロではなく、透真はリビングの壁に設置してあるインターフォンのボタンを押した。

「はい」

「透真さん。華子です」

「!!」

待ちに待った華子の訪れに喜んで、禄に返事をせぬまま玄関へと走る。そして、靴下のままたたきに降りて、玄関のドアを開けた。

「お帰り、ハナ――……」

そう、言いかけた声が尻すぼみになって目を見開く。ドアを開けた先には、確かに華子がいた。だがその彼女は、透真が知っている彼女ではなかったのだ。

「ど、どうしたんだ……？」

「えへへ」

はにかんだ笑みを浮かべる華子の顔には、トレードマークと言うべきあのダサい瓶底丸眼鏡がない。初めて見たフルメイクは想像以上の戦闘力で、モデル顔負け。少し濃い目のグロスがなんとも艶っぽい。髪の毛はパーマをあてたのかふわっふわ。カラーリングもしたようで、毛先のほうが明るいアッシュ系のグラデーションカラーになっている。

いつも白いTシャツにジーンズ、そしてスニーカーだった服装は今や、大人っぽいガーリースタイル。紺色のハイゲージニットに、トップグレーのロングのプリーツスカート。足元は真っ白なローヒールパンプスだ。トートバッグなんか、取り回しやすそうなチョコレート色の小さな斜めがけバッグに変わっている。まるで別人だ。

眼鏡を外せば、彼女が絶世の美女だということは知っていた。むしろ、その彼女に一目惚れした自覚がある。けれども、磨きに磨かれた彼女は、垢抜けたどころじゃない。

原石が宝石になったみたいにキラキラと輝いている。

「お邪魔します」

「お、おう……」

ぽかんと口を開けた透真の横をすり抜けて、部屋に上がった彼女は、ブティックの紙袋を大量に持ってリビングへと進む。そして壁際にその荷物を置きながら、困った笑みを浮かべた。

「お洒落って大変なんですね。初めてコンタクトを入れました。あんなプラスティックの塊を眼球に装着するなんて想像しただけでも痛くて無理だったんですが、優里亜さんに大丈夫だと説得されまして。案外痛くなくてほんとよかったです。今まで眼鏡だったので、メイクもしにくかったんですけれど、コンタクトにしちゃえばアイメイクも楽でしたし。髪も、優里亜さんが通っている美容院に連れて行ってもらったんです。還元剤による毛髪内のタンパク質構造の一部を切断し、人工的な癖を付ける施術は見ていてとても興味深かったです。三時間近くかかったんですよ。これが何日持つのか検証することにします。あとジアミン系の酸化染料も使ってみました。これが今の流行りの色なんだそうです。服は全部優里亜さんのお見立てで。わたしはよくわからないんですが、どうですか？　似合いますか？」

振り返った華子がワクワクした顔で感想を求めてくる。感想なんて、そんなの決まっている。

似合ってる。綺麗だ……。そう言ってやればいい。簡単なひと言のはずだ。なのに——言葉が詰まって出てこない。

(ああ、もう……どうするんだよ。こんなに綺麗にしたら、絶対男が寄ってくるだろ……)

華子がコンタクトレンズをいやがっていた理由がナンパ避けではなく、レンズを目に入れるのが怖かっただけというのには苦笑いするしかないが、彼女は自分がお洒落をすることで、誰もが振り返る美女になったことに、きっと気付いていない。

(はぁ……無自覚って罪だ……)

透真は華子の腰を抱くと、自分のほうにぐいっと引き寄せた。

「なんで急にイメチェンなんか?」

口から出たのはそんなひと言だ。華子の質問には答えていない。彼女は少し考える素振りを見せたが、最終的にははにかんだように笑った。

「透真さんに、恥をかかせたくなくて。優里亜さんにお願いして、お洒落を教えてもらったんです」

(お、俺の、ためか?)

想定外の可愛い理由に、ゴクリと息を呑む。

あの華子が。いつもTシャツにジーンズで、ファッションセンスの欠片もなく、興味の片鱗すらなさそうだった華子が！　透真に恥をかかせたくないなんて理由で優里亜に教えを請うたというのか。無性に胸が熱くなって、なにかが込み上げてくる。

（……やばい、可愛すぎる……）

透真は気が付くと、華子の頬に手を添えて、色付いた下唇の縁を親指でなぞっていた。くりんと上を向いた睫毛に縁取られた華子の瞳が、遮る物なく自分を見つめてくる。

眼鏡を取った彼女の目を見たことはあるが、極度の近視と乱視のせいか、きちんと視線が合うことはなかったように思う。でも今は違う。彼女が自分を見ているのだとはっきりとわかるのだ。

「も、もしかして、似合わないですか？　返品してきたほうがいいですか？」

彼女の綺麗な目に翳りが見えて、それを払拭するように、透真は首を横に振った。

「似合ってる。綺麗だよ。正直、見違えた」

心からの賛辞を送ると、華子の顔がふにゃっと柔らかくなる。そんな彼女を視界に入れつつ、透真はそっと唇を重ねた。

「んっ」

咄嗟に華子の目が見開いたのは一瞬で、躊躇いがちに瞼が閉じられる。そこには透真を拒絶するようなものはなくて、ホッとするのと同時に身体が熱くなった。

――この女が欲しい。抱きたい。この自分を彼女に受け入れてほしい。その想いは、性衝動となって透真を支配する。

透真は華子の柔らかな唇に齧り付いて吸い上げ、やや強引に舌を差し込んだ。熱い口内の滑りにゾクゾクする。見つけた舌に、自分のそれを重ねて擦り合わせた。

「ひぅ、んっ」

小さな声を上げつつも、華子は逃げない。キスに応じてくれる彼女の唾液を啜り、こくっと呑み下すと加速度的に興奮した。

リビングの壁際に華子を追い詰め、身体を密着させて唇を吸う。透真の胸板に当たる彼女の柔らかな乳房が、昂った身体を熱くした。あのたまらない乳を揉みたい。可愛い桃色の乳首をしゃぶりたい。今すぐスカートを捲り上げ、脚を抱えてショーツをずらして彼女の中に入りたい。あるいは、壁に両手を付かせて、尻を突き出させ、後ろから挿れてガンガン攻め立てたい。

つい先週まで処女だった華子にそんな激しいセックスなどできるはずもないのに、頭の中ではしっかり彼女を犯す。好きな女を、思いのままに抱いて、乱して、善がらせる不埒な妄想――

華子を抱きしめ、キスを強請る。呼吸のタイミングで唇を離した彼女が、うっすらと頬を染めて困惑した表情を浮かべた。

「あ、あの、もしかして、透真さん……今、は、発情してませんか？」

「…………」

さすがは雰囲気クラッシャー華子。言葉のチョイスが学術的だ。だがある意味、猥語でもある。可愛い恋人が頬を染めながら「発情してませんか？」なんて言ってくるんだ。萎えるどころかますます滾るというもの。

透真はわざと自分の昂りを華子の身体に押し充て、擦り付けながら彼女の濡れた唇をなぞった。いつもと違う匂いのする髪に鼻を入れて、匂いを嗅ぐ。少し顔を動かすと髪の隙間から華子の耳があらわれて、今度はそこに自分の唇をそっと触れさせた。すると腕の中の華子の身体がピクッと震える。感じているんだろうか？

「ハナがあんまり綺麗だから、したくなった。ハナの中に入りたい。挿れさせて」

「と、透真……さん……」

男の欲望を打ち明けると、華子が上目遣いでこちらを見上げてくる。その色っぽい仕草に、我慢の糸がぶちっと千切れた。

「っ！」

透真は荒々しく華子の身体を横抱きに抱き上げると、リビングを出てそのまま寝室に直行した。

「と、透真さんっ！」

華子の焦る声がする。でも昂った身体はとまらない。

好きな女が目の前にいて、愛おしくて、関係も良好で、求めて拒まれる気もしない。

ベッドに華子をそっと寝かせて、透真は彼女の髪をシーツに散らした。

「あの、シャワーは……？」

不安そうに見上げてくる華子が本当に可愛い。こんな顔をされたら、護ってあげたくなるのと同時に、めちゃくちゃに虐めてやりたくなる。

透真は華子の腰に跨がって彼女を見下ろし、顔を近付けた。

「発情してるからとまれない」

そう言って、綺麗な唇を奪う。ぴちゃぴちゃと舌を絡め、下唇を丁寧に食んだ。華子の太腿に自分の屹立を擦り付け、それと同時に不埒な手が、妖しくくねる彼女の身体をまさぐる。華子の乳房を、服の上から鷲掴みにして揉み上げた。

「んっ、ぁぁ……とぅ、まさ……ん」

自分を呼ぶ喘ぎまじりの声に余計に興奮する。

透真は華子の上着を強引に捲り上げて、ブラジャーに包まれた胸をあらわにした。

「あっ！」

華子の頬が薄く染まる。それを見た透真の直感が働いた。

乳房の膨らみを包み込む黒のレースを人差し指の先でそっとなぞる。レースの隙間から白い肌が見えて、なんとも艶めかしくて男心をそそる。こんな扇情的なデザインを、華子が自分で選ぶとは思えない。彼女が選んだなら、スポーツブラとか、タンクトップブラなんかになりそうなもの。

「もしかして、この下着も今日買った？」

「〜〜〜〜〜っ！」

尋ねるなり、華子の顔が更に色付いて真っ赤になる。これは予想が当たったようだ。選んだのは優里亜だろうが、「グッジョブ！」と言わざるを得ない。

ブラのレースをなぞっていた指を下にスライドさせて、きゅっと締まったウエストを通る。そのまま今度は、スカートのウエストの生地を指に引っ掛けた。チラッと見える色とレースのデザインからして、ショーツはブラとお揃いらしい。透真はスカートのウエストホックを外しファスナーを下ろした。

「せっかくだから見せてもらおうかな？」

わざわざ口に出すことが、華子を赤面させるとわかりながら、その初々しい反応が見たくてついつい余計なことを言ってしまう。長いスカートを脚から抜き取ると、そこには黒いセクシーな下着をまとった美女が、上着を捲り上げた淫らな姿で横たわっている。これもお揃いだろうか？　ベルトこそしていないものの、黒のガーターストッキングも最高に滾る。

思わず生唾を呑んだ透真は、むしゃぶりつくように華子の乳房に顔を埋めた。

「ひんっ！」

可愛い声が上がる。ふたつの乳房を揉みしだいて、力任せにカップを下にずり下げた。こんもりと膨らんだ乳房がまろび出て、おいしそうだ。華子の肌は顔だけでなく、全身がすべすべでつるんとしている。シミもほくろもなく指先まで真っ白だ。化粧品業界に生きる人間としては、まさに理想的な肌と言えるだろう。ただでさえ白いのに、今は濃い色の服を着ているせいか余計に白さが際立つ。

ぷるぷると震える乳首を両手の人差し指で擽るように突くと、それだけの刺激でぷっくりと膨らんで立ち上がってくる。今度は人差し指と親指で軽く引っ張りながらきゅきゅっと強弱を付けて摘まむ。すると華子が、自分の口に片手をやった。

「ん……はぁ……んっ！」

抑えようとした声が、鼻にかかって漏れるのが余計に男心を擽ると、彼女はわかっていないのか。自分の声に動揺して、助けを求めるように悩まし気な視線をこっちに向けてくる。だからもっと虐めてやりたくて、しこってきた乳首を彼女に見えるよう、舌先で突いた。舌先を乳首に巻き付けて、唇で挟み吸い上げる。口蓋と舌で扱きながらしゃぶると、華子が目を伏せて甘い吐息を吐く。

「んんん……はぁうん」

「エロい声。ハナも発情してきた？」

乳房を揉み上げながら顔を覗き込む。華子はたぶん胸が弱い。この間も初めてなのに胸を触るとぎゅうぎゅうと締めつけてきた。今だって感じているんだろう。肌が熱を持ちはじめている。

「わ、わからな――」

ぷるぷると震えながら快感を我慢する華子を見ていると、嗜虐心が煽られる。無論、彼女にそんな気はないのだろうが。

「なら確かめないとな？」

太腿の内側をそっと撫で上げる。華子の脚に力が入るのがわかるが、自分の脚を挟み込んで更に割り広げた。そしてゆっくりと、ショーツのクロッチ部分を撫で上げる。

「やっぱり発情してたなぁ？」

ほんのりと熱を帯びた湿り気に頬が緩む。ツンと鼻先で頬を突いたら、潤んだ瞳とかち合った。

「大丈夫。二回目だから痛くない。むしろ前より気持ちよくなれるはずだ」

「そ、そうなんですか？」

透真は頷きながら、蕾の硬い芯を確かめるように人差し指で触った。コリッとしたそこを念入りにいじると、「はうっ」と息を呑む声がする。華子が自分の手で感じてくれるのが嬉しい。彼女をもっと気持ちよくしてやりたい。蕾をいじりながら乳房に吸い付く。

この魅惑の膨らみをちゅぱちゅぱとしゃぶって、舌の先で飴のように転がすと、ショーツがみるみるうちに濡れてくる。

蕾をいじる指で、この潤みの源泉を辿った。クロッチの横から中に侵入すると、そこは想像以上の愛液をたたえてヒクヒクと震えている。

(すごい。前より濡れてる。もう中に入れそうなくらいだ)

花弁を開いて淫溝をなぞれば、ぴちゃっと濡れた音がする。その音は、好きな女の処女を摘み取った快感を透真に思い出させる。そして、彼女を女にしたのは自分で、彼女は自分の女なのだという支配的な感情が湧き起こってくるのだ。

——この中に入りたい。

その原始的な欲求に突き動かされるままに、華子の蜜壷に中指と薬指を揃えてねじ込む。

「ひぅ⁉」

彼女は突然の挿入に驚いて身を固くしたが、中はもうとろっとろ。熱くて柔らかな媚肉が、ぎゅうぎゅうと指を締めつけてくる。その締まりのよさに、屹立がここに早く入りたいと反応して、更に硬くなる。

自分の欲望に対抗するように、華子の中の好い処を探った。もっと乱したい。乱れた彼女に求められたいのだ。身体を繋げたいのは自分だけじゃないことの確証が欲しくて、腹の裏側にあたる処を触る。媚肉とはまた違う襞がざわざわと指に絡み付いてきた。

「んん……あぁ、はぁ……あう……あぁ、あぁ……あぁんっ……」

そこを指の腹で優しく擦ると、華子が甘い声で啼く。気持ちいいのだろう。眉を寄せ、自分の口元を押さえながらも、脚を閉じることをしない。身体を任せてくれることに自分への信頼を感じる。透真は少し上体を起こして、華子の頭を包み込むように抱きしめた。

「気持ちいいか？」

蕾を親指で捏ね回し、中を掻きまぜながら尋ねると、口元を押さえた彼女が、蕩けた表情で頷いてくれる。

（ああ、可愛い。たまんない……）

思わずこめかみにキスをする。

腹の裏側をぽんぽんと優しく擦ると、ちゃぷちゃぷと水を掻きまぜるのと同じ音がした。愛液は量を増して、蜜口から後ろの窄まりまで滴っている。真新しいショーツが愛液塗れだ。もう中はいい具合いにほぐれている。今、ここに入ったら、どれだけ気持ちがいいだろう？　快感を妄想して逸る気持ちを、まだ早いと抑える。

（まだだ。もっと気持ちよくしてやりたい）

華子はまだ二度目だ。もっと快感を教えたい。セックスは気持ちがいいものだと思ってほしい。痛くて怖いものだとは思ってほしくないのだ。

それは自分に愛されることを受け入れてほしい男のエゴでもあったし、善がり狂う彼女の姿に興奮する独占的な嗜好でもある。そして、自分が愛する女に苦痛を与えたくないという献身でもあるわけだ。

蜜口に沈めていた指をゆっくりと引き抜き、指を濡らす愛液を蕾になすり付ける。

「あっ……」

華子の声が明らかに変わる。艶を帯びたその声は、強い快感によるものだ。

硬く芯のある蕾をくにくにといじると、そのたびに華子の身体がピクピクと跳ねる。けれども彼女は、覚えたての快感を恥じるように、唇を噛み締めて小さく抵抗している。抵抗する必要なんかないのに。快感に溺れてしまえばいいのに。

(まーた、セックスの検証――とか妙なこと考えてるんじゃないだろうなぁ)

意識が飛んでしまえば検証もなにもあったもんじゃないから、華子は必死に快感を堪えているのかもしれない。彼女なら――うん、あり得そうだ。

(そうはいくかよ)

思い通りにしてやるのが癪で、透真は華子の乳首に吸い付いた。ちうちうと吸いながら、指では蕾をまあるく捏ね回す。

「あ、んぅ……はぁはぁはぁん……あぅ……」

グロスを塗った唇から艶やかな声が聞こえてきて気分がいい。透真は柔らかくて張りのある乳房に頬擦りしなから乳首をしゃぶった。そして蕾をいじり続ける。

「んんん……だ、だめ……です……そんな、さわっちゃ……っああ……ひぃぁあ！」

華子が腰をくねらせながら、蕾への刺激から逃れようとする。感じながら喘いでいる女への愛撫をやめるなど、言語道断。駄目と言われれば余計にいじってやりたくなるのが男というもの。

透真は華子が感じる蕾だけを、しつこくいじった。指先で左右に揺らしたり、ピンと弾いたりして徹底的にそこだけを嬲る。いじられすぎてぷっくりと膨らんだ蕾は、愛液塗れでぷるぷると震えて愛らしい。華子が快感から逃れようと腰を揺らす。が、脚を絡ませて動きを封じ、今度は親指と人差し指で蕾を芯ごときゅっと摘まみ上げた。

「ああっ！」

甲高い声が上がって、華子が目を見開く。だいぶ強い刺激だったのか、軽くいったらしい。

吸っていた乳首を口から出して、乳房を枕にする。放心している彼女をそこから見上げた。

「今、軽くいっただろ？」

意地悪く囁いて、蜜口の周りを指先で一周する。指は挿れない。ヒクつくあそこをじらしながら、自分の屹立を太腿に押し付けた。

「そろそろこれを挿れてほしくなったか？」

蜜口からとろとろと滴ってくる愛液を、ちょんと指に付けながら挑発する。少し触れただけで糸を引いている。まだ男を知って間もない身体なのに、もうこんなに淫らに濡れるのか。奥はすごいことになっていそうだ。

「欲しい？」

「〜〜〜っ！」

じっとりを潤んだ瞳で恨みがましく見つめられ、透真はニヤリと笑った。

華子に求められたい。男として、求められたい。なら、彼女が耐えきれずに求めてくるまで身体をいじってやればいい。快感で責め立て、このいやらしい身体は、男に貫かれることでしか満足できないことを教え込んでやるのだ。

透真は華子の脚を更に広げた。そしてショーツの上からクロッチを上下に擦り、布越しに指先をぐっと蜜口に押し込んでやった。真新しいショーツが愛液を吸ってぐっちょりと濡れる。その染みを広げるように、布越しに蜜口を撫で回した。

「あっ……んんん……ゃん……」

成熟した大人の女の身体にこのじれったい快感は辛かろう。身体を持て余し、彼女は悩ましく腰をくねらせ、甘い吐息を漏らす。目の前の乳首をちゅぱちゅぱと吸って口から出し、弄ぶように丹念に揉みしだいてから、また腰を揺すってガチガチになった屹立を押し充てた。

「〝欲しい〟って言ったら挿れてやるよ？」

泣きそうな目で見つめられる。その表情が性癖に刺さる。はっきり言ってたまらない。

「言って、ハナ」

微笑んで誘うと、遂に華子の唇が開いた。

「……ほ、しぃ……」

それは本当に小さな声だったが、確かに透真の胸を歓喜で満たす。

透真は急いたように華子に口付けると、ベッドサイドの引き出しから避妊具を取った。

そして華子の脚からショーツを抜き取り、自分のベルトのバックルに手をかけた。カチャカチャとベルトを外す音が、やけに耳に響く。

下肢を剥き出しにした華子が、恥ずかしそうに脚をもじもじとさせる姿が可愛らしい。

スラックスの前をくつろげると、青筋の立った屹立が勢いよく腹まで反り返った。

「ひゃっ！」

声を上げた華子が、両手で口を覆って目を見開く。その目は、透真のものに釘付けだ。

前回、見たい見たいとはしゃいでいたくせに、今は顔が引き攣っている。

「え………。そ、そんな大っきいの、無理じゃないですか？」

完全に怯えた声に、透真は苦笑いした。

「いや、入るから。っていうか、入ったし」

前回、これで華子の身体を貫いて、処女を奪ったのだ。確かにものはそこそこ大きいが、入らないなんてことはない。

「触ってみるか？」

華子を宥めようと、そんな提案をしてみる。すると、さっきまで怯えた目をしていたくせに、好奇心には勝てなかったのか、華子が上体を軽く起こし、そろそろと手を伸ばしてきた。腰を前に出して、その手に漲りを握らせてやる。

「熱い……」

華子の小さな手が自分のものを握っているという絵面は、視覚的になかなかくるものがある。妙に興奮して、ますます硬さを増していく。

「な、なんか、また大きくなったような……？　ひゃっ！　う、動いた！」

その華子の声には応えないで、透真は彼女の脚をすくい上げた。

バランスを崩した彼女が「あっ！」と張りから手を離してベッドに沈む。

透真はさっきまで散々いじり倒した蕾にそっとキスをして、手早く避妊具を着けた。

「本当に無理かどうか見てろよ」

両の膝裏に手を入れて、ぐっと華子を自分のほうに引き寄せる。上を向こうとする漲りに手を添えて、蜜口に鈴口を押し充てた。

肉の凹みに、漲りの先がくぷっと沈み込むのと同時に、頭を起こした華子がゴクリと息を呑むのがわかる。脚が閉じないように両膝を押さえてゆっくりと腰を進めると、じゅぶじゅぶと音を立てながら埋没するように、漲りが彼女の身体の中に呑み込まれていく――

「あ……ああ……」

華子の怯えた目が驚愕に見開かれる。彼女は瞬きひとつしないまま、自分が侵食されていくのを見つめているしかない。

「ほら、全部入った……ああ、奥まで蕩けてる。痛いか？」

「い、痛くない、です……」

「な？　言ったろ？」

頷いて、華子の腰を自分のほうに引き寄せつつ、ぐっぐっぐっと三度腰を深く穿つ。よく濡れているだけあって、奥までしっかりと入る。まだ二度目なのに、華子の身体は透真を覚えていたらしい。隙間なくしっかりと吸い付いてくる。

（この締まり、やばい。癖になる……）

鈴口で子宮の入り口を突き上げてやると、彼女は眉を寄せながら悶えてベッドに頭を下ろした。

「う、んっ、奥は……だめ……」

「じゃあ、抜くか?」

意地悪く言って、今度は腰を引く。隙間なくみっちりと埋められた穴から、ずずずっと漲りを引き出しつつ、太く張り出した雁首で中の媚肉を強く抉る。

「は……はぁあああんっ!」

挿れたときよりも高い声が上がって、華子が背中を反らせた。突き出された真っ白な乳房がぶるんと重たく揺れて、なかなかの絶景だ。

引き出された漲りは、華子の愛液を纏っててらてらと濡れている。

あと少しで全部抜ける——というところまで引き抜いて、透真は華子を見下ろした。

「どうする? ハナが決めていい」

選択権を与えると見せかけた誘導は、我ながら質が悪い。でも経験の浅い華子を慮る気持ちはある。そして同時に、自我の強い彼女をベッドの中だけでも自分好みに染め上げたい気持ちも——

口元を押さえた華子が、恥ずかしそうに目を伏せた。

「……抜かないで……ください……」

求められる愉悦に、本気でゾクゾクする。

透真は生唾を呑んで、再び最奥まで押し入って突き上げた。

「ああぅ!」

耳を突くのは快感に染まった女の声だ。透真は華子の膝を押し開き、更に彼女の中に入る。

華子が震えながら息を吐く。ただそれだけの行為も艶っぽく見えるのはなぜだろう？

「ハナ、可愛いよ」

「あぁ……透真さん……」

呼ばれた瞬間、頭がショートしたように昂って、気が付けば透真は、彼女の身体を組み敷いて、より深く抉るように抽送をはじめていた。

蜜口に自分のものを目いっぱい咥え込ませ、奥まで貫くように激しく突き上げる。この本能的な衝動を、華子を抱きながら抑えることなんて、透真自身、とてもできるとは思えない。いや、抑えたくない。

「は……はぁ、はぁはぁ……ぁ……はぁはぁんく……あぁっ……ふ……ああっ！」

脚をＭ字に開かされ、その初々しい蜜口に透真の剛直を根元まで穿たれた華子は、息も絶え絶えになりながら揺さぶられている。彼女のあそこは奥まで愛液でぐちょぐちょだ。腰を揺するたびに、身体からいやらしい水音がする。その淫らな穴を隙間なくみっちりと塞がれて、気持ちよさそうに蕩けた表情は、文句の付けようのないほど美しい。

乳房を揺らし、とろみのある愛液を滴らせながら、自分を受け入れてくれる彼女の姿に、ただただ興奮する。自分は今、彼女のこの綺麗な身体を、貫いて、侵して、性的に支配しているのだ。

興奮で呼吸を乱しながら、彼女の首筋に浮いた汗を舐め上げそのまま乳房を揉みしだいた。

「あぅ……と、ぅま……さ……ん……」

華子の手が透真に向かって伸ばされる。抽送を弱めた透真はその手に自分の頬を撫でさせ、代わりに彼女の頬にかかった髪を丁寧にどけて、顔をよく見えるようにした。華子は目を閉じてされるがままだ。指を髪に差し込み、頭を撫でて額に額を重ねる。そうすると、ゆっくりと華子の目が開いて、その瞳の中に透真を映した。

遮るもののないその視界に、自分だけが映っていること。そして、彼女が自分を見てくれているのが、言いようもなく尊いことに思えて、透真の心を強く揺さぶる。彼女の居ない時間は、あんなに落ち着かなかったのに、今はそんなこともない。この鼓動の速さを〝落ち着いている〟とはとても言えないが、心も身体も満たされている。

（やっぱり好きだわ、俺）

恋をしているのだろう、彼女に。

「好きだ」

自分の気持ちを口に出せば、たった三文字だ。なんとシンプルな三文字か。到底、これだけで自分の気持ちが全部伝わるとは思えない。だからこうして、身体を重ねるのだろう。

透真は華子に頬を擦り寄せて、唇を軽く触れ合わせる。言葉以上の想いが伝わるように、彼女の身体を抱いた。唇だけでなく、頬に瞼に首筋にと口付ける。

「ハナ、気持ちよかった？」

ゆっくりと腰を動かしながら尋ねれば、少し恥ずかしそうに彼女が頷いてくれる。

「じゃあ、もっとしようか」

華子の足首を持って、更に脚を広げる。その足首を少し上にやれば、腰が浮いて繋がっている処がよく見える。

「あう、透真さん……透真さん……そんなにしちゃだめです――」

「んん？　余計に気持ちいいって？」

「ああっ！」

角度が変わったせいか、腹の裏側によく当たる。そこが彼女の好い処だとわかりながら集中的に擦ると、声色に甘いものがまじってくる。透真の頬を撫でていた彼女の手がシーツに落ちていく。

花弁の奥に真っ赤になった蕾が見えて、透真は蕾をくにゅっと押し潰した。

「っ――――!!」

身体をしならせた華子の媚肉の締まりが何倍にも増して、一瞬持っていかれそうになる。襞が雁首に絡み付いて離れない。むしろ、奥に奥にと誘うように蠕動してくる。

彼女の身体にその絶頂を教え込むように、透真は奥を突いた。丁寧に、荒くならないようにと自分に言い聞かせるが、段々と抽送が速まっていく。

（やばい。ハナの中、締まる。気持ちいい……）

パンパンパンパンと、濡れた肉がぶつかり合うたびに、興奮して身体がいうことを聞かない。華子の華奢な身体を貪り食う。出し挿れするたびに、ヒクついた穴から愛液が汲み出されて、辺りに飛び散る。その愛液を指の腹で蕾になすり付けた。

「ああっ！　だ、だめぇ、ひ、ああっ！　ああっ、ああっん！　おかしくなるっ！　おかしくなるから……ふ……ああっ！　なにこれぇ！　や、あはんっ！」

蕾を捏ねくり回され、乱暴に奥を突かれ、華子は絶頂の中で悲鳴を上げる。しかし喘ぐ彼女は恍惚の表情なのだ。蕩けて快感に翻弄される身体は、透真を咥え込んで離さない。ぎゅうぎゅうと締めつけて透真の射精感を高め――

「っ――」

小さく息を呑むのと同時に、華子の身体を抱きしめてドピュッドピュッと射液を奥に吐き出す。やけに昂っていたせいか、何度にも分けて出る始末だ。その瞬間毎に快感が走って、呻き声に似た吐息が漏れた。

「う……ああ……」

腕に抱いた華子の身体は、熱を帯びて桃色に染まり、汗ばんでいる。そんな彼女の身体をもう一度強く抱きしめて、ゆっくりと漲りを引き抜いた。

だいぶ射精したのに、まだ硬い。もう一回くらい続けてやれそうなのをぐっと堪えた。

華子は意識が飛んでしまったのか、ぐったりとしている。脚も広げたまま、服を整える元気もないようだ。後半はだいぶハードにがっついてしまった自覚があるだけに、もう一回なんて言ったら、「絶倫なんですか？　透真さんの性欲はどうなっているんですか⁉」と研究材料にされかねない。それに今日、華子はここに泊まる。今夜も、明日も彼女は側にいてくれるのだ。焦らなくてもいい。

避妊具の始末をしてから、透真はそっと華子の頬を撫でた。

「ハナ。大丈夫か？」

ゆっくりと華子の瞼が持ち上がる。寝ぼけ眼のようなその目で、恨みがましく見つめられた。

「は、激しいです。気持ちよくて頭がぼーっとしちゃうから、最終的には、なにがなんだかわからないじゃないですか！　今度こそセックスがなにか分析したかったのに！」

想定の範囲内の苦情に思わず微笑む。

「ごめんな？　ハナのことが好きすぎてとまらなかった」

足元にあったケットを取って、彼女にかけながら素直に謝った。手加減してやらなくてはという意識は確かにあったのに、後半は完全に彼女の身体に夢中になって、本能のままに貪っていたのだから。すべすべで柔らかな肌。たまらない膣肉の締まり。そしてこの美貌。透真の好みを完璧に体現した彼女。その彼女が身体を許してくれているのだから、夢中にならないわけがない。

本当のことをそのまま言ったのに、華子はその綺麗な眉を寄せて不信感丸出しだ。ベッドの端に座る透真を睨んでくる。

「前から思っていたんですが、透真さんって趣味悪いですよね？　蓼食う虫も好き好きとは言いますし、わたしみたいなのでも需要があったことは嬉しいのですが……」

なぜそんなことを言われたのかがわからない。蓼食う虫なんて、自分と対極の存在じゃないか。

「いや、俺は相当の面喰いだぞ。ハナ、自分の顔をちゃんと見たことないのか？　ハナは美人だぞ」

華子の目がきょとんと瞬く。彼女の視線がつーっと左上を向いて、また正面に戻ってきた。

「よく考えてみたら、わたし、自分の顔を今日までちゃんと見たことがなかったかもしれません」

「は？」

思わず素の声が出た。彼女の眼が悪いことは知っているが、自分の顔を見たことがないとは？

「眼鏡がないとぼんやりとか見えないとかそんなレベルじゃないんです。乱視もあるので、ぼやけた顔がぶわーっといくつも重なって見えるので。目なんか八つ目状態です。今日、コンタクトを着けて、相当めかし込みましたから、なんだか自分じゃないみたいな感じがしてはいたんですが……」

「写真は？」

「眼鏡をかけたまま写ってました」

彼女は自分の顔をちゃんと見たことがないまま今日まで来たのか。驚きを通り越して呆(あき)れてしまうが、華子らしいとも言える。

透真は笑って華子に頬擦(ほおず)りした。

「ハナは綺麗だよ。超美人」

「ザ・単純顔ってことですね」

また意味のわからないことを言い出した。ここで質問をすると長い解説がはじまる気がして、華麗にスルーを決め込む。透真はじっと彼女を見つめた。

「ハナ。一緒に暮らそうか」

「え？」

付き合いはじめてまだ一ヶ月と少し。二ヶ月は経っていない。華子の反応も、寝耳に水といった感じだ。同棲は急過ぎただろうかと思いもしたものの、透真は話を続けた。

「結婚を意識した付き合いなんだ。一緒に暮らしてみなきゃわかんないこともあるだろ」

それに、眼鏡を外した華子を電車通勤なんかさせたくない。注目の的になることは間違いないし、ナンパや痴漢がいるかもしれないし、彼女に一目惚れする輩だって出るかもしれない――さすがにこれは束縛がすぎる気がして言わなかったが……

「俺はハナと一緒にいたい。ハナのことをもっと知りたい。駄目か？」

華子は少し考える素振りを見せたが、やがてはにかんだように頷いてくれた。

4

イメチェンした二日後の月曜日――。華子は透真が運転する車で出勤していた。

「ハナ。眼鏡持った？　ハナだってわかってもらえなかったら、俺に言えばいいよ。証言するから」

車から降りながら、透真がそう言う。

「大丈夫ですよ。今までずっと働いていた職場なんですから、研究所の皆だって、わたしだってわかるに決まってます」

どうやら彼は、イメチェンした華子を研究所の面々がわからないのではないかと危惧(きぐ)しているらしい。いくらなんでもそれは大袈裟(おおげさ)だと、さっきから華子は笑っていた。

確かに髪にパーマもかけたし、毛先もちょっと染めた。メイクもしたが、仕事着にしている服装は同じだ。眼鏡がコンタクトに変わったくらいで、誰かわからないなんてことはないだろう。

「透真さんだってひと目でわかったじゃないですか」

「いや、俺はわかるよ。だってハナの彼氏だから」

自信満々に言われて肩を竦(すく)めつつ、華子は降りた車のドアを閉めた。透真にわかるのなら、研究所の仲間達にもわかるはずだ。だって彼らとのほうが付き合いが長い。

「今日も定時だろ？　一緒に帰ろう。ハナの家に寄って、少しずつ荷物を積んでいこうか。今夜の食事は、どこかに寄って食べよう」

「はい、お願いします。じゃあ、いってきます」

「いってらっしゃい」

「透真さんも、いってらっしゃい」

小さく手を振って、透真は本社ビルに。華子は同じ敷地内にある研究所に向かう。

一昨日の土曜日、華子は透真に「一緒に暮らそう」と言われた。急だとは思いはしたものの、結婚を前提とした付き合いなのだから、一緒に暮らしてみないとわからないこともあるという彼の言い分はもっともで、非常に説得力があった。

（ＡＩのマッチングを自ら検証していこうという透真さんの積極的な姿勢、素敵です！）

という感じで、華子としても大歓迎の同棲だ。華子は家族以外と一緒に暮らした経験がないから、自分という人間が他人と暮らしてどう変化するのかも非常に興味がある。ぼーっとしているときも、やたらと早口で喋っているときも、彼は華子を「可愛い」と言って目を細める。彼にとって自分は側に置いてもいい存在なのだろう。たぶんこれが、相性がよくて、うまくいっているということなのだ。それに、透真と一緒にいるのは苦痛じゃない。キスもセックスもいやじゃないのだ。

　初体験こそは痛かったものの、二回目からは、わけがわからなくなるくらい気持ちよかった。彼は激しくも優しく華子の身体を抱いてくれる。二回目のセックスをした日、夜寝るときも抱かれた。昨日なんかは、朝から一日中セックスしていた。シャワーを浴びるときに鏡を見たら、乳房に吸引性皮下出血まであった。こういうのを情熱的――というのだろうか？

　立て続けに求められて「この人の体力と性欲はどうなっているんだろう？」と驚きもしたのだが、同時に、人間が繁殖目的以外に、コミュニケーションとして娯楽セックスを嗜むよう特異な進化をしているという説に納得もした。あんなに気持ちのいいこと、なかなかやめられそうにない。

肌を重ねることは、華子に今まで体験したことのない快感以上の〝なにか〟をくれる。その〝なにか〟を言葉であらわすのは難しい。適切な表現がまだ見つからない。

（まぁ、わたし、理系ですしね。文系の方なら、簡単に言葉にできるのかもしれませんが。今度、感情の言語化について書かれた論文でも探してみましょうか……あ、そうだ！　お母さんに同棲のこと連絡しとかないと！　というか、透真さんのことを話しとかないとですねぇ）

そう言えば付き合っている人がいることどころか、結婚相談所に登録してお見合いしたことすらまだ話していなかった。そろそろ話しておこう。そんなことを思いつつ、研究所のロッカールームに入り、白衣とネームプレートを身に着ける。そして、ちょっとだけ考えて眼鏡を白衣のポケットに入れた。

（大丈夫だと思うんですけどねぇ）

まぁ、一応だ、一応。そう思いながら、華子は研究室に向かった。

「おはようございます～」

ドアを開けながらいつものように挨拶（あいさつ）をする。普段ならここで「おはよう」とぽろぽろと挨拶が返ってくるのに、今日はそれがない。「まさか」と思って辺りを見回すと、一時停止をしたように皆が動きをとめて静まりかえっているではないか。

「あのぉ？」

おずおずと声をかけると、一番近くにいた阿久津がかなり挙動不審な様子で反応してくれた。

「どどどちら様でありますか？　こここっここは、かっ関係者以外立ち入り禁止でありますが？」

完全に部外者と思われている？　透真が言ったように、華子だと気付いていないのか？　二年間一緒に働いた仲間なのに⁉　首から山田のネームプレートだって下げているのに⁉　他人行儀なそのさまに、多少なりとも――いや、かなり深く傷付く。

「山田です。阿久津さん」

「えっ？」

「『え？』じゃなくて、山田ですって！　コンタクトにしただけです！」

白衣のポケットから出した眼鏡を、顔に当てて下ろす。

すると研究室内の時が再びとまった。

「……嘘だろ……」

誰かがポツリと呟いた声をきっかけに、阿久津が「ええ――⁉　ええ――⁉　ええ――ッ⁉」と、ヘビメタのヘドバンのように頭を激しく振りながら、奇声を上げている。所長に至っては完全に石像だ。石像になっている。

「…………」

華子はすーっと研究室を出ると、そのままレストルームに直行してコンタクトレンズを外し、眼鏡姿で改めて出勤したのだった。

◆　◇　◆

長引いて定時を越えた会議に少し疲れを感じながら、透真は駐車場に向かって足早に歩いていた。

華子と同棲をはじめて三日目。

（あ～チクショー。だいぶ遅くなった。ハナ、ひとりで帰れたかな？）

次世代型ハイドロキノンαを有効成分とした化粧水の発売日が決まり、だいぶバタバタしている。今日の会議で商品名も決まった。その名も「KRESKO」。考えたのは透真だ。

アンチエイジングの商品には、若返りとか、再生といった時間の巻き戻しをイメージさせる商品名が付いていることが多い。これは過去の自分に戻りたいという女性の願望にアプローチしたものだが、同時に若さこそが美しさ、という呪縛にもなりかねない。

美しく成長すること、美しく年を重ねることは充分に可能なのだというメッセージ性を持たせるために、あえて時間を進める〝成長〟の意味を持たせてきた。これは、長くユーザーに寄り添えるよう、赤坂堂自身も〝成長〟を目指すという誓いでもある。テレビCMやプロモーションもこの方向性で進んでいた。

今日の会議は長引くことがあらかじめわかっていたから、透真は朝の段階で、マンションの合い鍵を華子に渡していた。彼女は一足先に電車で帰宅しているはずだ。スマートフォンに「帰宅しました」のメッセージが入っている。一緒に車で帰ることができないのは残念だが、こういう日があるのは仕方がない。

今日は華子が先に帰宅したので、彼女が夕飯を作ってくれるらしい。

今まで一緒に帰宅していたときは、透真が作っていた。透真は整理整頓にこだわる質なので、包丁まな板から鍋類、調味料に至るまで、全部キッチン備え付けのシンクや戸棚にきちっと収納している。出しっぱなしにすることはまずない。だから華子にどこになにがあるのかを教えながら作業していたのだ。あと、透真は料理が嫌いじゃない。凝り性なところもあって、煮込み料理なども得意である。

（ハナの奴、なにを作ってくれてるんだろうな～）

初めての彼女の手料理である。何気に透真は、同棲するのも初めてだし、恋人に手料理を作ってもらうことも初めてだ。これまでそういう付き合い方をしてこなかった。だから正直、楽しみでしょうがない。自然に鼻歌まで歌ってしまう。

「～～～♪」

三十分ほど運転して、我が家に着く。誰かが待ってくれている家に帰るのは実家暮らしの頃以来だ。エレベーターのボタンを押すときさえ、どこかわくわくしている。玄関の鍵を開けると、ほんのりとカレーの匂いがした。

（おっ！　カレーか！）

定番料理だがカレーにもいろいろ種類があるし、使う肉や入れる具材、香辛料の種類からして、人となりというか家庭の味が出る料理だろう。透真は野菜多めのチキンカレーが好きだ。ちなみにキッチンに二十種類以上のスパイスを常備しており、その日によって配合を変えたりする。さて、華子はどんなカレーを作ってくれたんだろう？

「ただいま！」

声を弾ませながら靴を脱ぐ。華子の反応はない。風呂か？　いや、彼女のことだから、考えごとでもしていて聞こえていない可能性もある。透真はキッチンとリビングに続くドアを開けながら、再び声をかけた。

「ただいま！」

「あっ！　おかえりなさい」

風呂上りなのか眼鏡をかけて、寝間着代わりにしている白とグレーの太めのストライプ模様が入ったルームウェアを着た華子が、ダイニングテーブルの真横でタブレットを両手で持ちながら、なぜかスクワットをしている。それを見た途端、透真は素で突っ込んでいた。

「えっ、なにしてんの？」

タブレットでなにかを読んでいるのはわかる。論文でも読んでいるのだろう。それは彼女と同棲をはじめてから何度も見た光景だ。だが、論文を読みながらスクワットをしている姿を見るのは初めてだ。これはなにかの儀式か？

動揺する透真を尻目に、華子はスクワットを続けながら答えた。

「脳のエネルギー源である、グリコーゲンの貯蔵量は、はぁはぁ……、肝臓よりも、筋肉のほうがッ、三倍以上多いことが、はぁはぁ……わかりまして……はぁはぁ……つまり、脳のパフォーマンス低下を、防ぐ、には、筋肉を鍛えるのが効率的、なので、はぁはぁ……大腿四頭筋は、人体で一番大きな筋肉！　なので！　スクワットです！　あーしんど……」

最後のほうはゼーゼー言いながら、スクワットを終えた華子は、ダイニングテーブルに手を突いて、キリッと張り切った笑顔を見せてきた。

「晩ご飯の用意、できてますです。今日はカレーです。温めときますので、お風呂先にどうぞ」

「ああ、うん。ありがとう」

ちょっとまだ頭が追いつかないが、多少の奇っ怪な行動も、華子ならまぁ仕方がないかという気になる。

勧められるままに透真は先に風呂に入った。

（まぁ、よくわからんが、ハナがカレーを作ってくれたんだし、それを楽しみにっと！）

腹もいい具合いに減っているし、愛しい彼女の手料理が待っている。

透真は手早く風呂から上がった。

（さぁ、飯、飯、飯！）

張り切ってリビングダイニングに戻ってくると、カレーのいい匂いが部屋中に漂っている。

「なにカレー？」

「キーマカレーですよ～」

皿に白米をよそいながら、華子が教えてくれる。

キーマカレーは、自分では作らない種類のカレーだ。だが、嫌いじゃない。むしろ期待が高まるというもの。しかし透真は、見慣れたキッチンに、なんとなく違和感を覚えた。

（ん？　ハナ、鍋使ってなくないか？）

ガスコンロの上に鍋がない。ダイニングテーブルの上にもだ。レタスとトマトのサラダが並んでいるだけである。だが間違いなくカレーの匂いはするわけで。

透真が不思議に思っていると、ピーッと軽快な電子音がした。見ると華子が電子レンジを開けているところだ。あれはなんだろう？　副菜でも作ってくれたのだろうか。そう思っているうちに、彼女はレンジからこの家で一番大きなガラスボウルを取り出した。

「はーい、キーマカレーできました」

「ちょっと待て！」

　華子がきょとんとしながらボウルからラップを外すと、もわっと湯気が立ち上がり、カレーの匂いが濃くなる。なんと、ガラスボウルの中には、紛れもないキーマカレーが入っているではないか。違和感の正体はこれだったのかと合点がいくのと同時に、妙なガッカリ感が広がってくる。

「え？　なんでレンジからカレーが出てくんの？」

　至極真っ当な質問をしたつもりなのだが、華子は更に首を傾げる。

「なんでって、レンジで作ったからです」

「カレーを？」

「カレーを」

　華子は首をさっきとは反対側に傾げながら、「なにかおかしなことでも？」と言わんばかりだ。

「いやいやいやいやいや、カレーは鍋だろ？」

　自分の記憶を辿ってみても、カレーは鍋で作るものだ。小学生の頃、夢中になって遊んだあの日。夕飯間近に帰宅すると、台所に立っていた母親が「今日はカレーよ」と鍋を掻きまぜながら微笑む姿が余裕で思い出されるくらいには、カレーは鍋で作るものだ。そして二日目のカレーがまた最高に旨いんじゃないか。レンジから出てくるカレーなんて、レトルトみたいでなんかいやだ！　食べる人のことを考え、味見をしながらコトコトと煮込むその姿に愛情を感じる自分は古い人間なのか？　仕事から帰ってきて、『ああ、いい匂いがするな』と、彼女の初めての手料理を楽しみにしていたのに、電子レンジから飯が出てきたときの、このガッカリ感をなんと言えばいいのか。

すると華子はひとりでなにかを納得した様子で、「なるほど」と大きく頷いた。

「透真さんはガス派なんですね。わたしはマイクロ波派なんです。そのほうが効率いいですし。チンしてる間、他のことができますからね。わたし、ご飯作ってる間に作ってることを忘れてしまうこともあったりするので、火は危ないんですよね、アハハ」

透真は料理中に他のことをしようと思ったことがまずないし、料理中に料理をしていることを忘れたこともないから、余計に意味がわからない。

「『アハハ』じゃないよ！　忘れちゃ駄目だろ！　火を使ってるときに他のことするなよ！　危ないって！」

「大丈夫。ご心配には及びません。あとマイクロ波派って初めて聞いたよ！」

「そういう問題じゃないから！」

ツッコミが追いつかないでいるうちに、華子がニコッと笑って白米の横にガラスボウルの中身をドサッとよそった。

「まぁまぁ、食べてみてくださいよ。これ得意料理なんです」

皿に盛られてみれば、それは間違いも違和感もなくキーマカレーである。そもそも、カレーは電子レンジで作れるものなのか？

（火は通ってるって言ったたって……）

「……い、いただきます……」

わずかに躊躇（ためら）う気持ちを残しながら、白米とキーマカレーが半々になるようにスプーンですくって口に運ぶ。

「あ、旨（うま）い」

あまりの旨さに、軽く目を見開く。ひき肉と玉ねぎと人参。見た目はシンプルなのに、やたらと濃厚なコクと甘味がある。これはもしかすると、二日目のカレーに相当するのでは？　市販のルーではここまでの深みは出せまい。

「うまいなぁ。これもしかしてトマト入ってる？　クミン、カルダモン、シナモン、クローブ、ローレル、オールスパイス、コリアンダー、ガーリック、ターメリック、カイエンペッパー、ブラックペッパーか？　ジンジャーがいつもと違うような気がするから、うちにあるとのは違うメーカー？　他にもなにか入ってるような気がするけれど、わからないなぁ」

透真が二口、三口と食べ進めると、華子が驚きの声を上げる。

「すごいですね～。生姜が違うってわかるんですか」

「まぁな」

そりゃあ、料理には一家言持っているから、それなりにはわかるつもりだ。やはり生姜を変えたのか。華子もなかなかこだわりがあるらしい。

生まれ育った環境が違うのだから、習慣に違いがあるのも仕方がないことだ。その習慣の違いが最も大きく出るのが料理なのだろう。こういう違いを、お互いに認め合って譲り合っていく。毎日を一緒に暮らすというのはそういうことなのかもしれない。

電子レンジで作ったカレーも、食材にこだわればこれほどうまくなるのかと、感心しながら食べ進めると、華子がニコッと微笑んだ。

「生姜チューブとにんにくチューブがなかったんで買ってきたんです。あとトマトも正解。市販のカレールーに、トマトケチャップとウスターソースと顆粒コンソメが入っています」

「ブホッ！」

思わず噴き出して咳き込む。

「え？　こ、これ市販のルー？　う、嘘だろ？」

じゃあ、この濃厚なコクと甘味の正体は、ウスターソースとコンソメ？　なんたることだ！　市販のルーを——しかも化学調味料が大量投入されている料理を——旨いと思ってしまうなんて！　あったはずの一家言にヒビが入りそうな衝撃だ。透真が動揺しているうちに、「嘘じゃないです」と言って、華子がルーの箱を持ってきた。

「透真さんがさっき言ってたスパイスもたぶん入ってますよ。ほらここ、箱に十二種類のスパイスって書いてあります。大丈夫、大丈夫。成分はほぼほぼ同じですよ」

もう駄目だ。ナチュラルにトドメを刺された気分である。なにが悔しいって、このキーマカレーが自分で作るカレーより旨いことだ。あのガラスボウルの中に化学調味料をドバドバと投入して、レンチンしながらスクワットをしている華子の様子が目に浮かぶ。店に入れば同じメニューばかり注文するし、昼ご飯になにを食べたのかと聞けば、コンビニ飯や、ゼリーといった答えが返ってきたのも一度や二度じゃない。彼女が効率を重視するタイプであることは、うすうす感じてはいたのだが、食事にまで効率を求めるとは。

（……科学者が作るとこういう料理になるのか……。成分が同じだからって、出汁取らないで、味噌汁に牛乳を入れて味噌汁作りそう……）

牛乳入りの味噌汁なんてものが世の中にはあって、意外と相性がいいからなんて理由で、巷では相性汁なんて呼ばれているらしい。じっくり時間をかけて出汁をとるタイプの透真には未知の味だ。想像するだけでも軽く戦慄（せんりつ）する。でも、この電子レンジキーマカレーと同じで、実は食べたら旨い可能性もなきにしもあらず――じゃあ、食べたいかと聞かれると、たとえそれが愛する彼女の手料理だとしても、ちょっとばかり勇気を必要としてしまうわけで。

「ハナ……料理はさ、俺が作るよ。俺のカレーも結構旨いんだぞ」

透真がそう言うと、華子は気を悪くした様子も見せずに喜んだ。

「わーい！　ありがとうございます。わたし、透真さんのご飯大好きです」

（チクショー！　作り方聞くんじゃなかった！　なにも聞かずに食ってればよかった！）

そんなことを考えながら、悔しいくらいに旨いこの電子レンジキーマカレーを透真は完食したのだった。

5

九月も終わりにさしかかった頃、華子は透真と付き合って、三ヶ月を迎えた。一緒に住むようになって、ひと月である。

同じ会社に勤めてはいるが、本社と研究所で働く場所が違うため、勤務時間中に顔を合わせることはほぼない。だが時々、透真が昼ご飯に誘いに来てくれる。彼がそういうことをすれば、華子と透真が付き合っていることが社内中に広がるのも当たり前なわけで――

華子は多少なりとも緊張した面持ちで、目の前の御仁を見つめた。

「はじめまして、山田さん。いや、華子さんと呼ばせてもらおうか。あなたの話は息子からよく聞いているよ」

こぢんまりとした喫茶店のボックス席で、テーブルの向こう側に座っているのは、髪を緩やかなオールバックにし、年を感じさせない肌艶に、なんだかやたらと高そうなスーツをお召しになった物腰穏やかなジェントルマン。なにを隠そう透真の父親――そして、赤坂堂の代表取締役社長、赤坂敬之その人だ。透真とそっくりな左右対称顔で、一目で親子とわかる。

華子は昼休みに研究室にやってきた透真から「父親に会ってほしい」と言われて、会社近くの喫茶店に連れ込まれていた。ここは会社に近いこともあって、見知った赤坂堂の社員らの顔がチラホラあるから余計に緊張する。

「はじめまして。山田華子です。すみません、こんな格好で……」

ぎこちなく頭を下げる。いつも通りのTシャツとジーンズというお仕事スタイルなのだが、これが人前に出るのに相応しくない格好であることを、優里亜に指摘されて学んでしまったがために、なんとも恥ずかしい気持ちを味わう羽目になる。不幸中の幸いは、ちゃんとメイクをしていたことと、コンタクトレンズを持ち歩いていたことか。眼鏡からコンタクトに変えたことで、多少はマシだと思いたい。

「いやいや。ちょっと時間があいたからと、急に呼び出した私が悪い。申し訳なかったね、華子さん。透真からあなたと結婚したいという話は前から聞いていてね。早く会いたいと思っていたんだよ。なるほど、綺麗なお嬢さんじゃないか。どうりで透真が夢中になるはずだ」

「は、はぁ……」

華子は出されたコーヒーの味がまったくわからないほど恐縮しきっているというのに、隣に座る透真は満足そうなほくほく顔だ。

「父さん、華子はすごい研究者なんだ。華子の研究成果は見てくれただろう？　俺は彼女と一緒にこれからの赤坂堂をつくっていきたいと思ってる。赤坂堂を業界一位にしてみせるよ」

（ええっ！　そんな大きなこと、全然聞いてないんですけどぉ⁉）

と、一瞬思ったのだが、透真との交際は結婚が前提。赤坂堂の跡取り息子の透真と結婚すれば、華子も赤坂堂の人間だ。他社で研究などできるはずがないのはものの道理。

透真との結婚＝赤坂堂に永久就職となるわけだ。

透真は最初に、結婚しても研究を続けていいと言ってくれているし、しかも赤坂堂には一流の研究設備が整っている。一番重要なところが守られるのだから、自分の研究成果が全部赤坂堂のものになるくらい、どうということはない。というか今までも自分の研究成果がその後どのように利用されるかについては興味がなく、深く考えてこなかった。だが、華子の研究成果を、透真が赤坂堂のために活かす――ということは、彼が言った「一緒にこれからの赤坂堂をつくっていく」ということに他ならない。

華子の研究成果を使って、透真が商品を売り、赤坂堂が儲かって、それを華子の研究資金に回してくれたら、幸せの無限ループのできあがりじゃないか！

ふたりで力を合わせれば、赤坂堂を業界一位にするという透真の悲願もきっと叶う。なんだかそれは、とても素敵なことのように華子には思えた。

「わたしも全力で頑張ります！」

敬之は「うんうん」と頷いて、かなり満足そうな笑みを浮かべている。

「頼もしいじゃないか。華子さんの研究成果は私も見せてもらったよ。おまえがそこまで言えるお嬢さんを見付けることができたのは僥倖だ。――華子さん、透真と赤坂堂をよろしく頼みます」

テーブルの上に両手を突いて、敬之が深々と頭を下げてくる。それに慌てて、華子はテーブルに額をぶつけそうな勢いで頭を下げた。

「そ、そんな！　こっ、こちらこそ、よろしくお願いします！」

「初々しい方だな。今度、うちの家内にも会ってやってください。華子さんのご両親にも挨拶させていただきたいし、正式な日取りを決めてちゃんと結納も交わさなければ。透真、おまえ、華子さんのご両親にちゃんと挨拶しておけよ。もう一緒に住んでるんだろう？」

「わかってる。近々挨拶に行く予定だから」

透真に同棲の提案をされた翌日、華子は実家に連絡して、彼のことを話した。華子に結婚の催促をしていた母親はもちろん大歓迎で、今週末には透真と一緒に挨拶に行く予定になっている。

「うむ、ならいい。ああ、そうだ来月うちの創立七十周年記念パーティーがあるだろう？　華子さんにも出席してもらったらどうだ？　取引先も多く参列してくださる。華子さんを婚約者として皆さんに紹介したらいいじゃないか」

（えぇっ！）

華子は内心ギョッとしたのだが、透真は顎に手を当てて「ふむ……」と考えている。

その顔が父親とまるで同じだ。

「……そうだな。ハナにもああいう場に慣れてもらわないといけないしな。いいかもしれない」

「決まりだな」

（ええ――……。わたしの参加、今ので決まっちゃったんですか？）

ちったぁこっちの意思を聞いてくれよと思いはしたものの、これはおそらく歓迎されているからこそなのだろう。そうでなければ、創立記念パーティーに出席なんて話にはならないだろうから。

「おっと！　もうこんな時間か！　ふたりとも、私はこれで失礼するよ。次の予定があるのでね」

洒落（しゃれ）た腕時計に目をやって、敬之が徐（おもむろ）に立ち上がる。遅れて華子も立ち上がった。

「あ……、あの、お時間取っていただいてありがとうございました」

腰を折って頭を下げると、ふっと優しい笑い声が聞こえる。顔を上げると、透真とそっくりな左右対称顔が目を細めてこちらを見ていた。

「いや。会えてよかったよ。では、また」

そう言い残して、敬之は颯爽（さっそう）と店を出ていった。あの人もおそらく、若い頃は透真のようだったに違いない。いや、透真がこれから敬之のようになるのか？

「ふぅ…………」

ぽすんと透真の隣に腰を下ろすと、彼が顔を覗（のぞ）き込んでくる。

「疲れた？」

「というより、緊張しましたです」

いくら周りの目を気にしない華子でも、相手が透真の親となると話は違う。更に、自社の社長ともなればまた違った種類の緊張まで加わるのだ。反対されれば、透真との結婚の話もなくなるだろうし、赤坂堂で働き続けることも難しくなるかもしれないのだから。

「尊敬する教授を前に研究成果を発表したときと同じくらい緊張しました」

「ははは。ごめん、ごめん。お疲れ様。なんか食べるか？」

ここには軽食もあるからと、透真がメニューを差し出してくる。それを受け取りながら、華子は小さくぼやいた。

「わたし、パーティーに出るんですか？　なにを着ればいいのかわかりません。優里亜さんに相談して、選んでもらおうかなぁ」

優里亜もいいところのお嬢さんだし、こういうパーティーに参加したこともあるはずだ。この間、服を選んでもらったときのように、彼女に頼もう――

「駄目(だめ)だ。華子の服は俺が選ぶ」

「えっ？」

突然の透真の宣言にきょとんとしてしまう。この間の優里亜とのデートが楽しかったから、彼女とまたデートをする口実ができたくらいに考えていた華子とは対象的に、彼はぶつぶつと口の中でなにかを呟くのだ。

「……他の奴に選ばせなくったっていいじゃないか……」

そのぶっきらぼうな声が、彼の不服を如実に物語っている。その透真らしからぬ狭量さに驚いていると、彼は華子のほうを横目でチラリと見て視線をメニューに戻し、自分の首の後ろに手をやった。

「西園寺のお嬢さんと出掛けるってことは、俺とハナの時間が減るってことだろうが……」

「あ、ああ……なるほど……」

つまり彼は寂しいのか。

（ふふふ。可愛い人ですねぇ）

思わず頬が緩んでしまう。透真と一緒に暮らしてひと月になるが、この人はずっと華子と一緒にいたがる。どうやら寂しがり屋らしい。華子が論文を読んでいるときも、隣に来てスマートフォンのニュースサイトを見たり、華子の膝を枕代わりにしたりして、とにかくぺったりとくっついて離れない。

『なに読んでる？』

『今月、アメリカで発表された新しい論文です。人工皮膚に関する』

『へぇ。ハナもやりたいのか？　人工皮膚』

『やりたいかも～。予算出してくれます？』

『そうきたか。考えとく』

華子の髪を自分の指に絡めながら、笑う透真はいつも優しい。

同じ話ができる。自分の関心事に彼も関心を持ってくれる。そして、側に居てくれる。

彼との距離が段々と近くなっていくことが、華子は不思議といやではなかった。

集中しているところを邪魔されるのは好きじゃなかったはずなのに。ずっとひとりでも苦にならならなかったはずなのに。この人と一緒にいるのはいやじゃない。むしろどこかホッとする――

「わかりました。透真さんが選んでください」

そう言って華子が微笑むと、また透真の視線がチラリと向けられる。その耳の縁がほんのりと赤い。

「おう」

ぶっきらぼうに頷いた彼が、そっと手を握ってくる。触れられた手のぬくもりがなんだか優しい。この人が嬉しそうに笑うのが、華子は嬉しかった。

「それでは皆さんご一緒に、せーの！　ヨイショ！」

一列に並べられた三つの酒樽目掛けて、一斉に木槌が振り下ろされる。

◆　◇　◆

十月の半ばの祝日。海岸沿いのとあるホテルの宴会場で、赤坂堂の創立七十周年記念パーティーが開かれていた。実際の創立日は翌日なのだが、翌日は創立記念日として赤坂堂は全社員が休みとなる。

このパーティーに招かれているのは、赤坂堂の取引先企業の重役クラスと、その奥様やパートナーだ。招待状を送ったのは百社だが、一社に付き、二、三人ずつ来ているから、この会場には三百人以上の人がいる。賑やかと言うよりは、華やかな社交場といった雰囲気だ。

完全立食式で、社長の挨拶のあとに鏡開きを行ってからは、皆、歓談と言う名の営業に夢中だ。ちなみに、今日のパーティーへの参加者には、後ほどお土産として、華子開発の次世代型ハイドロキノンαを有効成分とした化粧水『KRESKO』や、各種サンプル類が配られることになっている。

光沢あるドレープが特徴的な濃いグレーのドレスを着せられた華子は、透真の隣でもうガチガチになっていた。むろん、このドレスを選んだのは透真だ。しかもさり気なく彼のネクタイと同じ素材、同じ色である。こういうのもペアルックと言うのだろうか？　髪なんか、朝から美容室でセットされてしまった。美容室の予約をしたのも、髪型を決めたのも透真である。メイクだけは自分でしたが、もちろん眼鏡ではなくコンタクト着用。

（うっ、腸の蠕動運動が通常の二倍近く活発になっている気がします……発汗もありますし、自律神経の乱れが。このままではピーピーのピー……）

ようするに緊張でお腹が痛いわけである。会場の壁にはズラリと花輪が並んでいるし、知らない人ばかりだし、手汗はかくし、キラキラと光る高そうなシャンデリアはやたらと眩しい。ドレスアップした華子を、透真は「似合うよ。すごく綺麗だ」と手放しで褒めてくれたが、これは馬子にも衣装というやつだろう。場違い感が半端ないのだ。

パーティーがはじまる前に、透真の両親に挨拶させてもらった。初めて会った彼の母親は、とても小柄で可愛らしい人だった。たぶん、好意的に受け入れてもらえたのだと思う。これからの話にもなったが、透真の父親である敬之が多忙な人だから、彼のスケジュールに合わせて両家の顔合わせや結納をすることになりそうだ。もうこの段階から華子の緊張はマックスである。

（ううう、今のうちにちょっとお手洗いに――）

「やぁやぁ、透真くん！　えらい立派になったなぁ！　今日はほんまおめでとうさんやでぇ」

「ご無沙汰しております、高杉社長！　ありがとうございます！」

頭皮の毛根が死滅した小太りの中年男性が両手を広げて近付いてきたのを、透真が笑顔で応対する。ずいぶんと親し気な様子だ。

（あれは高杉社長……タカスギＨＤの社長さんですね）

前もって透真から渡された招待客のリストにあった名前を思い出す。

タカスギＨＤは、全国展開しているドラッグストア、タカスギ薬局の経営母体グループだ。特に関西圏でのシェアはナンバー1。赤坂堂は数年前からここと、商品の協同開発を手掛けている。重要な取引先だ。

高杉社長は透真の肩をバシバシと叩きながら、その恵比寿顔を華子に向けた。

「ほんでぇ？　こっちのお嬢さんはどちらさんや？」

自分の話になって緊張が高まる。レストルームに行くどころじゃない。

透真は華子の腰に手をやると、どこか誇らしそうに華子を紹介した。

「山田華子です。うちの研究者で……実は彼女と結婚を考えています」

「おお！　透真くん結婚するんかいな！」

高杉社長の声が大きいから、他の来客らの視線まで集まってきた気がする。しかし、ここで透真に恥をかかせてなるものかと、華子は思いっきり猫を被ってたおやかな笑みを浮かべてみせた。

「初めてお目にかかります。山田華子と申します。どうぞよろしくお願いします」

微笑んで礼儀正しく頭を下げる。すると、高杉社長は恵比寿顔をくしゃくしゃにして、その太ったお腹を揺らした。

「えらいべっぴんさんやのう。山田さんのお父さんはなにしてはるんでっか？」

「父は医者をしております」

「お医者はん！　そらすごいわ！」

なるほど。ここでは本人以外にも、親の肩書きが重要なのか。研究畑でも二世や出身大学の派閥などは普通にあったし、ある意味、似ているのかもしれない。ちょっと苦手な世界である。まぁ、華子の場合は、人付き合いそのものが得意ではないのだが。

華子がとりあえずニコニコとしていると、透真が間に入ってくれた。

「彼女が開発した新しい基礎化粧品があるんです。『KRESKO』っていうんですけれどね。赤坂堂が全力で推す商品です。タカスギ薬局さんにもぜひ置いていただきたくて。お土産にサンプルも用意していますからご検討ください」

「検討なんかいらんいらん。赤坂堂さんの商品なら当然ウチでも置かしてもらいますわ」

さすがに透真は抜け目ない。記念パーティーでも販路確保に余念がないようだ。

透真が『KRESKO』の商品説明をしているうちに、新たな招待客が到着した。

「華子さん！」

呼ばれてそちらを見ると、優里亜が「やっと見つけましたわ」と、きゃぴきゃぴとした笑顔で駆け寄ってきた。

「優里亜さん！」

飛び付いてきた彼女を抱きとめた。ピンク色の華やかなワンピースを着ている。腰の高い位置で結んだリボンがいいアクセントだ。優里亜は天真爛漫な笑顔で華子に向かって微笑んだ。

「この間、華子さんがパーティーに出席されると仰っていたので、私も父に頼んで出席させてもらうことにしましたの。華子さんと会いたかったから」

実は華子と優里亜は、ちょくちょくSNSアプリでメッセージのやり取りをしている。今回のパーティーのことも、華子は優里亜に話していた。パーティーなんて洒落たものに出席したことのない華子は、「緊張します」とメッセージを送っていたのだ。

（きっと、わたしを心配して来てくれたんですね。優里亜さん、いい人です！）

有り難くて感激してしまう。透真しか知り合いがいない中で、とても緊張していたのだ。優里亜もいるなら心強い。

「わたしもお会いできて嬉しいです」

心からそう言うと、優里亜は照れくさそうに笑った。

「実は私、華子さんにご紹介したい方達がいるの。ほら、向こうに」

そう言った優里亜の視線の先には、彼女とそう年の変わらない女の子達が三人いる。全員、知らない子達だ。

「右から、アミネモールの社長令嬢と、森銀行の頭取令嬢、それから大江戸リゾート社長令嬢ですわ。皆さん私のお友達なんですけれど、ほら私、華子さんにスキンケアを教えていただいてからお肌の調子がいいでしょう？　皆さんに羨ましがられちゃって。華子さんにアドバイスしていただいたのよとお話ししたら、ぜひ紹介してほしいって頼まれてしまったの。皆さん、スキンケアでお悩みがあるんですって。華子さん、皆さんのご相談に乗ってもらえない？」

アミネモールは大型ショッピングモールで赤坂堂が出店しているし、森銀行は赤坂堂のメインバンク、大江戸リゾートはこの宴会を催しているホテルの母体で、系列ホテルのアメニティを全て赤坂堂から仕入れてくれている。どこの企業も赤坂堂にとっては大切な取引先だ。もちろん、このパーティーの招待客リストに載っている。どうやら優里亜の呼びかけで、ご令嬢達が集まったらしい。

「そうなんですか。わたしでよければ。あ、でも――」

寂しがり屋の透真がなんと言うか。チラリと視線を向けると、透真と話していた高杉社長が朗らかに笑った。

「かまへん、かまへん。女同士楽しくお喋りしたらええ。男は男の話がありまっからな。な！　透真くん！」

透真よりも先に高杉社長がそう言うものだから、透真が完全に棒読みで「はははは」と笑っているものの、目が笑っていない。

「あとで迎えに行く」と、透真がそっと耳打ちしてくれる。

それに気付いているのかいないのか、優里亜が華子の手を引いた。

「透真さん。華子さんをお借りしますわ！　――行きましょ、華子さん」

「あ、はい」

優里亜に引っ張られて、ご令嬢達の前に押し出された。

「皆さん、こちらが透真さんのご婚約者、華子さんですわ」

「あ、結納(ゆいのう)はまだなので嫁候補くらいです」

律義(りちぎ)に訂正したのを優里亜に笑われる。ご令嬢達はひとりずつ丁寧に挨拶(あいさつ)してくれた。

皆、美人だ。来客は男性が多いのに、ここだけパッと華やいでいる。

「優里亜さんから聞いていましたけれど、華子さんって本当にお肌が綺麗(きれい)でいらっしゃるわ。ずっとお話しさせていただきたいと思ってましたのよ」

（えっ！　わたしなんかとですか⁉）

美人から好意的な笑顔を向けられて、ちょっとドキドキしてしまった。

「華子さんはすっぴんでもつるつる温泉玉子肌よ。私のお手本ね」だなんて優里亜が言うものだから、「やっぱり特別なケアを？」「パックは週何回？」「サプリメントは飲んでる？」「睡眠時間は？」と矢継ぎ早に質問攻めにされて、もうタジタジだ。

　さすがに優里亜の友達なだけはあって、皆、美容への関心はかなり高いらしい。普段、女性と話す機会がないので、若い女の子独特のテンションに華子は押され気味だ。しかし、このご令嬢達が赤坂堂の商品を使ってくれたら、彼女達の知り合いにも爆発的に広まるに違いない。

（こ、これは、次世代型ハイドロキノンαちゃんをアピールするチャンスなのでは？）

　華子はここぞとばかりに、自分の自信作を推した。

「今日のお土産に、『KRESKO』という来週発売開始される化粧水をお配りするんですけれど、この『KRESKO』の有効成分はわたしが開発したもので、とても美白効果が高くなっています。これはかなりの自信作なんです」

「華子さんが前に仰っていた化粧水ね！　私ずっと発売を待っていたのよ～！　発売より先に手に入るのね！」

「そうなの？　私この夏に日焼けしちゃったんですけど、白くなれるかしら？」

「もう、ぜひお使いになってください。『KRESKO』は既にできてしまったメラニン色素にも直接作用しますから」

ファッションは駄目駄目(だめ)な華子でも、美容関係なら自分のフィールドなので得意だ。開発者目線の蘊蓄(うんちく)も盛り込んで、優里亜に教えたスキンケアのやり方や、化粧品の効果的な利用方法を説明する。すると、「わかりやすい！」とか「初めて知った！」なんて感想ももらえて、ちょっと嬉しい。

そのとき、華子の背中に誰かがドンとぶつかってきた。

「きゃ！」

「おっと！　失礼！」

驚きながら振り返ると、スーツ姿の男の人に謝られる。どうやら互いに背中がぶつかったらしい。

「申し訳ない。大丈夫ですか？」

「はい、大丈夫です――」

そう言おうとした華子の目が、一瞬で見開かれた。

「新沼(にいぬま)教授じゃありませんか⁉」

「そうですが……。失礼、どちら様でしたかな？」

歳は六十後半。背が高くて、目元の笑い皺(じわ)が印象的な彼に目が釘付けになる。華子はかつて大学院時代に、彼、新沼教授の下で助手として、高分子化学(こうぶんしかがく)の研究をしていたのだ。彼は日本国内で、ノーベル化学賞に最も近いと言われている御仁(ごじん)だ。天才の中の天才で、華子は新沼教授に憧れて、高分子化学を志したと言ってもいい。彼の論文は全部読んでいるし、彼が所属している高分子化学の学術団体にも華子は所属している。彼の講演会はどんなに遠方でも欠かさず出席しているくらいの熱狂的な新沼ファンだ。いや、崇拝していると言ってもいい。

「Ｔ大でお世話になりました山田華子です！」

「山田くん？　あの山田華子くんかね？」

新沼教授が両手で丸を作って目に当てる。たぶん眼鏡の印象が強かったのだろう。華子も両手で丸を作って眼鏡のように自分の目に当てた。

「はい！　その山田華子です！　覚えていてくださったんですか？」

「優秀な君を忘れるわけないじゃないか！」

助手として使ってもらった時期もあるが、華子なんてたくさんいたゼミ生のうちのひとりにすぎない。彼の周りに優秀な人材は山ほどいるし、しかも卒業してから二年も経っている。とっくに忘れられていると思っていたのに、尊敬する人の記憶に自分が残っていたなんて！　こんな嬉しいことはない。ちょっと本気で泣きそうだ。

感激していると、高杉社長との話を終えたらしい透真が近付いてきた。約束通り迎えに来てくれたようだ。

「ハナ？　お知り合いか？」

「はい！　こちらはT大の新沼教授です。教授にはいろいろ教えていただいて！　新沼教授はわたしの憧れの人で、本当に尊敬していて……。あれ？　でもどうして教授がここに？」

　彼は大学で教鞭を執っているはずでは？

　華子が首を傾げると、新沼教授は目元の笑い皺を更に深くした。

「実は今年から、株式会社フォルスの役員も兼ねることになってね。ご挨拶に伺ったのだよ」

「そうだったんですか！　おめでとうございます」

「役員と言っても、アドバイザーみたいな役回りだけどね」

　招待客のリストによると、株式会社フォルスはＯＥＭ専門の企業だ。赤坂堂は自社の一部プチプラコスメにおいて、フォルスに業務を委託しようとしている。その繋がりで、新沼教授は今日のパーティーに出席したらしい。

「フォルスの新沼教授でしたか。はじめまして、私は赤坂堂チーフ・ストラテジー・オフィサーを務めます、赤坂透真です。お噂はかねがね……これからどうぞよろしくお願いします」

　完全に営業モードの透真が右手を差し出す。その手を握りながら、新沼教授が目を細めた。

「おお！　赤坂堂の！　向こうにフォルスの代表もいますから、ぜひご紹介させてください」

新沼教授が自分の会社の代表に会わせようと透真を連れていく。

（ああ――……もっと教授とお話したかったのに……）

がっかりしてしまうが態度には出せない。華子は待たせていた優里亜達を振り返った。

「ごめんなさい。昔、お世話になった方がいらしたんです」

「いいのよ、気にしないで。ね、華子さん、この間、お勧めしてもらった――」

優里亜達の話を「うんうん」と聞きながら、華子の視線はチラチラと教授のほうに向いていた。

二時間にわたるパーティーが終わって、会場の出口で来客ひとりひとりに赤坂堂の社員達がお土産（みやげ）を配る。挨拶する赤坂堂の社長の横に夫人が並び、そして透真、華子と続く。華子としては違和感しかないのだが、透真の婚約者と紹介されているのでこの位置でいいらしい。

（まだ、正式な結納（ゆいのう）とかしてないいんですけどね……）

そこに、株式会社フォルスの重役達と一緒に、新沼教授が挨拶に来てくれた。

「今日はありがとうございました」

「こちらこそ、今後ともよろしくお願いします」

社長同士が決まりきった挨拶を交わしている後ろを通りすぎて、新沼教授が華子に近付いてきた。

「山田くん、元気そうでなによりだよ」

「ありがとうございます。教授。わたしもお会いできて嬉しかったです。お土産の中に、来週新発売の『KRESKO』という化粧水が入っているんですが、その有効成分はわたしが開発したものなんです。次世代型ハイドロキノンαといって、教授にぜひ見ていただきたくて、あの、論文もあるんですけれど……あの、わたしの研究の集大成で、あの、わたし――」

尊敬する恩師に久しぶりに会った興奮と、恩師が未だに自分を覚えていてくれた感動で、言葉がうまく出てこない。それどころかなぜか涙が出てきた。

本当は新沼教授の下でずっと研究していたかった――そんな自分の気持ちが涙になってあふれてきたみたいだ。

新沼教授は小さく笑って、華子に名刺を一枚くれた。

「君の論文はいつも素晴らしかった。大学を離れてもこうして君が研究者であり続けてくれたことが僕は嬉しいよ。論文があるなら、このプライベートアドレスに送りなさい。読ませていただくよ」

「あ、ありがとうございます！」

もうそれだけしか言葉が出てこない。グズッと鼻を啜る華子の頭を新沼教授がポンポンと優しく撫でてくれる。華子は何度も何度も頭を下げて、尊敬する教授を見送った。

◆　◇　◆

「ああ！　どうしましょう！　どうしましょう！　新沼教授に論文を読んでもらえるなんて！」

貰ったばかりの新沼教授の名刺を両手に持った華子は、透真のマンションの玄関で、深い感激のため息をついた。まさか赤坂堂の七十周年記念パーティーで恩師と再会するなんて思ってもみなかった。しかも覚えていてもらえたなんて、研究者冥利に尽きる。

「まだ信じられないです」

華子が感極まった胸の内を吐露すると、荷物をリビングに運んでいた透真がチラッとこちらを見た。

「もしかして、ハナが時々言っていた、〝尊敬する教授〟って、新沼教授のこと？」

「あっ、わかります？」

彼に続いてリビングに入った華子は、少し照れた気分で頷いてみせた。

「新沼教授は高分子化学のパイオニアです。本物の天才です。わたしは新沼教授の論文も本も全部読んでいますし、教授の公開セミナーは未だに欠かさず聴講させていただいています。教授が参加される学会も全部参加してますよ」

基本中の基本だと言いながらも、内心、ここまでやっている研究者は自分以外にいるまいという自負がある。この新沼教授の名刺は、彼の信奉者なら皆、喉から手が出るほど欲しいものだろう。早速、スマートフォンのアドレス帳に登録する。

「なぁ、もしかして、前に地方のセミナーに参加するから俺と会えないって言ってたやつも？」

「はい。新沼教授の公開セミナーです。教授の講義は本当に素晴らしくて！　なにを置いても行かなくちゃですから。――あ、教授に送る論文は、赤坂堂のサイトで研究開発されている分なので、ご心配なくです」

名刺とスマートフォンの画面と交互に見比べながら、懸命にアドレスを登録していると、手からサッと名刺が抜き取られた。

「？」

不思議に思って顔を上げれば、目の前に無表情の透真がいる。彼が新沼教授の名刺を取り上げたのはすぐにわかった。貴重な新沼教授の名刺だから、彼も登録したいのかもしれない。気持ちはわかるが、これは華子が貰ったものだ。

「まだ登録途中なので、返してください」

メールアドレスが長くて、入力に時間がかかるのだ。華子が手を差し出すと、透真はそれを無視して、華子の胸をトンと押した。

「きゃぁ！」

思いの外強い力で押されてバランスを崩し、背後にあったソファにボスンと尻もちを突くように座った。不思議な気持ちで透真を見上げる。すると、次の瞬間には荒々しく唇を塞がれていた。

「ンッ⁉」

噛みつくようなキスに驚いて目を見開く。ぎゅっと両肩が掴まれてソファの背凭れに背中を押し付けられ、その痛みに眉を顰めた。

「透真さん？」

突然、どうしたというのだろう？　困惑しながら呼びかけても、彼は答えてくれない。それどころか、スカートの中に無言で手を入れてきた。

「と、透真さん！　あの！」

太腿を覆うストッキングを毟るように引っ張られて、困惑が焦りに変わる。パンストがずり下げられて慌ててスカートの上から押さえたのだが、逆に身体を横倒しにされてしまった。ソファの座面に肩が付く。と、今度は腰を反転させせられる。華子は気が付くと、床に膝を折った状態で、ソファの座面に腹這いにさせられていた。

　四つん這いに近い格好になった華子を後ろから抱きしめる形で、透真がキスしてくる。その力が強すぎて苦しい。パンストが中途半端に下げられているので、脚が思うように動かせない。そんな状態で強引に舌を差し込まれ、呼吸が乱れた。

「な、どうし、んんっ！　と、うま——」

　いつもは華子を蕩けさせてくれるキスが、今は違う。後ろからのし掛かるように強引に押さえつけられる。どうして彼はこんなに強くキスをしてくるのだろう？　華子は逃げないのに。混乱する華子の耳に、カチャンと小さく金属音がした。

「華子は俺のものだろ？」

「え？」

　目を開けると、そこにいるのは透真なのに、彼は華子の知らない目をしていた。瞳の奥で赤い思念が渦巻いている。表情は硬く強張っていて、『発情した』と、照れながら笑うあの人と同じ人とはとても思えない。

（なんで？）

　思考は理由を求めるが、答えは与えられない。スカートが捲られ、ショーツが力任せに引っ張られる。花弁が割り広げられ、前戯もされていない蜜口に、剥き出しの鈴口をぐっと押し充てられる。そこまでされて、やっと身体に緊張が走った。

（えっ⁉　まさか！）

「アアアッ――――！」

強引に身体の中に屹立をねじ込まれ、その摩擦熱に悲鳴を上げる。華子はソファに崩れ落ちて、目を見開いたまま固まった。獣が交尾するような姿で挿れられて、頭の中が一瞬で真っ白になる。初めて後ろから挿れられた。

乱暴に押し倒されても、荒くキスをされても、華子は透真がこんなことをするとは微塵も思っていなかったのだ。

透真は背中を包み込むように華子を抱いて、奥まで打ち込んだ杭を、ぐっぐっと上下に揺すってきた。透真の肉棒が異様に熱いせいで、その太さや形までが鮮明にわかる。いつもより硬いかもしれない。鈴口と張り出した雁首で奥を抉られて、その摩擦熱に眉を寄せる。でも次に揺すられたときには、「くちゃ……」っと明らかに濡れた音がした。

「〜〜〜っ！」

それが恥ずかしくて、一気に顔に熱が上がった。

透真はドレスの襟首を引き伸ばし、乳房をあふれさせる。そうして首筋に吸い付きながら、囁いてきた。

「ああ、もう濡れてきた。ハナはエロいな。奥からぐちょぐちょになってくる」

ちゅっちゅっと唇を肌に触れさせ、乳房に指を食い込ませながら腰を揺すられる。内側からゾクゾクしてたまらない。媚肉が擦られ広げられているのがわかる。

華子は恐る恐る透真を振り返った。

「どうしてこんな……急に……」

「ハナが悪い」

透真は短くそう言うと、ぐっと腰を挿れて子宮口を突き上げてきた。言われたことがうまく呑み込めない。だって、華子は悪いことなんてなにもしていない。

「え？　んっ！　ああっ！」

急にガツガツと出し挿れされて、媚肉が強く擦れてぶわっと愛液があふれてくる。透真が突き上げるたびに、いやらしい濡音が大きくなってきた。

「待って！　待ってください！　ああっ、お、奥は……ああっ！　深いっ、そこだめぇ！　ひううう、透真さん……透真さん……ふかぃ……もぉ、はいらない、から……むり、です……こんな奥は……待って、んっ！　ああっ！」

どんなに懇願しても、透真は狙ったように子宮口を突き上げてくる。しかも執拗に。

苦しい。苦しくて熱い。でも、こんなに力任せで強引なセックスをされているのに、身体が奥からびしょびしょに濡れて火照ってくる――

（うそ……なんで気持ちいいんですかぁ……？）

彼と同棲するようになったこのひと月余り、頻繁に彼に抱かれていたせいだろうか？いつもと違う体位だからなのか？　それとも粘膜と粘膜が直接擦れ合っているからなのか？　異様に気持ちいい。透真はいつも避妊してくれていたのに、今は華子を欲望のままに抱いてくる。

「透真さん……透真さん、とうまさん、とうまさん……どうして……？」

なぜだかわからないが、透真は怒っている？

彼は一層強く華子の身体を抱きしめると、繋がった処の直ぐ上に息づく蕾に手を伸ばしてきた。

「はぁうっ⁉」

奥を突き上げられながら、三本の指で蕾を撫で回されて頭の中が白く弾けるのと同時に、媚肉がぎゅっぎゅっと締まる。締まった膣肉を、硬い肉棒で擦り回されてしまう。

そして包皮を剥かれ、ツンと尖った肉芽が集中的に嬲られた。

熱い張りを出し挿れされるたびに、じゅぼじゅぼといやらしい音が響く。華子の身体を知り尽くしている透真に、快感で征服されているみたいだ。好い処ばかりを侵されて、膣肉だけでなく全身がビクビクと痙攣する。

「ああ、おく、奥当たってああ……そこだめ、いじっちゃ、だめです……んっ！」

こんなの気持ちよすぎる。

床に膝を突いた状態でソファに突っ伏し、バックから出し挿れされる。動けない。身体の中に強引に入ってくる透真を拒絶できない。いけないことなのに。自分の身体が好き放題に侵されているのにいやじゃない。それどころかいつも以上に気持ちいい。この暴力的なセックスを悦(よろこ)んで受け入れている女の身体があるのだ。もっと挿(い)れてほしいと、あそこが疼(うず)く。

　これは、いつものコミュニケーションとしてのセックスとは違う。女として求められることに、身体が反応している？　これが本能？

「んっ、んんん～はぁあぅ～～、らめ――……あぁぅ～～～」

　あそこがだらだらと愛液を滴(したた)らせながら、彼のものを嬉しそうにしゃぶってしまう。ヒクヒク、ヒクヒクと、絶え間なく膣肉が蠕動(ぜんどう)して透真を離さない。もっと挿れられたい。奥までたっぷり突いてほしい。彼に侵(おか)されたい。強引な行為に心は困惑(こんわく)しているはずなのに、身体は熱く火照(ほて)っていく。このまま中に射精(だ)されてしまっても、きっと身体は悦んで受け入れてしまうだろう。気持ちよすぎて女の本能に抗(あらが)えない。

「はぁん！　ぃあ！　ああっ！　ううう……あぁん、ひぃ……！　ああっ！」

「くっ！　なんて締めつけだ……中に出ちまう」

　透真は愛液だらけの蜜壷から、じゅぽっと漲(みなぎ)りを引き抜いて華子の腰を反転させ、今度は正面から中に入ってきた。濡れすぎて、なんの引っかかりもなく一気に奥まで挿れられてしまう。

　透真はじゅぽじゅぽと出し挿れを繰り返しつつ、右手の親指で蕾(つぼみ)をいじりながら、残りの四本の指で臍の下辺りを軽く押してきた。そんなことをされたら、彼のものがより強く膣肉に擦れてしまう。

「アアッ!!」

強制的な快感で、目の前に火花が散る。

気持ちよすぎて頭が真っ白になっていく。なにも考えられない。指一本動かせない。自分の意思では動かせないはずの身体なのに、はしたなく脚を開いて透真を受けとめる。ソファの座面に背中を預け、蕩けた蜜壺を荒々しく掻きまぜられながら、更に悦びの快液を滴らせた。蜜路だけは絶え間なくヒクつき蠕動して、透真のものを離さない。

快液がだらだらとはしたなく漏れて、彼の抽送をより激しくする。

透真に女にされた身体は従順だ。この人の全てを受け入れてしまう。

彼は怖いくらいに目をギラつかせ、獣のように腰を振りたくる。荒く息を吐きながら、乳房を鷲掴みにして、押し出された乳首を吸ってきた。

じゅっと強く吸い上げられ、ますます膣が締まる。そこにぐっぐっと下腹を押されて、肉棒の形、雁首の形がわかるほど、強く擦り付けられていく。

「あああああ――――!」

「……俺の女だ……」

彼は華子の身体を中も外も余すことなく堪能して、味わい、貪る。乳首だけでなく、鎖骨（さこつ）にも首にも唇にもキスされた。自分の中で彼が暴れている。めちゃくちゃにされているのに、受け入れたいのはこの人が透真だから。

（……とうまさん……）

脱力した華子が目を閉じると、透真がぎゅっと抱き付いてくる。熱い彼の身体に抱きしめられながら意識が飛ぶ寸前、華子は確かに彼の声を聞いた。

『赤坂さん。山田くんとは親しいのですか？』

今度、ＯＥＭで業務提携をすることになっている株式会社フォルスの代表とひと通りの話が終わった頃。新沼が、なんとなくそんなことを聞いてきた。この男は高分子化学の世界では大変著名な人物で、彼がいるから赤坂堂はフォルスとＯＥＭ提携を決めたのだ。

『はい。彼女はうちの研究者で、私の婚約者でもあるんです』

営業用の笑顔で微笑むと、教授は驚きの声を上げ、やがて懐かしむように目を細めた。

『そうですか、山田くんが赤坂さんと。それはおめでとうございます。ご存知でしょうが、あの子は天才ですよ。正真正銘のね。あの子が高分子化学の世界を十年は早めましたね。大学に残ってしばらくは僕の助手をしてくれていたんですが、突然、就職をすると言い出して。あのときは片腕をもがれたような気持ちになりました。僕はあの子を自分の後継者にと思っていたのです。しかし、親御さんの意向もあって強くは言えなかった……。今の時代、ポスドクは薄給ですからね。しかしまたこうして彼女に会えるとは、嬉しいものですねぇ。――ここだけの話、僕の名前で発表された研究も、大半はあの子が手伝ってくれたものなんです。あの子が発見した理論もあるのに、あの子は〝自分の名前で出すより、新沼教授の名前で出したほうが注目されます〟なんて言って、全部僕の名前にしたりして。本当のところは、手続きがめんどくさいから自分でやりたくなかっただけなのはわかってるんですけれどね。ほら、あの子は、研究は好きだけど、発表して認めさせたらあとはもう興味をなくしてしまう。天才ゆえの気分屋というか。その辺りは周りがうまく転がしてあげないと、次に進めなくなっちゃうから。でも赤坂さんはそういうのお上手そうだから心配いりませんね』

そう言って茶目っ気たっぷりに笑われて、お行儀よく微笑みながらも、透真は内心で言いようもないほど苛立っていた。

（なんだよソレ……知らねぇよ……）

本当に知らなかったのだ。華子が新沼に師事していたことも、彼女が高分子化学の世界で、それほどまでに高く評価されていたことも、なにも。でも、新沼が言うことに心当たりもある。

　思い返してみれば、彼女は自分が開発した次世代型ハイドロキノンαの利用を直訴までしてきたくせに、商品化にあたって具体的なことはなにも口出ししてこなかった。パッケージデザインや、商品名、キャッチコピーなどについて透真は彼女に幾度となく相談したが、「畑が違いますからね。餅は餅屋です」なんて言って、まともに取り合ってくれなかった。あれは、単純にめんどくさかったのか⁉

　自分の知らない華子を、自分以外の男が知っていることに苛立ちが募る。この六十を超えた老体を男としてライバル視するのもおかしな話だ。華子と身体の関係があったわけでもない。でもそんなことは些細なことに思えるほど、ふたりは信頼し合って、繋がって見えた。

　実際、そうなんだろう。この新沼と華子の繋がりは、大学から大学院時代と六年ほどの期間があるのに対して、透真と華子はたった三ヶ月。

　しかもあろうことか華子は、優里亜達と話しながら、新沼の背中にチラチラと視線を向けていたのだ。あのときの彼女は、透真を見てはいなかった。完全に新沼だけを見ていたのだ。

　決定的だったのは、パーティーが終わったときだっただろう。新沼を前に、華子が突然、涙を流したのだ。

憧れの教授に貰った連絡先を宝物のように握りしめて、頬を紅潮させ、泣きながらも嬉しそうに笑っているそれは、透真の見たことのない彼女の表情だった。

華子はマンションに帰り着いてからも、新沼に対する思いを隠そうともしなかった。いくら憧れているからと言っても論文を読んでもらえるだけでそこまで嬉しいものなのか？　透真にはまったく理解できない。更に不愉快だったのは、華子が今まで「セミナーに行くから」と「学会があるから」と言って出掛けていた全ての予定が、新沼関連だったことを知ったからだ。それじゃあまるで、自分と会うことより、新沼と会うことを優先されていたみたいじゃないか！　実際そうなんだろう。

（いや、勉強だし、勉強……）

華子が学びに意欲的で、研究熱心なこともわかっている。大学を出てからも自主的に公開セミナーに出るなんて立派じゃないか。本来なら褒めるべきところだろう。華子が一方的に新沼を慕っているだけだったら、ここまで理不尽な思いは抱かなかったかもしれない。でも新沼は華子を覚えていた。新沼にとっても華子は特別な存在だったのだ。

ふたりが互いに再会を喜びあっていることが手に取るようにわかったからこそ、透真は不快で仕方なかった。

新沼と話しているときの華子は、透真に接する彼女とは完全に別人だ。あんなに全身全霊で喜びをあらわす彼女を、透真は知らない。あんな表情を自分は彼女に向けられたことはない。あれこそ、真に恋する女の表情なのではないのか？

透真の胸の奥になにかザラッとしたものが広がった瞬間だった。

真面目で研究一辺倒な彼女は、もしかして恋愛感情と憧れの区別が付いていない？　情緒的な面が育っていないのではないか？　そう思ったとき、華子と付き合っている中で、今まで何度か感じた違和感の正体が見えた気がした。

記憶を遡ってみても、好きだの愛してるだのと言われたことがない。あの素直すぎる華子に、だ。

もしかしたら、華子には透真でないといけない理由などなにもないのではないか。そう言えば、彼女がフタリエコネットに登録した男の条件はなんだったのか。どうして自分がマッチングしたのか、ちょっと考えればわかることじゃないか。彼女は結婚しても研究を続けること——それだけが条件だった。男の見た目も肩書きも年収もなにも気にしていない。

透真は彼女の邪魔をせず、彼女が研究に没頭できる環境を作るのに最適な男として選ばれたにすぎないのだ。赤坂堂を業界一位にするという透真の夢に乗ってくれたのも、そうすることが彼女の研究環境を整えるために一番いいからだ。

自分が愛した彼女の気持ちが、自分には向いていない——そう思ったら、透真の頭の中は真っ白になった。

（ハナ……）

透真が吐き出した射液で太腿を濡らし、乱れた姿で気を失っている華子を見て青ざめる。自分はなんてことをしてしまったのか。

自分にないものを持っている新沼に勝手に嫉妬した挙げ句、彼を慕う華子に当たるなんて最悪じゃないか。華子の声も制止も聞かず、ソファに押し倒して欲望のままに彼女の身体を貪り尽くした。あれは、彼女が自分の女だと確認する行為に他ならなかった。彼女を自分に縛り付けたかったのだ。

透真は今までなんでもうまくやってきた。自分なら卒なくやれると思っていた。なのに今は、自分の気持ちひとつまともに制御できない。自分の中で、彼女への愛だけが大きく膨れ上がって、嫉妬でおかしくなりそうだ。実際おかしくなっているのだろう。華子の笑顔ひとつ、涙ひとつに振り回されている。

初めから気付いていたじゃないか。彼女は普通じゃない。セックスの検証がしたいがために、男に抱かれようとする女が普通なわけがないのだ。

なのにどうして彼女に惹かれた？

見た目にも肩書きにも年収にも靡かない女性をパートナーとして求めたのは、間違いなく透真だ。だから華子を好ましいと思った。彼女なら、誰よりも自分自身を見てくれると思ったのだ。でも真実は、透真の持てるスペックの全てが、華子にとってはじめから無意味で無価値だっただけの話。だから彼女がマッチングした。〝靡かない〟のではなく、〝興味がない〟からマッチングしただなんて、皮肉が効いているじゃないか。華子ほど、わかりやすい人間はいない。彼女は研究さえできればいいのだ。華子は初めからそう言っていたじゃないか。彼女の言葉に嘘なんかない。研究を邪魔しない男なら、誰もが華子の〝理想の男〟になれるのだ。

　華子が本当に魅力を感じるのは、新沼のような知識ある男だ。そんな男は彼以外に存在しないことを知っているから、条件にしないだけ。歯牙にもかけていないのと同じだ。

　華子の研究成果を商売に利用しようとする自分と、自分の肩書きを利用しようとした連中となにが違ったのか。彼女の美しい容姿に惹かれた自分と、かつて自分をアクセサリーのように紹介した女の気持ちはどこが違ったのか。透真には説明できない。

　自分があれほど嫌悪していたことを無意識に、しかも罪悪感なくやっていたのだ。

　華子は透真を愛してなどいないし、そもそも彼女は透真自身に興味がない。彼女がマッチングしたのは条件だけで、透真自身が男として華子を惹き付けたわけではない。はじまりはふたりとも同じだったはずなのに、今や透真だけが華子に惹かれて、溺れている。それに今更気付いたところで、彼女を愛することをやめられない。それどころか、効率よく条件で男を選ぶ機械的な女に、今度は自分を愛するように求めているのだ。なんて滑稽なんだろう！　気付きたくなかった。

「――こんなの、どうしろってんだよ……」

愛の反対は無関心だと言ったのは誰だったか。透真は眠る彼女の頬に触れることさえ怖くなった。

◆　◇　◆

パーティーの翌朝、寝起きの華子がリビングを覗くと、透真がパジャマ姿でいつものようにコーヒーを淹れていた。

彼の朝食は目玉焼きとトースト。それからコーヒーが多い。

独り暮らしのときは食べることのなかった朝食なのだが、透真が自分の分と一緒に華子の分も用意してくれるので、それを囓るのが習慣になりつつある。

「おはようございます」

「おはよ」

声をかけると、ちゃんと返事が返ってくる。そのことに華子はちょっと安心した。

昨日、パーティーが終わって帰宅したあと、彼は華子を荒々しく抱いた。原因はよくわからないが、彼曰く、華子が悪い――らしい。

（心当たりはないんですけれど、わたし、パーティーでなにか失敗しちゃったんでしょ

うか）

昨日は聞く間もなかったのだが……

透真に近付いた華子は、恐る恐る口を開いた。

「あのぉ……透真さん？　昨日、わたし――」

「ごめん」

突然謝られて、きょとんと目を瞬く。すると彼は、視線を微妙に逸らしたまま、また謝ってきた。

「手荒くしてごめん。昨日は俺が悪かった。ハナはなにも悪くない」

昨日はあんなに怒っているふうだったのに、一転してしおらしい態度の彼に、華子は困惑するしかない。一晩経って落ち着いたのだろうか？

透真はダイニングテーブルにトーストと目玉焼き、それからコーヒーをそれぞれひとり分並べた。

「俺、今日出社するから」

「えっ？」

今日は赤坂堂の創立記念日で、会社は休みのはず。出社の予定があるなんて聞いていない。

「やらなきゃならないことがあるんだ。『KRESKO』の発売が間近だから。言うの忘れてた。ごめんな」

「そ、そうですか」

研究室から出ない華子にはわからないが、透真はＣＳＯとして、サプライ計画や物流、品質の改革から戦略立案に関わっているから、新商品のスタート時期が忙しいのは仕方がないことなのかもしれない。

「ハナはゆっくりしてなよ」

そう言い残して、透真はキッチンを出て行った。

（いつもは一緒に食べるのに……）

どこかよそよそしい感じがするのは、昨日のことで彼も気まずいからなのだろうか？　そんなの華子だって同じだ。でも謝ってくれたということは、華子は悪くないのだろう。

確かに強引な行為だったけれど、痛くはなかったし、いやじゃなかった。だって相手は透真だ。むしろ昨日は、変な興奮の仕方をしていたのか、いつも以上に気持ちがよくて、最後のほうは意識を飛ばしてしまったくらいなのだから。

朝、目が覚めた華子は、パジャマ代わりにしている部屋着を着てベッドにいた。身体のべとつきもなかったから、意識のない華子を透真が世話してくれたのだと思う。そんな彼を、華子は怒る気にはなれない。付き合っていれば、そういうこともあるのだと思う。これで仲直りだ。

　華子は朝食の並んだダイニングテーブルについた。用意されたトーストをはむはむと食べながら、ふと、辺りを見回す。

　キッチンと続きになっているリビングにはソファがある。昨日、あそこで彼に抱かれたのだと思うと、妙にドキドキしてきて困った。身体に残る倦怠感と充足がまじった熱は、確かに透真に求められたという証しだ。

（はううう～昨日のはなんかすごくて気持ちよかったです……わたし、強引なのもちょっと好きとか、変態ちっくです……）

　昨日のことを思い出しそうになっている破廉恥な自分に気が付いて、ぽっと頬が熱くなる。誤魔化すようにソファから視線を逸らすと、テーブルの端に小さな紙切れが置かれていることに気が付いた。

（あ！）

　昨日、透真に取り上げられた新沼教授の名刺を見つけて思わず手を伸ばす。まだメールアドレスの登録が終わっていなかったのだ。もしかして透真は、これを返してくれたのだろうか？

（謝ってくれたし、きっとそうですね！　今日は教授に論文を送らなきゃです！）

　ひとりで納得した華子は、新沼教授の名刺を見つめて頬を緩めた。

◆　◇　◆

七十周年記念パーティーから一週間後。今日は『KRESKO』の一般発売日だ。久しぶりの大型商品の発売とあって、営業部の面々は落ち着きがない。透真も表面上は落ち着きを見せながらも、気持ちはどこか逸る。テレビＣＭもバンバン流れているし、駅に大型広告も打った、発売前から複数の雑誌に取り上げられているし、フライングで商品を購入した層や、サンプル使用者からの口コミも上々。今日出ることになっている売上速報の数字にも期待が高まる。

そんな中で、昼食を食べに外に出ようと本社の玄関近くを歩いていた透真は、背後から声をかけられた。

「赤坂さん！」

足をとめて振り返ると、そこにはスーツを着た三人の男がいる。その中で一番年嵩の男が、小粋なパナマハットを軽く持ち上げて会釈してきた。――新沼教授。華子の恩師……いや、それ以上の男だ。

（なんでここにいるんだ……）

そう思いはしたものの、まさか無視するなんてできるはずもなく、透真は営業用の笑顔を貼り付けて、新沼に向き直った。

「新沼教授じゃありませんか。こんにちは。どうされたんですか？」

「こんにちは。今日は御社の商品開発部さんとの打ち合わせでね。本来僕は不要なんですが、山田くんに会えたらと思って付いてきてしまいました」

顔を皺々にして茶目っ気たっぷりに笑う新沼は、まさしく好好爺だ。

新沼が役員を務める株式会社フォルスと赤坂堂は、一部のプチプラコスメにおいて、委託提携することになっている。今日はその打ち合わせだ。自分の担当でなくても、社内のことはだいたい把握している透真だが、さすがに新沼が来ていることまでは知らなかった。

「そうだったんですか。お疲れ様です」

「いえいえ。それで、ちょっとお尋ねしますが、山田くんにはどこに行けば会えますかな？」

にこにことした顔で言われて、地味に腹が立つ。仕事の打ち合わせよりも、華子に会うことが目的だというのが明らかに伝わってくるからだ。しかし、ここで露骨に邪険な態度を取るわけにもいかない。

「彼女は本社ではなく、別棟の研究所勤務です」

「ああ、別棟！　よかった、聞いて。本社の中を探すところでした。早速、行ってみます」

連れの他のふたりにひと言ふた言話した新沼が、パナマハットを被り直す。本社ビルを出ようとする新沼を、透真は思わず呼びとめた。

「待ってください！　もう昼休みに入るので、外に行っているかもしれませんよ！」

新沼と華子を会わせたくない——咄嗟（とっさ）にそんな思考が働いた。

だが新沼は、ゆっくりと透真を振り返ると、嫌味なく朗らかに笑ったのだ。

「大丈夫。外と言っても彼女の場合、コンビニでしょうから、十分も待っていれば戻ってきますよ」

「っ！」

華子のことなんて、おまえよりわかっていると言われた気がして、一気に血が胸に流れ込んできた。

確かにそうなんだろう。華子は透真が食事に誘わなければ、昼食はたいていコンビニで済ませている。最悪はゼリーだ。新沼の言う通り、待っていれば十分ほどで戻ってくるのは確実——

「……教授。私が研究所までご案内しますよ」

奥歯をぐっと噛み締めて、なんとか笑顔でそう言う。透真の心中が穏やかでないことなど知るよしもなく、目の前の好好爺は、「助かります」と、のほほんと笑った。

「今日も暑いですなぁ」

「そうですね」

透真は新沼教授と連れ立って、本社ビルを出た。今年の夏は長い。十月も半ばにさしかかっているというのに、まだ七月の陽気だ。ジリジリと肌が焼け付くのを感じる。木陰を選びながら中庭を横切って研究所に向かっていると、タイミングを見計らったように研究所から華子が出てきた。

「おお！　山田くん！」

「新沼教授⁉」

いつもの白いTシャツの上に白衣を羽織った華子は、新沼を見つけると小走りでやって来た。

「どうしてここに……あ、今日は打ち合わせでもあってこちらに来られたのですか？」

「そうなんだよ。君の顔を見てから帰ろうと思ってね。赤坂さんに案内してもらったんだ」

（嘘つけ。この狸ジジイ！）

株式会社フォルスとの打ち合わせはあったが、そこに新沼は出席する必要はなかった。最初から華子に会いに来たくせによく言う。どうも新沼は油断ならない爺さんのようだ。

透真が警戒を強める一方で、華子は嬉しそうに微笑んだ。

「そうだったんですかぁ〜。お忙しい中、ありがとうございます」

「どうだい。昼食でも一緒に。君が送ってくれた論文の話もしたいしね」

「もう読んでくださったんですか⁉　ありがとうございます！」

華子の顔が破顔と言って差し支えないほど、パアッと明るくなる。それを見た透真の胸は、ズキッと傷んだ。

華子は無邪気で残酷だ。

どうして婚約者の前で、他の男にあんな顔を見せることができるのだろう？　華子に愛されてなどいないのに、彼女を愛することをやめられない自分が惨めになってくる。

「……じゃあ、私はこれで」

「待ってください」

役目は終えたとばかりに透真が背を向けようとすると、新沼に呼びとめられた。

まだなにかあるのだろうか。早く立ち去りたいのに。ふたりが一緒にいるところを——新沼を見る華子を見たくないのに。

透真が足をとめると、新沼が屈託ない笑顔を振り撒いてきた。

「赤坂さんも一緒にどうですか」

「透真さんも一緒に食べましょうよ」

師弟揃って同じことを言う。気は進まないのだし、断ってやろうかとも思ったが、このふたりを一緒にさせておくのも癪な気がして、透真は愛想よく頷いた。

「……では、お言葉に甘えて」

——じゃあ三人でどこに食べに行きましょうかという話になって、華子が提案したのが、透真と華子がよく行く、あのハンバーグ・ステーキ専門店。

　出会った頃から、今でもデートでもよく使うこの店に、新沼教授を連れて行くなんて、思い出を汚されるようで透真はいやだったのだが、華子にはそういう感傷めいたものはないらしい。彼女は単純に自分の食べ慣れた店を言っただけのようだ。あとは近さか。

　店に入ってオーダーを入れる。華子はいつもと同じ黒毛和牛一〇〇％ハンバーグセットだ。もちろんソースはオリジナルで。透真と新沼は日替わりランチを頼んだ。

「山田くん。君が送ってくれた論文はすぐに読んだよ。あまりの感動に、しばらくなにも手につかなくてね。返事もできなかったことを許してほしい」

「そ、そんな！　わたしは新沼教授に読んでもらえただけで嬉しいです！」

「ハイドロキノンのマイナス要素を非常によく殺しているね。プラス要素だけをうまく反応させている。大変だっただろう。商品は、今日発売だったかな？　あれは売れると思うよ」

「ありがとうございます。開発にあたっては、病変細胞と特異的に結合するタンパク質を修復する新沼教授の研究を参考にさせていただいた部分もあって――」

　科学者ふたりの難しい話がはじまった。

　華子が新沼に送った論文は、赤坂堂のサイトで公開されているものだ。赤坂堂の管理下で行われた研究成果は赤坂堂のものだから、特許や著作権は赤坂堂になる。しかし、頭脳は研究者自身であることには変わりない。研究者同士が積極的に交流することで、新しい発見やアイディアが生まれることもあるだろう。だから赤坂堂は商品化された研究成果については、比較的オープンにする企業方針だ。論文を公開しても、特許があるから類似品の製造は二十年はできない。

（楽しそうだな……ハナ。ああ、くそっ！　今日は眼鏡なのに可愛い！）

華子が興奮しているのが、手に取るようにわかる。彼女は向かいに座っている新沼だけを見て、自身の横に座っている透真には目もくれない。でもそんな彼女のイキイキとした眩しい姿に、「やっぱり好きだなぁ」と思うのと同時に、「自分では、この顔をさせてやれないんだろうな」という、微妙に卑屈な思いもよぎる――

華子と付き合いはじめて長くはないが、彼女がどういう人間かはわかっているつもりだ。華子は効率よく男と出会うために、結婚相談所を利用し、最先端のＡＩが相性がいいとマッチングしてくれた透真を選んだだけなのだ。そこに恋愛感情はない。

好きなことに真っ直ぐに突き進む彼女が魅力的で、自分だけが恋に堕ちていく。そして、彼女の突き進む力が強ければ強いほど、振り落とされそうになるのだ。

（はぁ……なんで俺、ここにいるんだろ？）

ふたりの専門的な会話を聞きながら、運ばれてきた日替わりランチを口に入れる。

「――山田くん、また僕と一緒に研究をしないか？」

「はっ？」

どんな話の流れでこうなったのか、まったく聞いていなかったにも拘わらず、新沼の言葉に華子より先に反応したのは、皮肉なことに透真だった。彼女はというと、きょとんとした顔で固まっている。

「今、国から大学への研究予算が削られて、ポスドク達にもまともな給料が払えない。君が就職を決めたときもそうだった。君という優秀な人材を失って初めて、僕は自分が動かないといけないことに気付いたんだよ。僕はフォルスと契約して、協同研究をすることにしたんだ。だから今、僕が主軸になって進めている研究は、フォルスから研究予算を出してもらっている。代わりに僕はフォルスの役員になって、フォルスの作る薬剤や成分、それから作業工程に問題がないことを確認したりアドバイザー的なこともするんだ。もちろん、研究が完成すれば、フォルスにも権利が行く」

話が見えてきた。

確かに株式会社フォルスは、有名な大学教授である新沼を役員にして、新沼の監督を受けている。そのことで、詳しい人間がバックにいるという安心感を買っているのだ。当然、赤坂堂のように業務委託する企業もその辺を見ている。化粧品は肌に直接付けるものだから、安ければいいというわけではない。どういう製造過程で、どういう成分を使っているのか、そしてそれを誰が監督しているのか――赤坂堂が株式会社フォルスと契約を結んだのも、新沼の名前があったからだ。

新沼はフォルスに協同研究の名目で資金援助を受けているから、新沼の研究予算は潤沢ということなのだろう。そこに華子を引き抜きたいと――

「新沼教授……それはちょっと聞き捨てなりません」

透真は笑顔で口を挟んだ。笑顔だが、目が笑っていないのが自分でもわかる。笑えるわけがない。

（このジジイ、俺の目の前でハナをヘッドハンティングしやがった！）

とんだ食わせ者じゃないか。しかも、赤坂堂とフォルスの契約は既に締結されている。赤坂堂が契約解除を申し出たら確実に違約金発生コースだ。それに、もう今期の一部のコスメはフォルスに委託することでスケジュールも全部決定しているから、新沼が気に入らないからと、透真ひとりの感情でフォルスを切るわけにもいかない。新沼はそこまで織り込み済みなのだろう。だからこその、今このタイミング。

「誤解しないでください。別に山田くんをフォルスに引き抜こうっていうんじゃないんです。実際の勤務形態はうちの大学のポスドクですから。赤坂堂さんにも悪い話じゃないと思いますよ？　僕と山田くんが協同研究すれば、日本の高分子化学技術は飛躍的に伸びる。確実にだ。彼女の知識も増える。前にもお話ししましたが、僕は山田くんを自分の後継者にしたいと思っていたほど、彼女の実力を買っているんです。彼女を育ててお返しすれば、人材流失には当たらないでしょう？」

悪びれもしない新沼の態度に腸が煮えくりかえる。最終的には華子を返すと言っても、それがいつになるかはわからないじゃないか。研究に夢中になった華子が、新沼の後継者になる道を選んで赤坂堂に戻ってこない可能性もあるわけで。

「――ハナは赤坂堂の人間です」

「僕は山田くんに話しています」

「っ！」

確かに決めるのは華子だ。彼女の人生を、婚約者だからと横から口出しするわけにはいかないのはわかる。が、華子を横目で見ると、眼鏡の奥の瞳をキラキラと輝かせ、テーブルに身を乗り出しているじゃないか。ダメだ。これは確実に喜んでいる顔だ！

「ま、また、新沼教授のところで研究させてもらえるんですか？」

「そういうこと。どうかな？　ちょっと考えてみてください」

新沼はペーパーナプキンで口を拭うと、テーブルの端に置かれていた伝票を取って席を立った。

「そろそろ行かなくては。ここは僕が出しますよ」

「あ。待ってください。私が――」

伝票を取り返そうと透真も席を立ったが、スルリと躱されてしまった。

「はっはっはっ。若者は年寄りに奢られていなさい。では、よいお返事を期待していますよ」

パナマハットを掲げながら、小粋な笑い声を残して新沼が立ち去っていく。

透真は舌打ちしたい気持ちを押し殺して、ドサッと椅子に座った。

「なんかもう、すごくびっくりしました……。新沼教授に、また声をかけてもらえるなんて。うわあああ……どどどどうしましょう！」

華子の弾む声が耳を抉る。

すぐ隣にいる華子の顔が見られない。見たくない。

新沼に論文を読んでもらえるだけで、泣くほど大喜びしていた華子だ。新沼をどれほど慕って、どれほど尊敬しているかなんて想像に易い。だからこそ、「また一緒に研究しよう」と誘われた彼女が、今、どんな表情をしているかなんて知りたくないのだ。

彼女がどんな判断をするのかも――

「『どうしましょう』って……そんなの、自分で考えろよ……」

ボソッと、小声で漏れたのは本音だったと思う。

どうせ華子が愛しているのは研究なのだ。

一に研究、二に研究。三、四がなくて、五に論文。透真の存在なんかどこにも入っちゃいない。

華子は自分の好きな研究ができればそれでいいのだ。尊敬する新沼教授との研究環境なんて、喉から手が出るほど欲しいに決まっている。そのあと、彼女が赤坂堂に帰ってくる保証はどこにもないのだ。人材流失の点でも痛いが、華子が自分から離れるかもしれないということのほうが、透真にとってはよっぽど恐ろしい。

いくら情緒が育っていない鈍感女の華子でも、尊敬する教授と四六時中一緒にいればどうなるかわからない。自分の中にある彼への尊敬の気持ちが、実は恋愛感情だったことに、いつかは気付くかもしれない。透真がそんな不安を抱くくらいには、華子が新沼を見る目は明らかに他とは違う。

自分は華子の一番にはなれないのだ。なんて残酷な女なんだ。こんなに好きにさせておいて、こっちの気持ちには見向きもしない。研究のことばかり考えて——

自分を愛してくれない彼女と結婚して、本当にいいのだろうか？　しかし今、やっぱり結婚はやめようと言えば、恐ろしいことに華子は「はぁ、そうですか」としか言わない気がするのだ。そして彼女は自分の条件に合う他の男を探そうとするだろう。それがわかるから言えない。彼女を愛しているからこそ言えない。彼女を手放したくない。ただ愛されたいのだ。

「会社に戻る」

そう言って席を立つと、華子がこっちを見上げてくる。が、透真は咄嗟（とっさ）に視線を逸（そ）らした。

彼女はまだ食べ終わっていないから、立つに立てないのだろう。普段なら待ってやれるが、今の気持ちではそれすらも無理だ。

「ハナはゆっくり食べてな」

「はい。透真さんは、今日も帰りが遅いのですか？」

「遅くなるから、先に寝てていい。食事もいらないよ」

「わかりました」

いつもと変わらない返事をする華子を置いて、透真は店を出た。店の外からチラッと視線をやると、黙々（もくもく）とハンバーグを食べている華子が見える。

自分を愛してくれない女を引き留めてなんになる？　彼女には彼女の生き方がある。

「新沼の元へでもどこへでも行って、好きなだけ研究していればいいじゃないか！」という投げやりな気持ちと、「どこにも行かないで俺の側にいてくれ。研究より俺を愛してくれ」という追い縋（すが）る気持ちが自分の中にあって、男として情けなくなる。

「研究と俺、どっちが好き？」だなんて、面倒くさい上に猛烈（もうれつ）にダサい言葉が喉まで出かかるのだ。

自分は本来こんな男じゃなかった。来る者は拒まず、去る者は追わず。女に振り回されることなど、なかったのに――

今はただ、華子が出す答えを聞きたくない。彼女を愛しすぎた自分が、どんな行動をとるかわからないから。

◆　◇　◆

それから二週間後――

『会議で遅くなるから、先に食べて寝てな』

仕事帰りの電車の中で、スマートフォンに表示された透真からのメッセージを見た華子は、少し考えてから『わかりました。お疲れ様です』と返事を送った。

最近の透真は帰りが遅い。先日、『KRESKO』が一般販売されたこともあって、最近は本来休みのはずの土日にも出勤しているのだ。そのせいで、一緒にいる時間が極端に減った。

朝は一緒に彼の車で出勤するから会話はある。けれども、夜が別々なことと、彼の土日出勤が合わさったせいで、顔を合わせている時間は朝の一時間ちょっとだけだ。

電車を降りた華子は、そのまま透真のマンションへと向かった。預かっている合い鍵で部屋に入る。そしてシャワーを浴(あ)びて、いつもの部屋着に着替えた。食事は――

(別に食欲もないですし、今日はゼリーでいっか)

今日は、というか、今日も、なのだが……。透真と付き合うようになって、食事の量が増えた華子だったが、それは彼と一緒にいるときだけだ。ひとりのときの食生活は、以前と変わらない。

研究室にストックしているのと同じブドウ糖入りゼリー飲料をトートバッグから出して、チューッと飲みながらリビングのソファに腰を下ろす。そうして、自前のタブレットで読みかけの論文を開いた。

一ページ、二ページと捲って、手をとめる。目が滑ってちゃんと頭に入ってこない。集中できていないことを自覚つつ、ソファにコロンと横になった。

『KRESKO』の発売日に、会社に新沼教授が来てくれた。

華子の論文を読んでくれた彼が、「また一緒に研究をしないか」と言ってくれたのだ。それは、とても嬉しいお誘いだったのだが、華子は興奮しながらも、その場で即答することができなかった。

研究自体は、もちろん赤坂堂でもできる。赤坂堂には一流の設備が揃っているし、資金もある。ただ、ひとつ不満があるとすれば、華子にアドバイスや指導といったことができるレベルの研究員がいないことだ。畠山所長も阿久津も確かに先輩だが、知識は新沼教授には遠く及ばない。教授の元で研究することが、華子の勉強になることは間違いないのだ。十年ぐらい新沼教授の元で勉強させてもらい、そのあと赤坂堂に貢献するという道も充分（じゅうぶん）ある。

だが、華子が教授の研究を手伝うなら、また大学のポスドクに戻ることになる。

新沼教授は「どうせ最後は赤坂堂に返すのだから、人材流出には当たらないだろう」と言ってくれたが、大切なのはそれを赤坂堂の人達——つまりは、透真や透真の両親がどう思うかだ。

透真と結婚するのだから、自分の一存では決められないというのが華子の考えである。駄目（だめ）だと言われたら……説得するしかない。

ただ、新沼教授の後継者云々（うんぬん）というのは興味がなく、実は在学中に断った経緯がある。教授の後継者となれば教授の席が待っているのだが、研究馬鹿の自分が人材教育に向いていないことなんて、わかりきっていたからだ。それに、教授の後釜に座りたかったのなら、最初から親の説得など聞かず大学でポスドクを続けている。親の意向ももちろんあったが、予算が縮小されつつある大学より、就職したほうが好きな研究を続けられると思ったから就職したのだ。

向いていない大学教授になるよりも、赤坂堂を業界一位にしてみせるという透真の悲願を、彼と一緒に叶（かな）えるほうが楽しそうだ。自分の研究成果を活（い）かして、透真を支えたい。研究に理解ある透真だからこそ、彼の役に立ちたい。

透真と一緒に、これからの赤坂堂をつくっていく——それは、いつの間にか華子の中に自分の夢として根付いていたのだ。

（う～ん……透真さんに、相談したいんですけどねぇ～）

まったくタイミングが掴めない。話を切り出そうとすると、毎度毎度、微妙にはぐらかされてしまうのだ。こんなこと、ひとりで考えても仕方がないのに。彼の意見を聞きたいのに……。

（メッセージでやり取りすれば効率いい気もするんですが……）

でも透真は会って話をしたがるタイプだと思う。初めに「付き合おう」と言ってくれたときがそうだった。それに同棲するようになってからは、テキストメッセージでやり取りはしていない。

論文を読むのをやめた華子は、タブレットで天気予報を開いた。どうやら明日も暑いらしい。今年の夏は天気がおかしくて、例年より暑くて困る。でも不意な日焼けが増えるほど、『KRESKO』のような美白化粧水はよく売れるから、業界的にはいいことなのだろう。

コチコチコチコチ……静かなリビングに時計の秒針の音が響く。

その音に釣られるように、華子は壁の時計に目をやった。二十時を回ろうとしている。

透真はまだ帰ってこない。

昨日も彼は遅かった。物音がしたのは、深夜二時を回っていた気がする。

透真は遅くに帰宅すると、寝室には入ってこずに、このリビングのソファで寝ている。たぶん華子を起こすまいと気を使ってくれているのだろうが、この部屋本来の持ち主である透真がリビングで寝て、居候させてもらっている華子が寝室のベッドで寝るというのはどうにも落ち着かない。

何度かベッドで寝るように言ったのだが、彼は「このソファは大きいから平気だ」と言って聞かない。それがまた、避けられている気分に拍車をかけるのだ。確かにこのソファは大きいし、華子のアパートにある煎餅布団より寝心地はいいのだが……

(……そう言えば、最近セックスしてないです……)

透真の帰りが遅いから必然的にそうなる。いつからしていないんだろうと指折り数えてみたら、赤坂堂の周年記念パーティーのあの夜、このソファで襲われてしまって以来ではないか！　もう三週間もしていないことになる。こんなことは初めてだ！

透真は寂しがり屋だから、土日平日問わずにべったりとくっついて離れない。身体に触れながら話をして、最終的には押し倒されるまでがセットだったのに！　そう言えばキスもしてない？

あれほど頻繁だったセックスがパタリとなくなったことに気が付いて、華子の中に妙な焦りが生まれてきた。

(もももももしかして、セッ、セックスレスというやつでは⁉　結婚前からセックスレ

スですか⁉）

疑問に思ったら即検索だ。指を震わせながら、すぐさまスマートフォンの検索窓に「セックスレス」と打ち込む。

日本性科学会によれば、セックスレスとは、「特殊な事情が認められないにもかかわらず、カップルの合意した性交あるいはセクシャル・コンタクトが一ヶ月以上なく、その後も長期にわたることが予想される場合」と定義されている。この場合の特殊な事情とは、病気や単身赴任などを指すらしい。なるほど、ではまだ三週間しか経っていないので、セックスレスではないのか。

疑問は解決したが、胸のざわつきはまったく収まらない。

（あ、あれです！　別々に寝てるのがいけないんです！　透真さんもベッドで寝るべきです！）

そうしたら、セックスは無理でもキスくらいはしてもらえるかもしれない。それに、少しの時間でもベッドの上で休んだほうが身体にもいいはず。明日の朝、もう一度透真に言ってみよう。

華子は握り拳（こぶし）を作って、静かに決意を固めていた。

◆　◇　◆

「おはようございます」

「おはよ」

　翌朝、仕事着に着替えた華子がリビングを覗(のぞ)くと、透真がパジャマ姿でいつものようにコーヒーを淹(い)れていた。コーヒーの芳ばしい香りが、華子を目覚めさせる。

「昨日も遅かったんですね。何時くらいに帰ってこられたんですか？」

「一時くらいかな」

　透真があくびを噛み殺しながら答える。少し眠そうだ。連日ソファで眠っているから、疲れが取れていないのかもしれない。

「今日は？」

「たぶん同じ」

「大変なんですね」と言いながら、華子は昨日考えていたことを彼に話すことにした。

「あのですね、ちょっと思ったんですが、ここ最近透真さんは帰りが遅いから、リビングで寝てるじゃないですか？　やっぱりそれ、よくな――」

「別に。ソファでだって寝れるよ」

素っ気ない返事が返ってきて、一瞬、言葉に詰まる。透真は焼けたトーストを皿に載せて、「ん」と華子に差し出してきた。テーブルに運んでということだろう。華子がトーストをテーブルに運ぶと、後ろから彼がコーヒーを運んできた。テーブルの上には、もうサラダが用意されている。

「いただきます」と手を合わせる彼に、華子は食い下がった。

「で、でも、身体は休まらないと思うんです。やっぱりちゃんとベッドで――」

「俺は疲れてない。大型の新商品発売前後はいつもこうだよ。ソファで寝落ちするのもしょっちゅうだし、こんなのはよくあることだから、いちいち気にしなくていい。体力はあるほうだから」

透真はトーストを食べながら、ポケットから出したスマートフォンを眺めはじめた。

まったく取り合ってもらえない。もっとズバッと言えばいいのだろうか？

「最近ご無沙汰でございますねぇ！　わたし達、あと一週間でセックスレスの定義に当てはまっちゃいますよ」なーんて――

（言えるわけないでしょぉ!?　わたし、そこまで空気読めなくないですよ!?）

営業を統括するCSOの立場にある透真が、忙しいというのだから忙しいのだろう。

一生懸命働いている彼に、「セックスしたいです」なんて、さすがに言えない。

でもこの忙しさが過ぎれば、透真はまた一緒に帰ってくれるし、一緒に夕食を食べてくれる。リビングで一緒に話をして、一緒にくつろいで——そして、また前みたいにキスして、情熱的に求めて、抱いてくれる。この忙しさは今だけ……

「…………」

華子が口籠もると、透真はスマートフォンから顔を上げた。

「ありがとう、ハナ。でも大丈夫だ。無理して俺に気を使わなくていい。俺は自分のことは自分でできるからさ。——あ、そうだ。昨日の会議で、『KRESKO』のシリーズ展開が決まったよ」

「やったぁ！　決まったんですね！　もうね、任せてくださいよ！　最高の物を作りますです！」

『KRESKO』のシリーズ展開をと言われて華子は反射的に喜んだ。俄然、やる気が漲ってくる。

『KRESKO』シリーズが売れれば、全指揮を取っている透真の株も上がるというもの。なにより、赤坂堂を業界一位にするという、透真の夢への第一歩にも繋がる。頑張っている透真の役に立てるのだから、こんなに嬉しいことはない。

「もうね、クリームにしたときとか、フェイスマスクにしたときとかに、次世代型ハイドロキノンαちゃんをどうしてあげるのか、成分構成はちゃんと頭の中で組み上げてますから。すぐにできますですよ！」

自信満々で語る華子を見て、透真の視線がまたスマートフォンに向かった。

「『KRESKO』はハナのブランドだから。ハナがいいと思う物をとことん追求してくれて構わない。ハナは自分が好きな研究のことだけを考えていていいんだよ」

（あれ……？）

透真の言葉になにか違和感が残る。が、その違和感の正体がわからない。

彼は柔らかく微笑んでコーヒーを飲み干すと、スマートフォン片手に食器を持って席を立った。

「着替えてくる。ハナも早く食べな」

「は、はい……」

頷いて、慌ててパンに齧り付く。それをはむはむと食べながら、対面キッチンの流しに食器を運ぶ姿を横目で見送った。

透真はもう笑ってはいなかった。ただスマートフォンを眺めながら、淡々とした表情で、食器を食洗機に入れて、手を洗いキッチンを出て行く。

いつもの彼だ。だがいつもの彼ではない気もする。

（……透真さんって、いつもあんなにスマホ見てましたっけ？）

華子が論文を読んでいるときは、彼も寝っ転がりながら隣でスマートフォンのニュースサイトを見ていたときもあった。だが、食事中もずっとということはなかった気がするのだが……

違和感が拭えないまま、華子は透真を見送るしかなかった。

◆　◇　◆

電車を降りた華子は、駅に併設されたショッピングモールの中をとぼとぼと歩いていた。いつもは仕事が終わると、透真のマンションに直帰するのだが、今日は珍しく寄り道だ。というのも、彼の部屋でひとりでいるのがどうにも耐えられそうになかったのだ。なぜなら今日は赤坂堂の周年記念パーティーから一ヶ月。つまり、最後のセックスからちょうど一ヶ月なのだ。月も変わって十一月に入ってしまった。

(ヤバイですよ……今日で、ご無沙汰一ヶ月ですよ。特殊な事情が認められないにもかかわらず、一ヶ月ですよ……これ、いつまで続くんですか？　セックスレスの定義を満たしちゃいましたよ?)

もうこの一ヶ月、透真と顔を合わせるのは、朝の一時間だけだ。こんな調子ではゆっくり話などできるはずもない。

両家の顔合わせのこと、結納のこと、結婚のこと、新沼教授に誘われた仕事のこと——話さないといけないことはたくさんあるはずなのに、どれも話題にすらできていない。

透真が体調を崩したようには見えないことだけが幸いだが、ふたりでいる朝のわずかな時間も、彼はスマートフォンばかり見ているので、まともに視線すら合っていない。セックスレスもそうだが、そもそもちゃんとコミュニケーションが取れていない気がするのだ。

（この一ヶ月タイミングを見計らってきましたが、やっぱりメッセージを送ったほうが効率がいい気がします！　新沼教授の件も、わたしの考えを書いて透真さんに送ってみましょう！　あと、共有のスケジュールアプリを導入して、セックスに都合のいい日を登録して……）

そう心に決めて、スマートフォンを出そうとトートバッグを覗いたとき――

「華子さぁあああん！」

聞き覚えのある声に反応して、パッと顔を上げる。すると、遠くのほうから両手にブティックの紙袋を持った優里亜が、ドドドッと猪のように突進してくるところだった。

「あ、優里亜さん！　お久しぶりです」

「お久しぶり～じゃないですよ！　ちょっと！　なんでまた元の眼鏡ダサ子に戻ってるんですの⁉　コンタクトは？」

パーティー以来の優里亜は、相変わらず元気そうだ。肌の調子もよさそうに見える。買い物をしていたところ、白いＴシャツとジーンズの組み合わせにスプリングコートを羽織(はお)った瓶底丸眼鏡が歩いて来るのが見えて、驚いて声をかけてくれたらしい。十一月に入ってからは、Tシャツはさすがに長袖になったが、華子の通勤スタイルは以前と変わりなく眼鏡だ。

「仕事帰りなので。仕事中はコンタクトより眼鏡のほうがよくて、それで」

コンタクトレンズで出勤したら、研究所の仲間達に自分が誰か気付いてもらえなかった、とはとても言えなかったが。

「眼鏡は仕方ないにしても、服は着替えればいいのに。たくさん可愛いの買ったじゃないですか。ニットのトップスも、スカートも！　もったいない！」

苦言を呈(てい)されて、「ははは」と苦笑いする。

気を取り直した優里亜は、ニコッと微笑んでくれた。

「まぁ、いいですわ。今日はおひとり？　久しぶりに会ったんですから、よかったらお茶しません？」

「いいですね！」

華子も、また優里亜とデートがしたいと思っていたのだ。

モールのレストラン階にあるチェーン店のセルフカフェに入る。金曜日の夕方ということもあって学生達やカップルが多い。多少は混(こ)み合っていたが、運よくカウンター席があいていたので並んで座る。買い物袋をテーブル下の籠(かご)に入れた優里亜は、注文したカップドリンク片手に長い髪を色っぽく掻き上げた。

「どうです？　透真さんとの仲は。順調？」

いきなりプライベートなことを聞かれてちょっとたじろぐ。

「そうですねぇ……」

なんと答えていいものか。「順調」と言い切るのはなんだか違う気がして口籠もる。

「喧嘩でもしたんですの？」

「いえ、喧嘩はしてないです。してないですけど、最近、透真さんの帰りが遅くて……。全然、お話しできてなくて……。今日もたぶん、遅くて……。帰ってもひとりですし、気分転換でもしようかなと思ってぶらぶらと」

彼の帰りが深夜なこと。土日も仕事なこと。顔を合わせるのは朝だけなこと。キスもなくて、今日遂にセックスレスの定義を満たしてしまったこと——

一度口を開くと、ぽつぽつと躊躇いながらも言葉が出てくる。もしかすると、誰かに聞いてほしかったのかもしれない。

華子が話し終わると、優里亜は「はーっ」とため息をついた。

「華子さん、それは倦怠期というやつでは？」

「けんたいき……」

「男女の仲がダレるアレですわ」

「な、なるほど……」

倦怠期は脳の神経伝達物質のひとつ、フェネチルアミンの分泌の低下が原因らしい。このフェネチルアミンは俗に恋愛ホルモンとも呼ばれ、ドーパミンの分泌を促進する働きがある。

それは恋愛開始時期から分泌量が上昇してドーパミンを出し、ドキドキやときめきといった恋愛気分を盛り上げ、性欲まで高めてくれる。その一方で、個人差はあるものの早いと半年くらいからフェネチルアミンの分泌量は減少していくのだ。すると、ドーパミンも減少していく。ドーパミンが減少すれば興奮も落ち着き、性欲も減退――それがつまり、倦怠期。男女の仲がダレるアレとなるのだ。

確かに、透真と付き合ってそろそろ半年になろうとしている。倦怠期が来てもおかしくないのかもしれない。

(フェネチルアミンの減少↓ドーパミンドバドバによる錯乱状態が落ち着いてきた↓わたしに飽きてきた↓セックスレス↓結果、倦怠期。つまりこういうことですか⁉)

華子が真面目に考察していると、優里亜はストローでドリンクを掻きまぜながら頬杖を突いた。

「連日帰宅は深夜で土日返上するほどお仕事が忙しいってそんな……。今だから言いますけど、透真さんと初めてお会いしたとき、私の父も、父の部下達も、それはもう透真さんのことを『デキる男だ』って褒めていましたの。私、お仕事のことはよくわかりませんけれど、いろんなプロジェクトを並行して進めて、どれも余裕で成功させるような手腕の方なんですって。そんな方が……必死になって時間外労働なんて、なんかイメージと違いますわ～」

「た、確かに……」

言われてみればそうである。華子は今回の『KRESKO』が初の新商品開発の立ち上げだったので、営業部と商品開発部、そして研究部がどのように連携するのかわからないところというのはあるのだが、赤坂堂に勤めて二年だ。赤坂堂がどういう会社かはわかっているつもりだ。

赤坂堂は基本的に、九時出勤、十八時退社、一時間休憩、一日八時間労働。労働組合と36協定を結んでいるので、土日祝は休みで、年間休日一二五日。有給取得義務に加えて、教育制度、福利厚生も充実の超ホワイト企業なのだ。

だがここひと月の透真の労働時間をざっと計算してみると、月四二〇時間くらいになる。正真正銘ブラック企業だ。

そもそも赤坂堂は、企業方針で過度の残業を禁止している。それをCSO自らが破るというのはアリなのか？　いやいやいやどう考えてもナシだろう。

確かに『KRESKO』が発売された当初は、忙しいという彼の言葉に納得していた華子だが、一ヶ月経った今は、さすがに少しは落ち着いてもいい頃合いのはず。むしろ、『KRESKO』のシリーズ展開が決定し、その第一弾として『KRESKO』クリームが開発されることになったので、透真達営業よりも、華子達研究部のほうが忙しくなる時期に入っているはずなのだ。なのに透真の仕事に区切りが一向に見えないのはなぜなのか？

（え……透真さん、これ本当にお仕事ですか？）

華子の中でひとつの疑問が生まれたとき、優里亜が苦い顔をした。

「ほら、私、透真さんとのお見合いが白紙になったでしょう？　そのとき、いろんな方が慰めてくださったんですけど、透真さんのことで、ちょっと気になることを聞いて……」

「な、なにを聞いたんです？」

透真のことならなんでも知りたい。華子が身を乗り出すと、優里亜は小さく肩を竦めた。

「女癖が悪いんですって、彼。一夜のお遊びが多いみたいですけれど」

「えっ？」

まったく予想していなかったことを聞かされて、思わず目が点になる。

「い、一夜のお遊びって……えっ、えっ？　それはつまり、透真さんが多情ってことですか？」

「多情というか……本当かどうかなんてわかりませんよ？　でも、まぁ、私を慰めるためにそういう話をしてくださった方がいたというのは確かですわ」

噂の域を出ない話だと優里亜は言う。彼女が言う通り、噂は噂に過ぎない。この推察は状況判断のみで、透真の声が反映されていないと頭が冷静さを促す一方で、透真は華子に一目惚れした前科がある。彼は扁桃体が敏感――つまり恋愛体質と言えるかもしれない。

問い。透真が家に帰ってこない理由が実は仕事ではない可能性があるとしたら、その理由はなぜか？
一、倦怠期の結果、研究馬鹿の華子のことがどうでもよくなって避けている。
二、倦怠期の結果、研究馬鹿の華子のことがどうでもよくなって避けているうちに、他の女の人に発情。そっちといちゃこらしている。
（うわぁあああ！　似たような選択肢しか思いつきません⁉）

自分が研究馬鹿な自覚があるだけに、全部原因がそこに行き着いてしまう。

透真は華子に一目惚れしたと言った。一目惚れ要素なんて見た目以外にあり得ない。ふたりの出会いは結婚相談所の最先端のＡＩがマッチングしたものだから、華子の顔は彼の好みを的確に汲んだものなのだろう。それは透真の言動からも窺える。しかし、最近の彼の態度はどうだ？　明らかに華子を避けているではないか。仕事が忙しいというのが全部嘘だとは思わないが、一緒にいる時間も、なんだか前と親密度が違う。まったく華子に触ろうともしない。これは一目惚れでのドーパミン効果が切れかかって、最近華子に飽きてきたと考えるのが妥当なのではないか？　しかし結婚を前提とした付き合いの手前、飽きたとは言いにくいとか？

（透真さん……）

透真と過ごした日々が思い出される。

彼とは四六時中一緒にいても苦にならなかった。むしろ一緒にいることが楽しいと思えた。ずっと一緒にいたいと思えた。こんなことを思ったのは彼が初めてだ。

触られるのもいやじゃなかった。むしろ触られて嬉しかったし、ドキドキした。初セックスなんて、華子自身が明らかにドーパミンドバドバの錯乱状態だっただろう。でもしばらくすると、キスも、身体を繋げることも、彼とならあったかくて、気持ちいいと感じるようになっていた。今ならわかる。あれは「安心」や「幸せ」といった状態だ。振り返ってみれば、自分に寄り添おうとする彼を「可愛い」と思うことが何度もあった。この心理状態には、愛情ホルモン・オキシトシンの分泌を感じる。

前は、透真以外の人に抱かれてみたら、自分はどう思うのだろうと興味があったのに、今はない。むしろ、他の男の人に触られたらと想像したらゾッとする！　そして同時に、彼が自分以外の女の人を抱いているかもしれないと思うだけで、胸が苦しくなってくるのだ。

（わたしは、透真さんに恋しているんですね……？　そうなんですね？）

この感情がたとえ、脳の神経伝達物質の働きのせいだとしても、科学者なら現実を受け入れなくてはならない。

透真がいい。これからをずっと一緒にいるなら透真がいい。透真でないといやだ。

そう思う今のこの気持ちこそが、恋――

でも、透真が華子を〝違う〟と思ったなら、華子ではない他の誰かを選んだなら、今の関係は全部崩れる。この恋は終わるのだ。

華子は飲みかけていたドリンクを一気飲みすると、バッと立ち上がった。

「優里亜さん！　相談に乗ってくれてありがとうございました！　わたし、急ぎますのでこれで失礼します！」

「は、華子さん？　急にどうしたんです？」

「透真さんの心が離れたかもしれないなら、またわたしを好きになってもらわなきゃいけないんです！」

華子は優里亜にそう言い残すと、ダッシュで店を出た。

コチコチコチコチコチ……時計の秒針だけが響くリビングで、華子は透真の帰りを待っていた。

今日は先に寝たりしない。何時になっても待つつもりだ。

以前、透真が似合うと言ってくれた服でお洒落もした。シャワーを浴びてメイクもばっちりやり直したし、コンタクトレンズも入れた。下着だって、気合いが入っている。

家ではずっと眼鏡の上に、だらっとした部屋着というリラックススタイルで過ごしていたのだが、そんな格好ばかり見せていれば透真が自分に飽きるのも無理はないのかもしれないと思ったからだ。

（あとはこれを――）

手の中にあるガラスの小瓶を見つめた。小瓶の中には、少量の液体が入っている。小瓶を指でさすって、緊張しながら息を吐いた。

普段なら、あいた時間には論文を読んでいるのだが、さすがにそんな気分にはなれない。なにも手に付かないまま、ただ透真の帰りを待っていると、日付が変わった頃に玄関の鍵が開く音がした。

（！）

反射的に立ち上がる。全身に力が入っているのがわかる。表情筋にも無駄に力が入って、ぎこちない顔になっているかもしれない。ゴクッと生唾を呑むのと同時に、リビングのドアが開いた。

「まだ起きてたのか」

リビングに入ってくるなり、透真がそう言う。「ただいま」もない。彼は鞄を床に置いて華子を一瞥して、ジャケットに手をかけた。華子がお洒落をしていることにはひと言も触れてくれない。明らかに今朝出勤したときとは違う格好なのに。

「お、おかえりなさい」

やっと口を開くと、透真は脱いだジャケットをソファの肘置きにひょいっと引っ掛けた。

「シャワー浴びてくる」

「待ってください！　お話があるんです」

「話？」

透真はネクタイをシュッと引き抜いて、ジャケットの上に放る。続けて手首のカフスボタンを外すが、その間一度も彼の視線は華子には向かない。自分を視界に入れてもらおうと、華子は彼に近付いた。

「こっちを見てください」

「なに？　風呂入りたいんだけど？」

露骨にあしらわれて、心が折れそうになる。以前の彼はこんなふうじゃなかった。華子を熱の籠もった視線で見つめてくれていた。なのに今は背を向ける。

（どうして……？）

やはり、もう飽きたのだろうか？　自分は彼に嫌われてしまったんだろうか？　そう思ったら、胸が締めつけられるように苦しくなって、華子は無我夢中で叫んでいた。

「わたしを無視しないでください！　ちゃんと見て！」

前みたいに見て——そんな思いで透真の正面に回り込んで、渾身の力で体当たりをして抱き付く。

「っ！」

バランスを崩した透真がソファに尻もちをつく。そんな透真の上にのし掛かって、華子はずっと手に持っていた小瓶の蓋を開けて彼の口元に押し付け、無理矢理中の液体を飲ませようとした。

「ちょ、ちょっと待て！　なんだこれ⁉」

唇に少しだけ付いた液体に顔を顰め、透真は小瓶を持つ華子の手を掴んで自分から遠ざけようとする。だが、そこまで強い力ではない。きっと透真が本気になれば、華子ごと小瓶を吹き飛ばすぐらい簡単だろうに、彼は華子に遠慮しているのかそうしない。そこにつけ込んで、華子はぐぐぐぐ……っと再び小瓶を彼の口元に押し付けた。

「大丈夫です、心配いりません！　これはわたしを大好きになるお薬です。身体には無害ですからどうぞ飲んでください！」

そう、優里亜とカフェで別れた華子は、これを作るために一度、赤坂堂の研究所に戻ったのだ。定時を過ぎた研究所は無人で、誰も華子をとめる者はいないし、機材は使いたい放題――

「はぁ⁉」

やっと華子を見てくれた透真は、素っ頓狂な声を上げて目を見開いている。そして小瓶の中でたぷんと揺れる液体を見て顔を引き攣らせると、「いやいやいや」と高速で首を横に振った。それは飲みたくないという意思表示なんだろう。そう思うと無性に悲しくなってくる。

「な、なんだそれ⁉　めちゃくちゃ怖いんだが⁉」

「怖くないですよ。大丈夫です！　ちょっと、わたしのことが大好きになってしまうだけです」

「だからそれが怖いって！」

そんなにいやがらなくたっていいのに。ただ、好きになるだけなのに、それがいやだということは、華子のことを好きになりたくないということ？

（や、やっぱり、嫌われたんですね⁉　そうなんですね⁉）

熱くなった目頭から、ぽろっと涙がひと粒こぼれた。

「ハ、ハナ？」

「こ、これを飲んで、また……わたしのこと、好きになってください……。わたし、透真さんに嫌われたくないんです……。透真さんに嫌われたら、わたし……」

一度こぼれた涙は、まるで呼び水のように次から次へと新しい涙を連れてくる。

自分の中がわけのわからない感情だらけだ。でもそれを言葉にしなければ、透真には伝わらない。

「透真さんが、ほ、他の女の人と、セックスしたらいやです……ホ、ホモ・サピエンスの雄にとって雌の獲得は本能だと理解して、いますが、あの、あの……とにかくいやなんです！」

泣きながら思いっきり叫ぶ。すると、腰の辺りをぎゅっと透真に抱きしめられた。

「！」

華子の胸元に頭を置いて、透真の腕が強く巻き付いてくる。染み込んでくるのは久しぶりの彼の体温だ。こんなふうに抱きしめてもらうのはいつ以来だろう？

ふっと力が抜けると、透真に腰を引き寄せられる。彼の膝に座る形になった華子は、「ぐずっ」と鼻を啜りながら、抱きついた。頬を寄せた逞しい胸元から、透真の匂いがする。

とんとんと背中をさすられていくうちに、少しずつ落ち着いていく。次第に涙がとまってきた。

「どうしたハナ。俺が他の女とセックス？　なんでそんな話になるんだ？」

「……優里亜さんから、透真さんが多情だという噂を聞いて」

「……あの女……」

透真が反社会的なご職業の方も真っ青なドスの利いた声を出すから、華子は慌てて付け足した。

「違うんです。わたしが先に相談したんです。最近、透真さんの帰りが遅いし……わたしのこと見てくれないし、触ってくれないし、キスもないし……セックスレスになったし……」

「レス？」

透真の眉間に皺が寄る。もしかして、彼にはレスの自覚がなかったのだろうか？

「特殊な事情が認められないにもかかわらず、性交あるいはセクシャル・コンタクトがなくなって今日で一ヶ月です。透真さんの帰宅はずっと遅いので、今後も継続される可能性があります。セックスレスの定義を満たしています。付き合って、もう半年経ちました。このタイミングですと、倦怠期も想定されます。透真さんに飽きられてしまったのだと思いました。透真さんはわたしに一目惚れしたと仰っていたので、一目惚れしやすいタイプかもしれません。他の女の人に目が移ったのかと……」

「はぁ……それで……こんな……」

透真はようやく合点がいったとばかりに大きく息を吐くと、華子の身体を抱きしめ、肩に額を押し当てた。

「あの……帰りが遅かったのは……本当にお仕事でしたか？」

思い切って尋ねる。今日優里亜と別れて会社に戻ったときに駐車場を見にいったのだが、彼の車はなかった。そう、なかったのだ。じゃあ、残業をしていることになっている彼はいったいどこにいたのか？

華子が透真の肩をさすると、彼は華子の肩に額を押し当てたまま、小さな声で呟いた。

「……人に会ってた」

覚悟はしていたけれど、彼の口から言われるとズキッと胸が鋭く痛む。

(会ってた人って……女の人なんですか？)

思っても聞けない。疑問を確証に変えるのがこんなにも怖いなんて……。華子が黙っていると、透真はゆっくりと顔を上げた。

「ハナはさ、新沼教授のところで研究したい？」

「それは……したいかしたくないかで言ったら『したい』です。でも、わたしは赤坂堂の人間になるんだから、透真さんの考えも聞きたいし、わたしの考えも聞いてほしいし、なのに透真さんが無視するから――」

一度はとまったはずの涙が、またこぼれてくる。自分で言って、透真に避けられていたときのことを思い出してしまったのだ。ずっと我慢していたのだなと、今更ながらに思う。本当は辛かったのだ。誰もいない部屋にひとりでいることも、広いベッドでひとりで眠ることも――

以前はそんなことまるで平気だったのに、透真と出会って変わってしまった自分がいる。

「わたしは、わたしは……透真さんと……ちゃんと話し合いたくて……」

「……そうだったのか……ごめんな。俺が、勝手にいじけてたんだな……」

なにをいじける必要があるのかわからなくて、ただ泣きながらしゃくり上げる。

透真は華子の頭を自分の胸に押し付けるように、強く抱いてくれた。

「俺はハナが、絶対新沼教授のところで研究したがると思ったんだ。『駄目だ』って言ったら、赤坂堂ごと俺は切られるんじゃないかって思った」

「そんなこと……」

あるわけないと、果たして本当にそう言い切れるのか……。新沼教授のところに行かせてもらえなかったら、華子は透真を説得するつもりだった。が、透真が説得に応じてくれなかったら――

（わたしは……どうしたんだろう……？）

昨日までの自分がどうしたかはわからない。透真の言う通りかもしれない。華子にとって一番大切なことは、〝研究〟だったから。でも、今の自分はこの恋に気付いている。気付いてしまったらもう、研究と透真のどちらかなんて選べないのだ。恋をして変わったことは、欲張りになったこと。選べない。選びたくない。思いっきり研究できる環境も、大好きな透真も、両方欲しい。

「わたしは透真さんが好きです。一緒にいたいです。でも研究もしたいです。新沼教授のところで……駄目ですか？」

期待を込めてじっと見つめてみる。透真はソファに片膝を立てると、そこに華子を抱くのとは反対の腕を置き、自分の頭を抱えた。そのせいで彼の顔が見えない。

「……ハナが、俺を、好き……？　本当に？」

「本当です。好きです……大好きです！」

それが嘘偽りない気持ちだ。

「新沼教授は？」

「新沼教授？」

どうしてここで新沼の名前が出てくるのかわからずに、ただ首を捻る。透真は少し腕をずらして隙間からこっちを窺うように見てきた。

「ハナは、新沼教授が好きだろ？」

「新沼教授？　はい、好きですよ？　すごい人ですし、尊敬していま——」

「そうじゃなくて！　それは研究者としての新沼教授だろ？　男として……新沼教授のことは……その……」

なんとも歯切れの悪い透真の口ぶりだ。彼が意図するものがなんなのか、察しの悪い華子にはわからない。

（え？　わたしはなにを聞かれてるんでしょうか？　男としての新沼教授？　えええ？）

「――おじいちゃんだと思ってます」

至極真面目に答えたのだが、透真は突然、「ぷはっ」と噴き出した。

「そっか。そうきたか――」

華子の答えが透真の中でどう受けとめられたのかはわからないのだが、彼は柔らかく優しい眼差しを向けてくれた。それは、以前とまったく同じ眼差しだ。

「俺、不安だったんだ。ハナを手放したくなかった。大学に行かせたら、ハナを新沼教授に盗られるような気がしたんだ。でもハナのやりたいことを、俺が邪魔するわけにはいかない。それがハナが俺を選んでくれた条件だから。俺がハナの邪魔をすればたぶんハナは――で、考えた末に、新沼教授と会って……今日も会ったんだけど――」

「教授と⁉　透真さんは男の人もいけるクチなんですか⁉」

透真が夜な夜な会っていたのは、新沼教授だったのか。

（まままままさか透真さん、新沼教授のことが好きに？　だからわたしに、教授のことを男としてどう思うって……？）

頭の中に、透真と新沼教授のめくるめく大人のディープな世界が広がって――

「やめろ！　変な妄想するな！　俺は女にしか興味ない！」

大きな手でガシッと後頭部を掴まれて、めくるめく大人のディィープな世界がしゅううっと萎んでいく。

透真は一度、ゆっくりと目を閉じて顔を上げると、華子を正面から見つめてきた。

「――いや、そうじゃないな。俺はハナにしか興味ない。俺が愛してるのはハナだけだよ」

そう言い直してくれた透真の瞳の中には、華子だけが映っている。

彼はゆっくりと華子の頬に触れてきた。そして親指の腹で小さく撫でてくれる。

「愛してるから、どこにもやりたくなかった。研究と俺を天秤にかけても、俺を選んでほしいっていう思いがあったんだ。でも愛してるから、ハナに好きなことをやってほしいとも思った。だから俺は、新沼教授とフォルスの協同研究に、赤坂堂も一枚噛ませろって言ったんだ。赤坂堂の設備は悪くない。聞いたら、大学にもフォルスにもないが、赤坂堂にはあるっていう設備も結構あるみたいでさ。基本は大学で、必要な場合は赤坂堂の設備を使えばいい。もちろん金も出す。ただしハナは渡さない。ハナを大学のポスドクにはさせない。どうしてもハナが新沼教授と研究したいと言うなら、赤坂堂から出向という形にさせる。何度も話し合って、その条件を飲んでもらった。俺ができるのは、ハナの環境を整えてやることだけだ。ハナをとめることは俺にはできない」

（愛――）

彼が華子のためにそこまでしてくれるとは思わなかった。これが愛なのか。

恋は状態だ。ドーパミンがドバドバ出た一種の錯乱状態。でも愛は違う。神経伝達物質やホルモンに簡単に影響されてしまう恋とは、また違うなにか。

愛が簡単には揺るがないものだと定義するなら、華子の中にもそれが生まれつつある。それを透真と一緒に育てていけたらいい。いや、育てていきたい。この人とずっと一緒に生きていたいから。

共に生きるということは、相手に関わってその想いに触れること。四角い研究室で顕微鏡をいくら覗いても見えないものに触れること。

「俺はハナを愛してる。それでもコレを飲んだほうがいいか？　ハナが飲めって言うなら飲むよ」

透真は華子が持っているガラスの小瓶を目で指して、吹っ切れたように小さく笑った。

さっきはあんなにいやがっていたのに、彼の心境の変化はなんなのだろう？　なにが彼をそうさせたのだろう？　華子にはまだわからない。

でも、自分を見つめてくれる彼の眼差しが、以前に戻ったことはわかるのだ。

「……はい。飲んでほしいです。透真さんに、心変わりしてほしくないので……」

透真はわずかに苦笑いしたが、華子の頬から手を離して小瓶を取り上げると、一瞬の躊躇いも見せずに、グイッとそれを煽ってひと口で飲み干した。

　ゴクッと彼の男らしい喉仏が上下するのを見て、華子も同じように生唾（なまつば）を呑（の）む。なんだろう。胸の奥がほわっとあたたかくなって勝手に顔が綻（ほころ）んだ。透真からの愛と信頼を形にされた気分だ。

（あ……本当に飲んでくれたです……）

「まずっ……すごい味だな。――――ん……？」

　透真は空になった小瓶を華子の手に押し付けて、自分の胸を軽く押さえる。そして大きく息を吐き出して、難しい顔をした。

「なん、か……身体が……熱い……？　今更だけど、アレ、なんだったんだ？」

　華子を信じて飲んでくれたのだろうが、急激な身体の変化に戸惑っているらしい。今、彼の身体に起こっているのは、心拍数の増加、体温の上昇とそれに伴う発汗。全て想定の範囲内だ。華子はニコッと微笑んだ。

「わたしの手作りの媚薬（びやく）です。性的な欲求が高まって、しかも疲れ知らずで、わりと即効性――」

「おい！　なんてモン飲ませんだよ！」

　透真は胸を押さえながら叫ぶが、本気で怒っているようには見えない。

　厳密に言うと医学的には媚薬は存在せず、プラセボ効果の賜物（たまもの）だとされるが、華子は医者ではなく科学者だ。人間が神経伝達物質やホルモンの傀儡（かいらい）である以上、外部から似たような成分を投与してやれば、それなりに効果が出ると考える。そして、華子の頭脳と赤坂堂の研究所にある材料と設備をもってすれば、似たような成分で安全な物を作るなんて造作もないこと……

「大丈夫です。身体に害はありません」

「ハナが言うならそうなんだろうけどさ……どうすんだよ、これ。……っ、なんか……やばいんだけど……責任、取ってくれんの……？」

微かに息を荒らげはじめた透真が、華子を抱きしめて、そのままソファに押し倒してくる。彼の身体が火のように熱い。そして、太腿に押し充てられる昂りはもっと熱い。

華子は肩に両手を滑らせて頷いた。

「もちろんです。透真さん……わたしを抱いてください」

「……久々なのと、ヘンなモン飲まされたせいで、加減できなさそ……」

「わたし、そういうのも好きみたいなので、どんと来いです」

「はは……ハナらしいや……」

透真はより強く華子を抱きしめると、唇を重ねてきた。一瞬だけ強く押し当てて、次の瞬間には口内に舌が入ってくる。

（あ……）

久しぶりのキスに鼓動が高鳴った。絡み付いてくる舌を、華子も自分のそれを絡めて吸い上げる。彼は華子の舌を吸いながら、身体中に手を這わせてきた。背中、腰、尻、太腿――華子の存在を確かめるように触ってくる。まだ服の上から触られただけなのに、華子の呼吸はおおいに乱れた。

「透真さん、透真さん……」

「ハナ……ハナ……っ、はぁはぁ……っ、俺のハナ……」

唇を合わせながら互いを呼ぶ。

透真はもどかしそうに華子のスカートを捲り上げると、やっと唇を離した。少しだけ起こした上体を今度は下にずらす。そして突然、脚の間にむしゃぶりついてきたのだ。

「あんっ！」

ショーツの生地ごと蕾に歯を立てられる。透真は咀嚼でもするかのように、何度も何度も大きく口を動かしてきた。そのたびに蕾に歯が当たる。その鋭い刺激がたまらない。まるで透真にあそこを食べられていくみたいだ。

透真は指でクロッチを横に引っ張ると、あらわになったそこを直接舐めてきた。熱い舌がぬるぬると這い回る。見えないが、自分がなにをされているのかはわかる。

「んんんっ……はぁう～～」

蕾をちゅぱちゅぱと音を立てて吸い、尖らせた舌先で上下左右にと嬲られた華子は、思わずスカートの上から透真の頭を押さえた。身体が熱くなる。

あの薬は理性を飛ばす。だから本当なら透真は、今すぐにでも挿れて華子の身体を貪りたいはずなのだ。けれどもそれを我慢して、彼は華子に尽くそうとしてくれる。その献身が愛おしい。こんな人だから抱かれたい。

意思を持った舌先が、花弁を開き蜜口の中に入ってくる。ぐにょぐにょ、うねうねと舌で侵されて、そのあまりの気持ちよさに開いた口からすすり泣くような声が漏れる。

「はぁはぁはぁう……く……透真さん……ふぅう〜〜んん……はあんっ」

興奮した犬のようにそこを舐めていた透真は、上体を起こして濡れた自分の口を手の甲で無造作に拭った。彼の息が荒い。ソファに横たわる華子をギラついた目で見下ろした透真は、自分のスラックスの前をくつろげた。反り返ったものが、ビュンと勢いよく飛び出してくる。

雄々しいそれはパンパンに膨らみ、華子を侵そうと青筋を浮かせていきり立っていて、鈴口からは透明な汁を滲ませている。彼のものを見た途端、華子のあそこは一気に濡れた。早く挿れられたい。あの人に抱かれたい。めちゃくちゃにされてもいいからあの人が欲しい――恋よりも質の悪い女の本能だ。透真という男を独占したくてたまらない。

透真が華子の膝裏を抱え上げて大きく脚を開かせ、クロッチを脇にずらして、その濡れた切っ先を華子の蜜口に押し充ててくる。ふたりの距離がゼロになったとき、くちょ……っと微かに湿った音がした。

「……透真さん……」

華子が小さな声で呼ぶと、透真が一気に腰を進め、華子の身体を貫いた。

「っ――――――」

ガチガチに硬いその肉の棒は、焼け付くように熱い。まだ中はほぐれていないのに、ぐっしょりと濡れているから、しっかり奥まで入ってしまった。そして馴染むのも待たずに、最奥をガツガツと突き上げられる。

「は……あぁぅ……！」

呻くような声を漏らす口を手で覆う。

いきなり挿れられて苦しい。無理矢理、内側から身体をこじ開けられていくみたいだ。でもそれが気持ちいい。媚肉が吸い付くように透真の漲りに纏わり付き、きゅきゅっと扱き上げる。女という生き物は、男を自分のものにする方法をちゃんと知っているのだ。

「あ……う……」

「ハナ……ああ、奥まで入る……気持ちいい……ハナも気持ちいいか？　腰振ってる」

ヒクヒク、ヒクヒクと痙攣するように小さく腰が動いている。華子自身は薬なんか飲んでいないのに！　腰が勝手に動いてしまうのだ。それだけ彼を欲しいから？

「ああ、やばい……ハナの中に俺が入ってる」

膝をソファの座面に付くほど割り広げ、はしたなく濡れたあそこが、透真の視線に晒されている。彼は華子のあそこに自分のものが出入りする様子を凝視して、更に腰のスピードを速くした。

パンパンパンパン――彼が腰を打ちつけるたびに、粘度の高い水を掻きまぜるようなにちゃにちゃとした恥ずかしい濡れ音と、男と女の荒い息遣い、そしてソファが軋む音がする。透真は完全に理性が飛んでしまったのか、本能のままに華子を侵す。雄々しい肉棒は、雁首で中の襞を抉り、引っ掻き、太い幹で膣壁を万遍なく強く擦る。蜜口はみっちりと引き伸ばされ、繋がった処からは泡立った愛液が垂れた。そして、蜜口をヒクヒクさせながら、いやらしく腰を振るのだ。

「ああ……好き……好きです、透真さん……んぁ……」

「俺も好きだ……はぁはぁ……愛してる……愛してるよ、ハナ……はぁはぁ……ずっと、触りたかった……本当はずっとハナに触りたかったんだ……！」

いつか微かに聞こえた彼の声が蘇る。あのときも彼は「愛してる」と言ってくれていた。激しすぎて、意識を保っていられなかったけれど……

華子はずっとずっと透真に愛されていたのだ。

触れ合える歓びは、この人だから感じられるものだと今ならわかる。女の身体は、誰に触られても感じるわけじゃない。心を許した相手にだけ身体も許せるのだ。それを教えてくれたのは彼――

この人になら、この身体の奥深くまでも——心にも——触れられてもいい。

「透真さん……触って……わたしに好きなだけ触ってください……」

透真は息を荒らげながら、ぐにゅっと乳房を鷲掴みにしてきた。二、三度強く揉んで、すぐに服を捲り上げる。キャミソールとブラを同時に押し上げて乳房をあらわにすると、ぶるんぶるんと上下に揺れる乳房にむしゃぶりついてきた。

「あんっ」

「ハナ、愛してる。愛してるよ。ああ、ハナの中、気持ちいい。気持ちいい、とまらない」

獣のように腰を振りたくりながら、左右の乳房を揉み、乳首を吸ってくる。乳首をじゅっと強く吸われながら、肉棒をぐじゅっぐじゅっと出し挿れされるのが、目眩がするほど気持ちいい。膣肉がぎゅうぎゅうに締まるのが自分でもわかる。身体が火照って息が苦しい。でも気持ちいい。身体と心が同時に満たされる。これもドーパミンのせいなんだろう。でも、それは全部この人が透真だから。透真だから離したくないのだ。

透真は左右の乳首を交互にしゃぶって唾液塗れにすると、掴んだ乳房に汗ばんだ額を押し付け、低く唸った。

「っ……う、もうだめだ、いく。出る……まだ、ハナをいかせてないのに……くそ……」

眉間に皺を寄せながらも、透真は腰を振り続けている。身体がいうことを聞かないのだと、彼は呻く。でも華子は彼が夢中になって自分を抱くことが嬉しい。

「透真さん……」

カランと華子の手から離れた小瓶が床に落ちる。

華子は微笑みながら透真の背中に手を回すと、彼も更に強く抱きついてきた。華子の中に深く入りながら、唇を合わせてくる。

「もう……中に……射精すから……はぁはぁ……責任、取ってくれるんだろ？」

唇を触れ合わせながらの囁きに、身体が内側からゾクゾクしてくる。彼は華子の全部を受け入れてくれた。なら、自分も彼の全部を受け入れたい――

「はい」

華子が頷くと、透真は奥をガツガツと突き上げてきた。身体の上にのし掛かり、乳房を揉みしだきながら舌を絡める。射精を促す抽送は華子の身体を侵し尽くす。でもそれが気持ちいい。執拗に攻め立てられて、あまりの激しい快感に、意識が飛びそうになる。

（ああっ！　透真さんっ！）

華子は彼をぎゅっと抱きしめた。

「う、ああ……出る出る出る……うっ！　く……ああ！」

透真は華子の身体の一番深い処まで入り込み、パンパンに膨らんだ鈴口を子宮口に押し付けてきた。そこで射精される。

（……あつい……）

ドピュドピュと射液が子宮口に勢いよくかけられるたびに、得も言われぬ熱を感じる。初めてなのに、身体の中で射精されているのがわかるのだ。射精を浴びせられるたびに、ゾクゾクして膣肉が痙攣する。そして、断続的に射精しながら、透真はまた腰を振るのだ。華子のあそこが透真の射液でいっぱいになる中で、肉棒がぐじゅっぐじゅっと出し挿れされるから、透真が動くたびに繋がった処から、精液が逆流してあふれてくる。太腿も、お尻も、スカートも、あふれたものでぐっしょりと濡れていく。

「え? あ、ああっ! あふれちゃう、あふれちゃうから! 待ってください、そんなにしちゃ……だめ、ああっ、あはぁんっ!」

気持ちいい。中が掻きまぜられ、射液が媚肉に塗り込められていくみたいだ。そしてまた、一番奥で射精される。

「ああ、気持ちいい――なんだこれ、無理、とまんない……いく、また出る! いくいくいくいく、ハナ、ハナ……ッ! うっ!」

「ああ――――!」

連続して中に射精されて、華子は目を見開いて絶頂を迎えた。白い快感に身体の内側から染め上げられる。

「ハナ……ハナ……ハナ……ハナの中、俺でいっぱいになってる……ああ、すげぇ……」

そうだ。華子の中は透真でいっぱいだ。心も身体も透真で満たされている。

「……すき……」

そうこぼした華子の唇を、透真が塞ぐ。

華子は固く抱きしめられたまま、透真の精が尽きるまで離してはもらえなかった。

◆　◇　◆

翌年の四月頭。普段はまったく着ない紋付き袴を着た透真は、とある和室の前に立った。壁には小さなプレートがはめ込まれ「花嫁様控え室」と書かれている。この襖の向こうにいるのは華子だ。

そう、今日は透真と華子の結婚式が執り行われることになっている。出会ってから一年のスピード結婚だ。これは、「華子が三十歳になる前に」という、彼女の母親の希望と、透真の「いいからさっさと嫁に来い」という半分命令が合わさった結果である。

華子に結婚式や衣装をどうするかと聞いたら、「え？　式なんているんですか？　わたし、神様とか非科学的なものは信じていないんですけど」と真顔で言われて、透真のほうが絶句した。美人の嫁を着飾らせ、写真もたくさん撮って、サプライズ演出なんかもして……といろいろと考えていたのに。華子が効率重視なタイプなのは理解しているが、ここまでくるとやり過ぎだ。人生のイベントまで効率化してどうする。

「信仰は関係なしに式は必要！」と力説したのは、他でもない透真と華子の母親だ。

華子に決めさせると全て効率化した簡素なプランになってしまうので、彼女は完全ノータッチ。結婚式と披露宴に関しては、その大半を透真と華子の母親で決めた。もちろん衣装もだ。お陰で、彼女の母親とは、大変よく気が合うことを確信したくらいである。

式は赤坂家が代々式を挙げてきた都内の神社で神前式、披露宴は赤坂堂が懇意にしているホテルで執り行う。お色直しは三回。華子は完全に着せ替え人形状態だ。

招待客は赤坂堂の取引先企業や、華子の大学関連や有識者までかなり多い。ノーベル化学賞に最も近いと言われている新沼教授を招ける時点で、華子の人脈も相当だ。

あの爺さんは相当の曲者で、華子に声をかければ、華子を手放したくない透真が、自分に協同研究を持ちかけてくることなんか初めから計算ずくだったのだ。華子は研究馬鹿だから、自分の誘いを受けるという自信があったのだろう。透真の前で華子に引き抜く素振りを見せたのもわざと。透真が協同研究を持ちかけてくれれば、研究資金が増える。そうでなくても華子を引き抜ける――どっちに転んでも新沼にはメリットしかない。透真には新沼に踊らされていたのだと悔しい思いもあるのだが、新沼やフォルス側に華子の研究成果を独占させないギチギチのお堅い契約にしたのはせめてもの意趣返しだ。新沼は完全に研究畑の人間なので、知的財産権に関しては透真のほうが上手なのだ。華子は必ず成果を上げるだろう。彼女の知識が増えるとなれば、そもそも赤坂堂にデメリットはない。

そして華子の友達として、優里亜をはじめとするお嬢様方が出席してくれる。自分の花嫁候補だったお嬢様方が軒並み〝華子の友達〟になっていることに正直驚きを隠せない透真だが、どうも全員が全員華子の美容信者になっているらしい。お陰でどこの取引先とも角が立たず、赤坂堂としてもいいご縁が続いている。おそらく華子は無自覚なのだろうが、透真の嫁としての仕事をしっかりと果たしてくれているわけだ。

透真は控え室の前でひとつ深呼吸すると、奥に向かって声をかけた。

「ハナ。用意できたか？」

すると、介添人が出てきて「花嫁様、とてもお綺麗ですよ」と言ってくれる。どの花嫁にも言っていることだとわかりながらも、「まぁ、当然だろうな」という思いと共に、照れた笑みがこぼれてしまう。

（ああ、早く見たい！）

気を利かせてくれた介添人と入れ違いに控え室に入る。

「透真さん、こっちです～」

衝立の向こうで声がする。透真が衝立を回ると、透真が選んだ白打ち掛けに身を包んだ華子が椅子に座ってこちらを見上げていた。白打ち掛けは、名前の通り白地の打ち掛けで、色打ち掛けと白無垢のいいとこ取りだそうで、昨今の流行だ。白地に足元にかけて小柄な菊紋が流れるように入っている。角隠しはない。結い上げた髪には、代わりに赤と桃色の生花で作った髪飾りを挿している。眼鏡はなく、コンタクトレンズ。アイラインは控え目だが、小さな口にちょんとのった紅いリップが目を引く。艶やかさと可憐さが同居していて、今まで見た中でも最高の美しさだ。

「…………」

「透真さん、変じゃないですか？　大丈夫ですか？」

華子が不安そうな顔をしている。いかん、いかん。彼女のあまりの美しさに完全に言葉を失っていたようだ。透真は彼女の手を取って、満面の笑みを浮かべた。

「綺麗だ。本当に……最高の花嫁だよ」

「ありがとうございます」

はにかんだように笑う彼女が愛おしくて、キスしたくなる。でも、こんなに綺麗にしている彼女を汚すわけにもいかなくて、珍しくネイルなんかしている彼女の指先に透真はそっと唇を当てた。

「ハナ、愛してる。誓うよ、永遠に君を愛し続けるから」

透真の囁きに、華子はニコッと笑って頷いた。

「大丈夫です。透真さんの気持ちをわたしが疑うことなどあり得ません。透真さんはあのお薬を飲んでいますから、永遠にわたし以外を好きになることはないです」

自信満々の彼女が少しおかしい。

（でも確かに。俺はよくアレを飲んだよなぁ～）

いくら愛する華子が差し出す物だからといっても、得体の知れない薬を飲んだ当時を振り返ると、自分でもよくやったと思う。科学者の華子には、結婚の約束や指輪、ロマンティックな愛の言葉なんかよりも、あの薬を飲むことのほうがよっぽど愛の証明になるのだ。だから自分は、今あの薬を渡されてもきっと飲む。それで華子の信頼と愛を勝ち取れるなら、易い物だ。たとえ毒でも喜んで飲むだろう。

（で、俺はそのあと発情期の猿になるわけだが……責任はハナが取ってくれるしな）

華子を手放さないためなら、なんでもやる。彼女には自由にのびのびと好きな研究をやっていてもらいたい。ただし、それは透真の腕の中でだ。不自由を感じさせない程度には大きな囲いを作るから、どうか永遠にこの中にいてほしい――

「ところでハナ。あの薬をハナが飲んだらどうなるんだ？　ハナがハナを好きになるのか？」

ふとした疑問を投げかける。すると、華子が科学者の顔で教えてくれた。

「いいえ、相手を指定する効果はないです。フェネチルアミンを刺激して一時的にドーパミンを大量分泌させるだけなんですが、即効性を持たせたので、結果的には飲んだときに目の前にいた相手に発情する形になるんです。この刺激的な発情体験は脳に強く印象付けられ、一種の刷り込み効果をもたらします。カモが孵化した直後に初めて出会った動く物体を親と思い込んで追いかけるのと行動原理は同じです。つまり刺激的な発情体験をした相手から離れられなくなってしまうんです。インプリンティングのすごいところは、不可逆性で消去や対象の転移ができないことです。生涯保持ですよ、うふふふ」

そういう原理なわけか。あの薬の効果は実感済みだ。なら、飲んだら彼女がどうなるのかもなんとなく予想がつく。更に彼女はこのインプリンティングに相当の自信があるようだ。

「じゃあさ、今夜は事実上の初夜だし、彼女に永遠の愛を誓ってもらうのも悪くない。

今夜ハナが飲んでよ。刺激的な発情体験で、俺から一生離れられなくなろうか。たっぷり満足させてやるよ」

ニヤリと笑いながら囁くと、華子の顔がボンッと一瞬で真っ赤になる。

「……も、もう、わたしは、透真さんにインプリンティングを起こしてます……」

俯いてごにょごにょごにょっと呟く華子の声が聞こえない。

「え？　なに？」

腰を屈めた透真が顔を覗き込むと、華子が抱き付いてきた。

「透真さんが飲めって言うなら——飲みます……透真さんも飲んでくれたし……透真さんのこと、大好きだから……」

飲んだときに自分がどんなに乱れるのかをわかっているであろう彼女が、綺麗な瞳を潤ませて真っ赤になっている。その恥じらう姿が愛おしくてたまらない。今すぐにでも欲しくなる。これもあの薬の効果なのだろか？

「飲まなくても、ハナは一生俺のものだよ。俺から離れられると思うなよ？」

透真はふっと笑うと、華子の唇にキスをした。

書き下ろし番外編

媚薬の効果は絶大です

ザ――

小雨のように降り注ぐシャワーを頭から浴びながら、赤坂透真は額に貼り付いた髪を無造作に掻き上げた。

今日、華子と結婚した。目を閉じれば華子の花嫁姿が自然と浮かんでくる。

(俺、本当に結婚したんだな)

ここは披露宴会場となったホテルのスイートルーム。寝室だけでも三部屋、他にリビングルームと、ダイニング、簡易キッチン、それからバスルームがふたつ……

無駄に広いだけでなく、調度品も趣向と贅を凝らした物で、いかにもスイートルームでございますというデザインだ。

たったふたりで泊まるには広すぎるこの部屋のもうひとつのバスルームは、今頃華子が使っている――初夜に備えて。

(くぅううう～！　初夜！)

なんという甘美な響きなんだろう！　恋人時代に幾度となく肌を合わせたことがあっても、初夜はまた特別感がある。

研究にしか興味のなかったあの華子が、自分を愛するようになってくれたのだ。

（眼鏡を外せば）美人な上に、知的で（斜め上の）好奇心にあふれ（多少変わっていても）優秀な研究者、科学者である華子。そんな彼女の心も身体も未来さえも——彼女の全てを預けてもらえる存在になれたことが、透真はなにより誇らしい。

（うおおおお！　俺は研究と論文と新沼教授に勝ったぞぉおおおお!!）

蹴散らしたライバル達が、世間一般的に見るとなんだかちょっとおかしいことには大いに目を逸らして、拳を握り締めてガッツポーズなんかする。

（ハナ。絶対幸せにするからな！）

誓いを新たにしてシャワーを切り上げた透真は、身体を拭いてバスローブを羽織った。

このバスルームは、三部屋ある寝室の中でも一番広いメインベッドルームと繋がっている。ドアの向こうに、もう華子はいるだろうか？

ソワソワと落ち着かない気持ちを抱えてドアを開けると、キングサイズのベッドの真ん中にペタンと座ったバスローブ姿の華子がいた。もしかして、早くから待っていたのだろうか？

初めて肌を交えるときに、バスルームからタオル一枚で寝室に入ってきた挙げ句に、

「どんと来いです！」なんて言い放つという恥じらいの欠片すらなかった華子が、今は膝の上で落ち着きなく両手をモジモジさせていた。

「ごめんな、お待たせ」

まだ乾いていない髪をタオルで拭きながらベッドに近付く。透真の声に反応して顔を上げた華子には眼鏡がない。どうやらコンタクトレンズを付けたままのようだ。

「いえ！　まったくもって待っておりませんから大丈夫ですっ！」

彼女の声が上擦っている。緊張しているのか？　もしかして彼女も初夜を意識してくれている？　そう思うと悪くない気分だ。

目が合った華子は、スッピンでも肌がつるつると滑らかで、内側から輝いているようにも見える。その頬が今は少し赤い。この女が今日から自分の妻――

(うおおおおおお――ハナ最高おおおおおお!!)

心の中で雄叫びを上げているくせに、それをおくびにも出さずに、余裕ぶってベッドに腰を下ろす。肩越しに振り返れば華子がなにかを両手に包み込んでいるのが見えた。化粧品類を小分けするトラベル用品の小瓶にも見えるそれは、どこか見覚えがある気がしないでもない。

「ハナ、それなに？」

疑問をそのまま口にすると、華子は頬を更に赤らめて俯いた。

「び、媚薬（びやく）です……。わたしが作った……あの……」

「い゛っ⁉」

確かに式の前に控え室で、華子があの媚薬を飲んだらどうなるのか？　という話をしたし、冗談まじりに『今夜飲んでみて』なんて言ったりしたけれど、まさか本当に薬を持ってくるだなんて思いもしなかった。

「な、なんで薬を持ってるんだ？」

「薬剤は多めに作る方が効果が安定するものなんです。だからたくさん余ってて……透真さんに飲んでもらうのに失敗したときのための予備を、コンタクトを入れているポーチに入れっぱなしにしていたのを思い出しまして……それに――」

彼女はチラッと上目遣い（うわめづか）いで透真を見ると、恥（は）ずかしそうに顔を伏せた。

「――そ、それに、『今夜飲んで』って、透真さんが仰（おっしゃ）ったから……」

（俺が言ったから、自分が薬を飲むつもりで持ってきて、ベッドで俺を待っていた？）

ガシャン！　と激しい音を立てて自分の中で理性が崩壊する。

あの媚薬の効果が絶大なことなんて、飲んだ透真自身が一番よく知っているのだ。

呼吸が荒くなって、心臓が破裂しそうなほどバクバクして、目の前の華子を自分の女（もの）にしたくて、貪（むさぼ）りたくてどうしようもなくなる。言葉にならない感情は抑制なんか効かない。メーターをぶっちぎって動物的な本能の化身になってしまう。

あれを彼女が飲んだら――

普段から男を誘うような女でない雰囲気クラッシャー華子が〝あの媚薬〟を飲んで淫らに悶えながら自分を求めてくる姿を想像して、一瞬だけブルッと身体が期待に震えた。

「の、飲まなくていい！　冗談だから！　冗談！」

「？　冗談？」

「飲まなくてもハナは一生俺のだって言ったろ!?」

壊れた理性の欠片を必死に掻き集めて繋ぎ合わせ、その場を取り繕う。ただでさえ、惚れぬいた恋女房との初夜に浮き立っているというのに、彼女に誘われたら媚薬を飲んでいない自分までおかしくなってしまうに違いない。

「あの……もう、飲んじゃいました」

「へっ!?」

間の抜けた自分の声に呆れるより先に、華子が顔の横に掲げた小瓶を見せてくる。透明な水のような液体が、ひと雫ちょこんと底にあるだけで、中身はほぼ空……

（なんだってー!?　中身を飲んだ容器を持っていただけだったのか!?）

「ご、ごめんなさい、冗談って気付かなくて、わたし、透真さんのこと、大好きだから……と、透真さんが飲んでくれたみたいに、わ、わたしも、って……」

話している華子の息がどんどん荒くなって肩で息をしはじめる。もう媚薬の効果が出はじめたのか？　さすが即効性。クソ真面目な華子に冗談が通じると思ったのが間違いだった。いや、透真だって媚薬の予備があることを知らなかったし、それを華子が持ち歩いているなんて夢にも思っていなかったからこそ出た冗談だったのに。

「あ、あの……透真さん……すごくドキドキするんです……」

小瓶をポトリとベッドに落とした華子が胸を押さえる。彼女の両腕に押し上げられた乳房がバスローブの合わせ目から、ふっくらとした丸みを帯びて谷間を作っている。その谷間に視線が釘付けになって離れない。

「それに、身体も熱くて……あの、わ、わたし、たし……どうしたら……」

長い睫毛に縁取られた瞳が、潤んで透真を見上げてくる。頬はもう真っ赤だ。いや、頬だけでなくバスローブの胸元から見える肌も薄く桃色に染まって上気しているかのようで。

（あ、ヤバイ）

なにがって、自分の欲情が抑えきれない。こんなに艶っぽい華子は見たことがない。

「ハ、ハナ、大丈夫か？」

そっと華子の頬に触れてみる。すると——

「ひゃぁあんっ！」

あられもない声が上がったかと思ったら、華子は目をぎゅっと瞑って自分の身体を抱きしめ、ビクンビクンと痙攣するように震えているではないか。

（え……い、今の、もしかして……）

「ハナ……まさか、イッた？」

ぽつりと漏れた疑問に、息を荒げたまま小さく顔を上げた華子は、恥ずかしそうに視線を横に逸らした。

「し、仕方ないんですぅ……フェ、フェネチルアミンが、ドーパミンをドバドバと大量分泌させていて――っ、つまり、わたしは、今、と、透真さんにものすごく発情していて。そ、想定外なのですが、少し触られただけでも、その――あ、あんなふうに、なっちゃう、みたいで……。ふぇ～そんな呆れた目で見ないでくださいぃ～～！」

自分で作ったんだ。薬の効果は誰よりも知っているつもりだったのだろうが、いざ実際に自分が飲んでみたとき、触られただけでイク程の効果が出るとは想定外だったのだろう。

（少し触るだけで感じるんだ。こんな状態で挿れたら――）

半泣きになりながら、疼く身体を持て余して息を荒げている華子の姿が新鮮で、愛おしさが込み上げてくる。それがたとえ薬の効果がもたらしたものであったとしても、華子があの薬を飲んだのは、透真への愛情表現以外の何物でもないのだから。

「呆れてなんかないよ」

透真は囁きまじりに華子の顔を挟み込むように両手を添えた。「ひゃあ！」っという彼女の感じた声が、男の悪戯心に火をつける。

「可愛いって思ってる」

「そ、そんな――」

透真が頬を撫でるからだろう、微かに身体を震わせ、悶えるように眉間を寄せる華子からたまらない色香を感じる。

「あのクソまずい薬を自分から飲むほど、俺のことが好きってことだろう？」

囁きながら額と額を重ね、鼻の頭をツンと合わせる。

「違うか？」

「……ちがわ、なぃ、です……」と、どんどん小さくなっていく華子の声が、いやに甘く鼓膜に響く。こんなの初めてだ。透真は薬なんて飲んでいないのに、発情している彼女を見て、更に欲情している自分がいるんだから。

（思えばずっと、俺はハナに振り回されっぱなしだな）

「可愛いよ。すごく嬉しい。な？　俺の奥さん？」

既に力が入っていなかった華子を、スプリングの効いたベッドへ押し倒す。ぽすんっと軽い音を立てて仰向けになった彼女の頬を手の甲ですーっと撫でた。

「はぁ……あぅ――はぁはぁ……ンッ！」

「辛いだろう？　あの薬の効果は俺も体験済みだからわかる」

そう言いながら、触れる度にビクビクと小さく絶頂を迎える華子を見下ろす。

荒い吐息、蕩けて潤んだ眼差し、薄紅色に上気した肌——抵抗できずに悶える彼女の姿は、どこか被虐的であり、妖艶でもある。だからこそなのか、妙に興奮してそそられる自分がいる。

もちろん、快感に苦しんでいる彼女を解き放ってやりたいという純粋な思いはある。だが、彼女に更なる快感を与えてみたい、そうしたら彼女はどうなるのだろう？　という、些か不純な思いもあって、そのふたつが透真の胸の中でせめぎ合うのだ。

〝刺激的な発情体験による刷り込み効果〟が、この薬の作用だ。心ゆくまで深く溶け合い、華子と交わった快感を、透真は忘れることができない。

彼女は途中何度も気を失いかけながらも、透真の欲求に応えて身を任せてくれた。そこにあったのは透真の全てを受け止めるという献身的な愛情だ。

（俺もハナに尽くしてやらないとな）

少し意地悪をしてしまうかもしれないけれど。

透真は意味深にニヤリと笑って、シーツに散った華子の柔らかな髪を指で梳いた。そしてゆっくりと顔を近付けて耳に触れる一歩手前で甘く囁く。

「愛してるよ、ハナ。最高に気持ちよくしてやるからな」

　自分の声がそこそこイイと知っている男の手練手管に、華子が「ひゃっ」と小さな声を漏らす。それを透真は見逃さなかった。すかさず唇を奪い、尖らせた舌先を彼女の口内にねじ込む。

「ふ……んっ、は……ァん」

　華子の戸惑う舌を根本から攫って舐め上げ、舌の腹の柔らかな処をねっとりとすり合わせる。普段より熱く感じる口内は、柔らかな舌の感触をより顕著に感じさせてくれる。

　身体の下で、華子が喘ぎながらもぞもぞと腰をくねらせるのがわかる。本人に自覚なんてないのだろうが、それは雄を誘う雌の仕草そのものだ。現に摩擦に刺激された透真の下半身は、あっという間に硬く熱を持ち、ぱんぱんに鰓を張って存在を誇示する。

（今、挿れたらどうなるんだろうな？）

　そんなことを考えながら、硬く聳え立つ漲りを華子の太腿に押し充て、ゆっくりと擦り上げつつ、バスローブの合わせ目から手を滑り込ませる。たぷんとした乳房をやわやわと揉みしだき、押し出された乳首をキュッと摘まむと、華子が乱れた女の声で啼く。

　そしてその声がまたいい。

（俺の――俺だけの、ハナ……）

　かぶり付くように首筋に顔を埋め、湯上がりの肌の匂いを嗅いで吸い付く。

「あぁ……とう、まさん……あああっ！」

身を捩りながら快感から逃げようとする彼女の身体を組み敷いて、腰元で蝶結びにされていたバスローブの紐を乱雑にほどいた。あらわになった乳房を鷲掴みにして、ぷっくりとした乳首に吸い付き、舌を絡めて扱き上げる。

「ひゃ、あんっ！　はぁはぁ……そんな、そんなに、強く吸っちゃ、あうぅぁ～っ……だ、ダメで……あああっ！」

涙目になった華子が喘ぎながら抗議してくるが、むしろその声が透真を煽り立てる。

「無理。ハナの胸、柔らかくて気持ちいい。吸いたくなる」

見せ付けるように舌を伸ばして、反対の乳房を舐め回し、音を立てて乳首を吸う。そして硬く屹立した物を腰を使って突き立てるように、彼女の太腿に擦り付ける。更に意地悪く乳首を噛んでやると、華子は身を竦めながらも甘い息を吐いた。

「はぁっ——と、透真しゃんの、ぃじ、わるぅ」

息が乱れすぎたせいか、舌っ足らずな話し方になりながらも、じっとりと睨んでくる彼女が愛おしい。物足りないんだろう。軽い絶頂は迎えても、さっきから胸しか触られていないのだから。本当の快感を知っている女の身体が、これで満足できるわけがない。そんなことはわかりつつも、華子の腰に馬乗りになり、ふたつの乳首を緩急を付けてくりくりといじってやる。

「意地悪か？　こんなにハナを可愛がってるのに」

「ゃあぁぁんっ！」

また軽くイッてしまったらしい彼女の身体が、面白いくらいに大きく跳ねる。そして、もどかしそうに腰をくねらせるのだ。

「なんだよ、そんなに腰を動かして。誘ってんの？」

「え、えと、こっ、これは……ゴリラとかの発情した霊長類の雌が、雄を交尾に誘うときに見られる行動に類似していて……そ、その、自分でもとめられなくてですね……」

セックスの最中に〝ゴリラ〟だの〝交尾〟だのという単語が飛び出す女はそうそういないが、そこは華子だから仕方ない。

（さすがに俺も慣れてきたしな）

「つまり誘ってるってことだろ？」

「さ、誘ってますぅ～！」

乳首をいじられながら、自棄っぱちに認める華子はもう本気で泣きそうだ。自分で作った媚薬を飲んだからとはいえ、弄ばれながらも感じてしまう己の身体に動揺しているが、抗う術はないのだ。そう、完全に満足するまでは。

「可愛い」

乳首をピンっと弾いて両手を離し、華子の髪をくしゃくしゃにするように頭を撫で回してやる。そして透真は、彼女の耳に唇を触れさせて囁いた。

「ほら、『挿れて』って言ってみな？　誘ってるんだろう？」

「……と、透真さんは、意地悪です……」

「知らずに結婚したのか？」

揶揄いつつ耳たぶを食んで首筋を舐め上げると、華子は感じているのを必死に堪えながら透真の髪に触れてきた。

「知ってます……透真さんは、意地悪なときもあるけど、すごく優しい人だって――」

（ったく……）

負けだ、負け。結局は最初に惚れたほうが負けなのだ。こんなことを言われては、悪い気がしないどころか、尽くしたい思いが強くなる一方じゃないか。

透真は軽く息を吐いて、華子の首筋を強く吸い上げた。チュッという小さな音とともに唇を離すと、そこには赤い花が咲いている。

「ハナは俺を手玉に取るのがうまいな」

「へ？」

目をぱちくりさせ、まったく理解できていないであろう様子の華子にくすりと笑って、透真は自分の身体を沈めた。そして彼女の片脚をひょいっと持ち上げて肩に担ぐ。

「ひゃあ⁉」

聞こえてきた驚きの声はなかったことにして、はだけたバスローブから覗くしっとりと湿った花弁を指で割り広げ、あらわれた淫溝に舌を差し込む。あたたかなそこを探索するように、舌をうねらせて奥に進めば、華子の声がか細くなっていく。

「ひ……い、く……そ、んな、しちゃ、らめ……れす……」

「でも気持ちいいだろ？」

コリコリと硬くなった女芯を舌で包み、ちゅっと音がするまで吸い上げると、乱れた華子がシーツを掻き毟って腰を浮かせた。

「ん――っ！」

「どう？」

唇に滴る唾液と彼女の愛液を手の甲で拭いながら意味深に囁く。そして、てらてらと光る花弁を割り開いて中指を滑らせると、その淫口をこちょこちょと擽ってやった。そうするだけで華子の唇からは、何度も気をやった女の蠱惑色のため息がこぼれてくる。

「あぁ――……ンッ……はぁはぁはぁ……あぁ――」

「気持ちいいか？」

とろみを帯びた愛液は熱く、指先に纏わり付いて離れない。あらわになった彼女の肌は、しっとりと汗ばんでいるせいか、部屋の明かりに照らされて内側から輝いて見える。

内股にした膝を、気をやる度にガクガクと震わせながらも、華子は素直に何度も何度も頷き、ますます愛液を滴らせるのだ。

「とうまさん……わ、わたし……もぉ、がまんできません……お、おねがいです……」

美しい肢体をくねらせ、両手を伸ばして抱き付いてこようとする華子の瞳は涙で潤んでいて、その美しさに思わず生唾を飲んだ。

男の優位性と言うべきか、惚れた女に求められる優越感に静かに興奮する。

「んん？　俺にどうされたい？」

彼女の両手に抱きしめられながら、余裕ぶって乳房を揉み、ぷっくりと実った乳首をしゃぶってやる。それが意地悪だと、媚薬を飲んだ彼女には酷だとわかっていながらも、そうせずにはいられないのは性分か、男の性か……

（あ――ハナの中に――……）

「いれて……くださ……ぃ」

抱きしめられたまま耳元でか細い声で囁かれて、一瞬背筋がゾクッとする。顔を上げると、林檎も驚くほど、真っ赤になった華子が涙目で懇願しているのだ。

「あ、あの……本当にもぉ、むりで……は、発情が、と、まらなくて……とうまさんに、いっぱい挿れて、いただきたくて、……と、いいますか、……今、ものすごく、な、中に、だして……いただきたくて……」

段々と尻すぼみになっていく華子の声の裏で、確実に理性が吹っ飛ぶ。

透真は無言でバスローブを脱いで放り投げると、飛びかかるように華子を仰向けに押し倒した。

「ひゃっ！」

乳房に吸い付いてキスマークを付け、今度は乳首を吸いながら華子の脚を左右に割り広げる。出番を待ち構えていた漲りは青筋を立てて鰓を張り、その切っ先から透明な汁を滴らせている。それを華子の蜜口に充てがうと、じんわりと温もりが伝わってきた。その温もりが透真を急かすのだ。

（もう、待てない！）

勢いよく腰を打ち込むと、そのままズブッ――っと最奥まで呑み込まれる。そのときの締まりといったらない。柔らかな襞が勝手に吸い付いてきてキュッキュッと扱き上げてくるのだ。おまけに天井のザラつきに擦られて、気持ちいい以外の言葉が見つからない。

挿れられただけで絶頂に達したのか、華子は乳房を突き出して仰け反り、ビクンビクンと震える。

「あぁ……あ、あぁ……」

途切れ途切れに声を漏らす華子は、恍惚の表情で……紛れもなく女のそれだった。こんなに感じてくれている彼女に、今は男を見せるときだろう。

透真は深呼吸すると、浮き上がる華子の身体を押さえつけて、大きく腰を動かした。

「ハナ、いくぞ」

　ぶちゅッ、ぶちゅッ、ぐじゅッ——と愛液が掻きまぜられるいやらしい音が響く。彼女の濡れ方が尋常じゃない。透真に抱かれることを心底喜んでいる女の身体は、ぎゅうぎゅうに締め付けてきて、漲りを離さないのだ。そこを堪えてギリギリまで引き抜き、しっかりと最奥まで突き上げてやる。何度も何度もしつこく奥を突き上げてやると、華子は随喜の涙を流しながら喚くように喘いだ。

「ああ、う、はぁ、や〜、きもちぃです……おく、きもちぃ、いっちゃうです……いっぱいこすれて……はぁはぁはぁ、また、きちゃう、きもちぃのが……あああ〜」

「そんなに気持ちいいか？」

　鈴口で子宮口を撫で回し、トントンと優しくノックしながら尋ねると、華子は赤い顔を更に赤くして頷く。その表情がたまらなく愛おしくて、透真は強引に唇を合わせた。舌を捻じ込みながら、回すように腰を使って、張り出した雁首で腹の裏を念入りに抉ってやる。好い処に雁首を引っ掛けられた華子は、キスに応えるのも忘れたように息も絶え絶えに身を震わせる。

「はぁはぁはぁ、うく……きもちぃ……あっ、いく！　いっちゃう！　ひん〜〜〜！」

　泣きながらセックスに夢中になって、唇の端からふたり分の唾液を垂らしている彼女が纏う雰囲気はいつもと違って妖艶だ。これは彼女の中に眠っていた、淫らな女の本性なのだろうか？

「すごいな、もう何回イッた？　ハナの中、すっげーぐちょぐちょ……ほら、わかる？」

羞恥心を刺激するため、わざと大袈裟に音を立てて、好い処を雁首で引っ掻きながら出し挿れしてやると、彼女の身体がまたいい具合に反応して、張りを締め付けてくる。

（たまんねぇ……奥から締まってくるの最高に気持ちいい……ヤバイ、射精そうだ）

媚薬に当てられた華子を満足させることが今の透真の使命なのに、彼女の身体は男を煽り立てて射精させようと、あの手この手で締め付け、扱き上げてくるのだ。

これはたまらないと、腰の動きをとめる。すると、間髪を容れずに華子が自分の腰を揺らしはじめるではないか。

「とうましゃん……もっとぉ～～」

喘ぎすぎて言葉が覚束なくなりながらも、快感を求めてくる彼女に、透真のほうがタジタジだ。

「ハナ、動くな！　射精るから！」

とろんとした眼差しの華子の両手両脚が透真の身体に絡み付いてくる。まるで「離さない」と言いたげなホールド状態をまさか振りほどくわけにもいかず、為す術もない。

「だして」

――プチッ。

耳元で囁かれた三文字に、透真の中で理性が弾けた。

「ハナ！」

抱きしめた彼女の身体を思いっきり貫いて、奥まで出し挿れしてやる。ガツガツと子宮口を突き上げると、その度に華子は悲鳴を上げながらも快液を噴き上げる。

「や、やだ、でちゃう、でちゃいます！　やっ、まってください、とまらな――」

「気持ちよすぎて潮噴いてんだ？　可愛い」

透真は華子の唇を塞ぐと、手加減なしで抽送を繰り返した。貪りたかったのだ。妻となった華子の身体を。

「ん～～～～！」

パンパンパンパン！　と荒々しく肉を打つ音が部屋に響く。

（ハナ！　ハナ！　俺のハナ。好きだ！）

媚薬を飲んだのは華子であって透真ではない。なのに、まるで想いを身体で伝えることしか知らないかのように、無我夢中で腰を動かす。そんな透真の全てを受け入れる華子の身体は、火照りながら内側から痙攣していくのだ。

（射精る！）

堪えに堪えた射精感が、一気に噴き出して愛おしい女の中を満たしていく。それは得も言われぬ満足感で、透真はキスしたままゆったりと腰を動かした。

絡み合う舌と、繋がった下肢、そして性的な充足。くちゅくちゅと何度か舌を行き来させて、透真はようやく唇を離した。

「はぁはぁはぁ……」

完全に息が上がった華子が、とろんとした眼差しで見つめてくる。

「満足していただけましたか？　奥さん？」

ニヤリと悪戯っぽく笑うと、華子も釣られたようにクスリと笑う。

「なんだかすごかったです。あのお薬は封印しちゃったほうがいいかもしれません。……わ、わたしがとんでもないことになってしまうので……」

カアァ……っと頬を染める華子を見るに、彼女も自分が淫らだった記憶がしっかりと残っているのだろう。「あんなに効果があるなんて」と悶絶している彼女の乳房を透真は人差し指でプニッと押した。

「満足してもらったところで、今度は俺に付き合ってもらいたいんだけど」

未だに華子の中から抜いていなかった漲りをピクリと動かすと、彼女がギョッとした顔をする。

「ハナが可愛すぎてもう一回したくなった」

「～～～⁉」

パクパクと金魚のように口を開けて驚く華子がますます愛おしい。彼女のことを誰よりも深く知りたい。そして彼女にもそうあってほしいと思うのだ。

「連続で何回できるか実験（チャレンジ）してみる？」

笑いながら唇にキスをすると、透真の想定通り「ど、どんと来いです！」という返事が返ってきた。

恋愛小説「エタニティブックス」の人気作を漫画化!
EC
Eternity COMICS
どんと行かせてもらおうかな
こんな…急に激しく…っ
1
ドS御曹司の花嫁候補
Do S Onzoushi no Hanayome Kouho
漫画
柚和 杏
Anzu Yuwa
原作
槙原まき
Maki Makihara
大手化粧品メーカーで研究員として働く華子(はなこ)。
研究一筋の充実した毎日を送っていたものの、将
来を案じた母親から結婚の催促をされてしまう。
かくして、結婚相談所に登録したところ――――
マッチングしたお相手は、なんと勤務先の社長
子息である透真(とうま)! どういうわけか彼はすぐさま
華子を気に入り、独占欲剥き出しで捕獲作戦に
乗り出して!? 百戦錬磨のCSOとカタブツ理系女
子のまさかの求愛攻防戦!
B6判 定価:704円(10%税込) ISBN 978-4-434-29384-9
天然理系女子
百戦錬磨のCSO
理性もカラダも乱されて…!?
描き下ろし番外編12P収録

EB エタニティ文庫 ～大人のための恋愛小説

Hinami & Kei

超人気俳優と、ラブあま生活！

失恋する方法、おしえてください

槙原まき　　装丁イラスト／アキハル。

ひなみの想い人・啓は幼なじみにして人気俳優。彼への恋心は胸の奥に隠し続けていた。ところがある日、週刊誌に啓の恋愛スキャンダルが掲載される。彼とは、住む世界が違う……。ひなみは想いを断ち切る決意をする。それなのに……なぜか一転、彼と同棲することに⁉

定価：704円（10%税込）

Kaoru & Takahiro

気付いたら、セレブ妻⁉

ラブ・アゲイン！

槙原まき　　装丁イラスト／倉本こっか

幸村薫、24歳。交通事故で、一年分の記憶がなくなりました――。貧乏だったはずが、気付いたらセレブ妻になっていた薫。大混乱のなか、夫だという美形な彼からはひたすら溺愛され続ける。これって……現実⁉　記憶喪失からはじまる、ドキドキ・ラブストーリー！

定価：704円（10%税込）

※エタニティブックスは大人の女性のための恋愛小説レーベルです。ロゴマークの色で性描写の有無を判断することができます（赤・一定以上の性描写あり、ロゼ・性描写あり、白・性描写なし）。

詳しくは公式サイトにてご確認下さい

https://eternity.alphapolis.co.jp

携帯サイトはこちらから！

本書は、2019年8月当社より単行本として刊行されたものに、書き下ろしを加えて文庫化したものです。


この作品に対する皆様のご意見・ご感想をお待ちしております。

おハガキ・お手紙は以下の宛先にお送りください。

【宛先】

〒150-6008 東京都渋谷区恵比寿4-20-3 恵比寿ｶﾞｰﾃﾞﾝﾌﾟﾚｲｽﾀﾜｰ 8F
（株）アルファポリス　書籍感想係

メールフォームでのご意見・ご感想は右のＱＲコードから、
あるいは以下のワードで検索をかけてください。

アルファポリス　書籍の感想　検索

ご感想はこちらから

エタニティ文庫

ドＳ御曹司の花嫁候補

槇原まき

2021年11月15日初版発行

文庫編集－熊澤菜々子
編集長－倉持真理
発行者－梶本雄介
発行所－株式会社アルファポリス
〒150-6008 東京都渋谷区恵比寿4-20-3 恵比寿ｶﾞｰﾃﾞﾝﾌﾟﾚｲｽﾀﾜｰ8F
TEL 03-6277-1601（営業）　03-6277-1602（編集）
URL https://www.alphapolis.co.jp/
発売元－株式会社星雲社（共同出版社・流通責任出版社）
〒112-0005 東京都文京区水道1-3-30
TEL 03-3868-3275
装丁イラスト－白崎小夜
装丁デザイン－ansyyqdesign
印刷－中央精版印刷株式会社

価格はカバーに表示されてあります。

落丁乱丁の場合はアルファポリスまでご連絡ください。

送料は小社負担でお取り替えします。


ISBN978-4-434-29600-0 C0193